쓰레기 왕

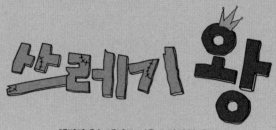

쓰레기 왕

엘리자베스 레어드 지음◎**김민영** 옮김

미래인

김민영 옮긴이

단국대학교에서 영문학을 전공했으며 아이들에게 영어를 가르치던 중 우연한 계기에 영어 원서를 검토하는 일을 하게 되었다. 그후 출판 번역에 관심을 갖게 되었고 번역의 매력에 빠져들어 번역가의 길에 들어섰다. 옮긴 책으로는 『당신 참 좋아 보이네요!』 등이 있다.

쓰레기왕

1판 1쇄 발행 2014년 1월 28일
1판 5쇄 발행 2015년 7월 30일

지은이 엘리자베스 레어드 **옮긴이** 김민영 **펴낸이** 박혜숙 **펴낸곳** 미래M&B
책임편집 황인석 **디자인** 이정하
총괄이사 이도영 **영업관리** 장동환, 김대성, 김하연
등록 1993년 1월 8일(제10-772호) **주소** 서울시 마포구 서교동 464-41 미진빌딩 2층
전화 02-562-1800(대표) **팩스** 02-562-1885(대표)
전자우편 mirae@miraemnb.com **홈페이지** www.miraeinbooks.com

ISBN 978-89-8394-761-1 03840

값 10,000원

에티오피아 아디스아바바에 있는
길 위의 아이들을 위해

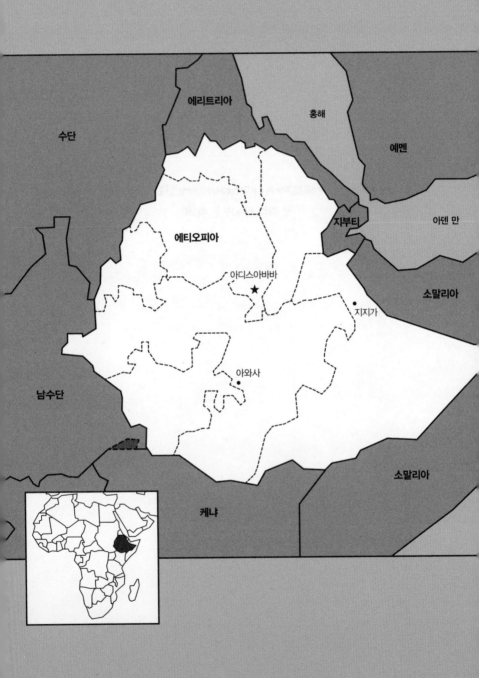

1

판잣집에는 불이 들어오지 않았다. 달이 비출 때 말고는 빛이 전혀 없었다. 마모는 골함석 지붕의 갈라진 틈 사이로 가늘게 새어 들어오는 달빛을 볼 수 있었다.

그런데 오늘 밤에는 달이 뜨지 않았다. 마모는 누더기가 된 담요를 머리 위까지 끌어올리며 티기스트의 따뜻한 몸에 바싹 달라붙었다. 티기스트는 마모에게서 등을 돌리고 있다가 바닥에 등을 대고 바로 누웠다. 티기스트가 몸을 뒤척이자 짚으로 만든 매트에서 바스락거리는 소리가 났다. 마모는 티기스트가 깨어 있다는 걸 알았다. 티기스트는 눈을 뜬 채 깜깜한 어둠 속을 쳐다보고 있었다.

"이제 어떡해?" 마모가 물었다.

"몰라."

엄마가 죽은 지 1주일이 지났다. 마모는 엄마의 죽음이 그렇게 와닿지 않았다. 마모 기억 속의 엄마는 항상 아프거나 술에 취해 있었다. 툭하면 불같이 화내는 엄마가 무서워서 되도록 엄마 근처에는 가지 않았다.

티기스트는 마모가 사랑하는 하나뿐인 누나다. 마모가 갓난아기였을 때 티기스트는 자기도 걸음마를 뗀 지 얼마 안 된 아이면서 마모를 업고 다녔다. 티기스트는 항상 마모를 보살피며 먹여주고, 마모가 넘어지면 일으켜 세워주고, 마모를 못살게 구는 사람을 보면 소리를 질렀다.

"누나는 아무 데도 안 갈 거지, 그치? 누나는 나 두고 어디 안 갈 거지?"

마모는 갑자기 불안하고 마음이 답답해졌다.

"몰라." 티기스트가 대답했다.

마모 눈앞에 블랙홀이 열리는 것 같았다. 누나를 졸라서 억지로 손가락이라도 걸고 다짐을 받아내고 싶었다. 그런데 누나 목소리에서 이전에 한 번도 들어보지 못한 낯선 기색을 느꼈다. 몸이 오그라들었다. 온몸에 소름이 돋았다.

"다음주엔 이 집에서 나가야 돼. 집세를 내려면 50비르(birr. 에티오피아 화폐 단위로 1비르는 한화로 약 60원:옮긴이)가 필요해. 내가 그런 큰돈을 어디서 구하니?"

50비르! 마모는 살면서 그런 큰돈은 실제로 본 적이 한 번도 없었다.

"집세를 못 내면 집주인이 어떻게 하는데?"

"어떻게 하긴? 쫓아내겠지."

"그럼 우린 어디 가?"

"아, 조용히 좀 해. 그걸 내가 어떻게 알아? 네가 생각 좀 해 봐."

티기스트의 신경질적인 목소리에 얼떨떨해진 마모는 잔뜩 움츠러들었다. 감히 또 입을 뗄 용기가 나지 않았다.

"내일 파리다 사모님 댁에 가볼 거야. 저번주에 사모님이 나한테 가게 손님들 물건을 배달하라고 시켰어. 일자리를 줄지도 몰라. 그럼 가게에서 잘 수 있어."

마모는 초조해서 침을 삼키며 누나 몸에서 떨어졌다.

"그런데 너랑 같이 못 가면 나도 안 가."

티기스트가 대충 얼버무렸다. 마모의 두려움은 분노로 변했다. 마모는 곧바로 담요를 끌어당겨 누나에게서 확 떨어졌다.

"뭐야, 넌 내가 뭘 하길 바라니? 술집에서 일할까? 얼굴에 덕지덕지 분칠하고 손님들한테 엉덩이 흔들면서 술이나 팔아? 술집에서 그거 말고 뭘 하겠어?"

마모는 그런 건 생각지도 못했다. 그냥 지금까지 살던 대로 누나랑 살면 되는 줄 알았다. 누나가 엄마 역할을 하면서 매달 집세를 구하고 둘이 먹을 음식을 구해 오면 다 해결되는 줄 알았다.

"나, 일할 거야. 구두닦이 할 거야."

그러자 티기스트가 콧방귀를 뀌었다.

"구두닦이 재료는 누가 사고? 그리고 자리는 어떻게 구할 건데? 너도 알잖아, 구두닦이들끼리 자리싸움이 얼마나 심한지. 쓸데없는 소리 하지 마.”

마모는 손가락으로 귓구멍을 막았다. 아무 소리도 들리지 않았다. 티기스트가 담요를 잡아당기자 마모는 다시 누나한테 바짝 달라붙었다. 둘 다 담요를 덮었다. 짚으로 만든 매트에서 바스락거리는 소리가 났다.

“정신 똑바로 차리지 않으면 결국 길거리로 쫓겨날 거야.”

티기스트는 아주 작게 속삭이는 목소리로 말했다.

*

마침내 추운 밤이 지나고 태양이 떠오르면서 따뜻한 기운을 몰고 왔다. 아침밥을 준비하는 수천 개의 불에서 피어나는 연기가 나선형을 그리며 아디스아바바의 상쾌한 아침 공기 속으로 사라졌다. 마모는 골함석으로 만든 판잣집 문의 모서리를 잡아당겼다. 문이 삐걱거리면서 열렸다. 마모는 판잣집 밖으로 나와 좁은 골목길에 들어섰다.

마모는 멍하니 서서 사람들이 하루 일과를 서두르는 모습을 봤다. 하지만 하늘색 교복을 입고 옆구리에 꾸깃꾸깃한 책들을 끼고 떠들면서 학교에 가는 학생들은 못 본 척했다. 학교는 2년도 다니지 못했고, 한참 전인 여덟 살 때 아예 그만두었다. 수업료를 낼 돈이 없었다. 그리고 학교에서 배운 글자는 잊어버린 지 오래였다.

마모는 어른들을 더 관심 있게 살펴봤다. 분명히 누군가 있을 거야. 정장 차림의 점원들, 시장에 가는 엄마 또래의 여자들, 밝은 색 니트를 입은 젊은 비서들, 판매원들 중에 나를 도와주고 나한테 일거리를 줄 어른이 한 명은 있을 거야.

티기스트는 30분 전 세수를 하고 머리를 단정하게 묶고 낡은 치마에 묻은 얼룩을 문질러 대충 지운 후, 파리다 사모님을 만나러 갔다. 마모는 돌멩이가 가득한 길을 재촉하며 내려가는 누나의 경직된 뒷모습을 보고 누나가 긴장했다는 걸 알 수 있었다.

보통 마모는 아침마다 길모퉁이로 내려간다. 길모퉁이 주변을 돌아다니는 남자애들 중에는 마모랑 친하게 지내는 아이들이 있다. 이 아이들은 지나가는 사람들을 흉보거나, 다 깨진 낡은 보드판으로 게임을 하거나, 옷을 잘 차려입은 사람이 지나가면 구걸을 하며 지루한 시간을 보낸다. 마모는 가끔씩 반대 방향에 있는 음반가게에 간다. 음반가게 벽에 기대 앉아 열린 문을 통해 흘러나오는 멜로디를 조용히 듣거나 작은 목소리로 속삭이듯 따라 부르기도 한다. 그런데 오늘 아침은 마음이 너무 심란해서 아무 데도 가지 않았다.

배가 고파진 마모는 다시 판잣집 안으로 들어갔다. 마모는 티기스트가 놓아둔 빵을 찬장에서 꺼내 난로 옆 의자에 앉아 먹기 시작했다.

순간 판잣집 입구에서 들어오는 빛이 갑자기 사라졌다. 고개를 들자 한 남자의 형체가 보였다. 마모는 바깥의 눈부신 빛 때문에 남자 얼굴을 제대로 볼 수 없었지만, 곧 낯선 사람임을 알아차렸다.

"안녕, 네가 마모냐?"

남자가 몸을 굽히며 집 안으로 들어섰다. 목소리가 높고 가벼워서 매우 쾌활하게 들렸다.

마모는 조심스럽게 고개를 끄덕였다.

"아빠는 어디 계시냐?"

이제 남자 모습이 제대로 보였다. 남자는 초록색과 갈색 줄무늬가 있는 셔츠 위에 양복 재킷을 입고 있었다. 그리고 가죽 구두는 번쩍번쩍 빛났다. 남자가 손을 위로 치켜들자 느슨한 줄에 달린 큼지막한 손목시계가 손목에서 미끄러졌다.

마모는 당황하며 되물었다.

"아빠요? 돌아가셨는데요. 군대에서, 몇 년 전에요."

남자 입가에 미소가 번졌다. 얼굴은 말랐고, 입술은 볼 아래로 난 희미한 흉터 때문에 약간 일그러져 있었다. 남자는 눈을 희번덕이며 판잣집 안을 빠르게 훑었다.

"그런데 아저씨는 누구세요?"

마모는 불안해지기 시작했다.

남자가 다시 미소를 지었다.

"난 네 외삼촌이다. 나 기억 안 나? 네 엄마의 오빠, 메르가 삼촌. 엄마가 나에 대해 말한 적 없냐?"

"네, 한 번도요."

메르가는 선반을 따라 눈을 움직였다.

"엄마 물건은 어디 있냐?"

"무슨 물건요? 엄마 물건은 하나도 없는데요."

메르가는 몸을 굽혀 매트리스 모서리를 들어올렸다.

"왜 이래? 라디오, 돈, 금반지나 금목걸이, 뭐 그런 것들 있잖아. 설마 여기 있는 이 매트, 의자, 이불, 물병, 냄비, 숟가락, 유리컵이 네 엄마의 전 재산일 리는 없지."

메르가의 목소리가 굳어졌다.

"아까 말했잖아요, 엄마 물건은 하나도 없다고. 하나도 없어요."

마모는 문을 향해 몸을 돌리며 말했다.

"그럼 내 돈은 누가 갚지?"

메르가는 똑바로 서서 마모를 내려다봤다.

"아저씨한테 뭘 갚아요? 왜요?"

"내가 네 엄마한테 꿔준 돈 말이다."

"무슨 돈요?"

"지난달에 네 엄마가 찾아와서 나한테 100비르를 꿔갔거든."

메르가의 눈동자가 옆으로 움직였다.

저 사람은 거짓말을 하고 있어. 마모는 문을 향해 옆으로 한 걸음 더 움직였다.

순간 메르가가 손을 내밀어 마모의 손목을 잡아챘다. 메르가는 다시 웃었고, 목소리도 부드러워졌다. 다정한 목소리였다.

13

"알았다. 돈은 됐어. 나도 어린 네가 돈을 갖는 건 별로란다. 이젠 돈 문제를 꺼내지 않으마. 그나저나 널 좀 도와주고 싶구나. 난 네 외삼촌이야. 먹고는 살아야지. 무슨 계획이라도 있냐? 이제 엄마도 없잖아?"

마모는 안도감에 숨을 깊이 들이마시고 잔뜩 긴장한 어깨의 힘을 풀었다. 의심은 옳지 못한 행동이다. 이 남자는 가족이다. 친척이다. 믿어도 되는 사람이다.

"모르겠어요. 구두닦이나 하려고요."

메르가가 웃으며 고개를 저었다.

"구두를 닦겠다고? 말도 안 돼. 넌 구두닦이보다 더 괜찮은 일을 할 수 있어. 내가 일자리를 구해주마. 마침 너한테 딱 맞는 일이 하나 있긴 한데. 음식도 잘 나오고 사람들도 굉장히 좋아. 어떠냐?"

마모는 아침에 일어난 이후로 줄곧 무겁게 억눌렸던 속이 뻥 뚫린 것처럼 가벼워졌다. 내가 꿈을 꾸고 있나! 겨우 30분 전만 해도 지나가는 사람들을 아무 희망 없이 쳐다보며 이런 기회가 오기를 꿈꾸고 있었다. 마침내 그 기회가 판잣집 문을 열고 다가온 거다.

"진짜요? 일자리를 구해주신다고요? 어디에서요? 제가 해야 하는 일이 뭐죠?"

"그럼, 당연하지. 지금 당장 일할 곳에 가보자꾸나."

마모는 하늘에서 보내준 이 낯선 구세주의 마음이 바뀔까 봐 얼른 물통 뒤편에 있는 신발을 꺼냈다. 사이즈가 많이 작지만 평소에도 문제없이 그럭저럭 신고 다녔다. 그래도 신발은 신고 가는 게 그곳 사장님에게 좋은 인상을 줄 거라는 생각이 들었다.

마모는 신발을 신고 끈을 묶은 다음 일어섰다.

마모를 유심히 살펴보며 메르가 물었다.

"넌 몇 살이냐? 열 살? 열한 살?"

"잘 모르겠어요. 열세 살 정도 된 것 같아요."

"또래보다 좀 작은 편이구나, 그치?"

마모는 등을 곧게 폈다.

"힘은 세요. 그리고 무거운 짐도 잘 날라요."

"좋았어. 가자."

메르가는 마지막으로 판잣집 안을 둘러보고 고개를 저으며 중얼거렸다.

"쓰레기장이 따로 없군."

메르가를 따라 밖으로 나오자, 마모는 흥분되어 심장이 마구 뛰기 시작했다. 마모는 뻑뻑한 경첩에 달린 문을 당겨서 닫고 자물쇠로 고정시켰다.

좁은 골목길로 들어섰을 때 옆집에 사는 한나 아줌마가 밖으로 나왔다.

"마모, 괜찮니?"

한나 아줌마는 등에 업은 아기를 어깨 쪽으로 추켜올리면서 다정한 목소리로 물었다.

"그럼요. 우리 외삼촌이 오셨어요. 일자리를 구해주신대요. 지금 보려고 가는 거예요."

마모는 자랑스럽게 말했다.

한나 아줌마는 놀라서 마모를 바라봤다.

"외삼촌? 잘됐네. 잘됐으면 좋겠다. 오늘 밤에 얘기하자. 괜찮으면 티기스트랑 다 같이 저녁 먹자."

"마모!"

메르가 걸어가다가 뒤를 돌아보며 큰 소리로 불렀다.

"저 오기 전에 티기스트 누나가 먼저 오면 좀 전해주세요!"

마모는 급히 소리친 후 메르가 뒤를 쫓아 좁은 골목길을 뛰어갔다.

"누구냐?" 메르가 물었다.

"옆집 사는 한나 아줌마예요. 진짜 좋은 분이에요. 아줌마는……."

"그런데 티기스트? 걔는 누구지?"

마모의 눈이 휘둥그레졌다.

"우리 누나요. 모르셨어요?"

"아, 맞다. 깜빡했구나. 누나는 몇 살이냐?"

"열여섯 살? 그 정도 된 것 같아요."

"누나는 어디 갔는데?"

"오늘 아침에 일자리 찾아본다고 나갔어요. 식료품점 하시는 파리다 사모님 댁에……."

"알았으니깐, 그만 떠들어."

마모는 기분이 날아갈 것 같았다. 낡은 신발에 꽉 끼여 발이 아픈데도 자갈길을 가볍게 깡충깡충 뛰어갔다. 궁금한 것들이 속에서 마구 떠올랐지만 마음속에 담아두었다.

장밋빛 꿈들이 마음속에 마구 피어났다. 어쩌면 빵집에서 일할지도 모른다. 외관이 밝게 페인트칠 된 빵집에서 귀여운 나비넥타이를 매고, 빵집 앞을 지날 때마다 코끝을 찌르던 달콤한 케이크와 뜨거운 김이 나는 커피를 손님들에게 나를 거다. 아니면 가구 공장에서 보도에 전시된 침대나 의자를 만드는 법을 배울 거다. 생각해보면 가장 가능성이 큰 일은 슈퍼마켓에서 배달하는 일일지도 모른다. 맞다. 어쩌면 배달은 마모한테 딱 맞는 일일 수 있다. 메르가가 마모 몸집에 대해 어떻게 생각하든 마모는 힘이 세다.

하지만 어느새 늘 지내던 익숙한 골목길과 거리에서 벗어나자, 마모 가슴에 불안의 작은 씨앗들이 싹트기 시작했다. 이따가 집에 어떻게 가지? 마모는 주변을 둘러보며 이정표가 될 만한 큰 건물들이나 가게 창문에 걸린 형형색색의 간판들이나 울타리 위로 꽃을 피운 나무들을 유심히 살폈다.

"아직 멀었나요?"

마침내 마모는 메르가의 눈치를 살피며 물었다.

그 순간 버스 한 대가 요란한 굉음과 함께 새까만 배기가스를 내뿜으며 지나가는 바람에 마모 목소리가 묻혀버렸다. 대답 대신에 메르가는 마모 팔을 홱 낚아채더니 길 건너편으로 끌고 갔다. 마모는 어안이 벙벙한 채로 복잡하고 시끄러운 버스 정류장에 도 착했다.

버스표를 끊어주는 사무실에서 일하나 봐. 마모는 다시 기분이 들뜨기 시작했다. 아니면 저쪽에 있는 주유소로 가는 건가? 그럼 주유소에서 일하게 되겠구나.

마모는 점점 더 많아지는 사람들 틈을 비집고 부지런히 메르가 뒤를 쫓아갔다. 먼 길을 떠나는 행인들과 불룩한 짐 꾸러미들을 요리조리 피하면서 부딪히지 않으려고 애썼다.

마모가 어떻게 반응할 겨를도 없이 그 일은 눈 깜짝할 사이에 일어났다. 마모가 거대한 엔진 소리에 귀가 멍멍한 상태에서 대형 버스 옆을 지나고 있을 때, 마모의 뒷목 칼라를 메르가의 손이 덮 쳤다. 그 손길은 악마의 손길처럼 섬뜩했다. 바로 다음 순간, 마 모는 버스 안으로 떠밀려 들어갔다. 그리고 좌석이 두 개 붙어 있 는 맨 뒷좌석까지 휩쓸려갔다.

메르가는 마모를 창가 쪽으로 팽개치더니 옆에 바짝 달라붙어 앉았다. 마모는 놀라서 메르가를 쳐다봤다. 무슨 상황인지 파악 할 수가 없었다. 간담이 서늘해지면서 온몸에 소름이 끼쳤다.

"우리 어디 가는 거예요? 이 차는 아디스아바바 시내버스가 아 니에요. 시골로 가는 시외버스잖아요. 전 내릴래요. 티기스트 누 나한테 가봐야겠어요."

마모가 사정했지만, 메르가는 아까보다 더 세게 마모 팔목을 꽉 쥐었다. 그러곤 마모 코앞에 얼굴을 바짝 들이댔다. 마모는 구역질 날 것 같은 술 냄새와 찌든 담배 냄새를 처음으로 맡았다.

"지랄하지 마! 그랬다간 네 손과 발을 밧줄로 꽁꽁 묶어버릴 테니까. 네가 가출했다고 말하면 그만이야. 네 주둥이로 그랬잖아. 일하고 싶다고. 그럼 일해야지. 고마운 줄 알아, 거지새끼야!"

버스 엔진이 귀청이 떨어질 것 같은 굉음을 냈다. 안내원이 문을 닫자 버스가 움직이기 시작했다. 버스는 아디스아바바의 중심가에 있는 버스 정류장을 빠른 속도로 벗어났다. 마모는 지금까지 알던 모든 것들과 모든 사람들에게서 점점 멀어져갔다.

*

대통령궁을 지나 언덕 아래로 나무들이 꽃을 활짝 피운 화려한 거리에서 약간 벗어난 곳에, 다니라는 남자애가 호텔 수영장 가장자리에 앉아 다리만 물에 담그고 있었다.

주위에 있는 아이들은 모두 물장구치며 신나게 놀고 있었다. 같은 학교에 다니는 잘생긴 남자애가 다니 뒤에서 달려와서 공중으로 높이 뛰어오르더니 늘씬하고 구릿빛 나는 다리를 가위처럼 벌렸다가 물속으로 풍덩 들어갔다. 근처에 있던 다니와 다른 아이들 머리에 물이 마구 튀겼다.

물 밖으로 나온 남자애가 눈을 닦으면서 소리쳤다.

"다니! 다니! 뚱땡이! 수영도 못하는 돼지!"

남자애는 연달아 다니 이름을 불러대며 다니를 조롱하듯 쳐다
봤다.

하지만 다니는 포동포동한 어깨를 구부린 채 물속만 내려다봤
다. 물 위에 비친 태양이 눈이 따가울 정도로 반짝반짝 빛나고 있
었다. 가까이 있는 유아용 수영장에서는 여동생 메세레트가 놀고
있었다. 메세레트는 분홍색 수영복을 입었는데, 팔에 빵빵한 거인
의 팔뚝 같은 워터 윙(water wings. 아이들이 수영을 배울 때 몸이 뜨도
록 양팔에 끼우는 것:옮긴이)을 끼고 있었다.

"엄마, 나 봐봐! 나는 악어다!"

줄무늬 파라솔 밑의 긴 의자에 누워 있는 여자를 보고 메세레트
가 소리쳤다.

다니는 어깨 너머로 엄마를 봤다. 엄마는 손을 들어 메세레트한
테 천천히 손을 흔들어주고 있었다. 엄마는 이 무더운 날, 이 북적
거리는 수영장에서 유일하게 추위를 느끼는 사람이었다.

엄마 옆 의자에 앉아 있던 식모(食母) 제니 누나가 재빨리 일어
나 매세레트 쪽으로 다가갔다.

"메세레트, 엄마를 귀찮게 하면 안 돼. 엄마는 지금 쉬셔야 해."

그러곤 다니를 보며 소리쳤다.

"하루 종일 그렇게 앉아만 있을 거야?"

다니는 수치심에 얼굴이 빨갛게 되었다. 어쩔 수 없이 물속으로
미끄러지듯 들어가는 순간 바닥에 가라앉아 미친 듯이 허우적거
렸다. 다행히, 발이 바로 수영장 바닥에 닿아 똑바로 설 수 있었

다. 물은 그리 깊지 않았다. 다니는 수영장 바닥에 발을 대고 팔만 움직이면서 수영하는 척했다. 그러다가 수영장을 가로질러 아이들이 없는 한적한 곳으로 가서 물 밖으로 나왔다. 메세레트, 제니 누나와는 정반대 방향이었다. 다니는 아까 앉았던 자세 그대로 수영장 가장자리에 걸터앉아 물에 다리를 담갔다.

유럽 여자 몇몇이 오일을 온몸에 바르고 의자에 누워 핑크빛 피부를 태우고 있었다. 유럽 여자들 뒤에 늘어선 나무 그늘에서는 식모살이를 하는 에티오피아 여자 둘이 나란히 앉아 얘기를 나누고 있었다.

다니는 백일몽에 빠져들기 시작했다. 아이들이 첨벙하는 소리, 까르르 웃는 소리, 가끔씩 울리는 휴대폰 소리, 주문받으러 돌아다니는 웨이터들의 소리가 서서히 사라졌다.

다니는 지금 불타는 건물 앞에 서 있다. 불길이 창문 밖으로 솟구치고, 연기가 하늘로 솟아오른다. 아빠가 큰 소리로 다급히 소리친다. "우리 가족이 저기 있어요! 내 딸과 아내가 저기 있어요. 불 속에서 타고 있어요!"

건물 안으로 돌진한 다니는 죽을힘을 다해 불과 연기를 뚫고 들어간다. 엄마와 메세레트가 한쪽 구석에 웅크리고 있다.

"엄마, 나랑 같이 가. 괜찮을 거야."

다니는 메세레트를 안고 엄마 손을 잡는다. 거의 질식 상태로 밖으로 나오는 순간 아빠가 다니를 향해 달려온다.

"다니! 네가 엄마와 동생을 살렸구나!"

21

다니가 정신을 잃고 쓰러지자 아빠가 울부짖으며 소리친다.

"미안하구나, 다니야. 내가 널 잘못 생각했어. 지금까지 살면서 이렇게 용감한 행동은 본 적이 없다. 넌 최고의 아들이야."

그때, 누군가 엄마 이름을 말하는 소리에 다니는 정신이 들었다.

"루스잖아."

다니는 주위를 둘러봤다. 에티오피아 여자 둘이 숄을 두르고 누워 있는 엄마 쪽을 바라보고 있었다.

수영장에 있던 아이들 한 무리가 빠져나가면서 소음이 잦아들었다. 갑자기 에티오피아 여자들의 대화 소리가 선명하게 들렸다.

"맞아, 저 여자 맞아. 저 여자가 루스야. 불쌍해라. 좀 봐봐. 여기서 봐도 아픈 게 보이네."

"어디가 아픈 거야? 암이야?"

다른 여자가 말했다.

"아니, 심장병이래. 수술해야 한다고 하던데. 수술 받으려면 유럽이나 미국에 가야 한대."

"그럼 돈이 엄청 많이 들잖아."

"아, 돈은 많대. 파울로스 사업이 잘되나 봐. 그나저나 난 파울로스랑 결혼 안 한 게 얼마나 다행인지."

"그렇긴 해. 나도 파울로스만 보면 몸이 굳어버려. 특히 그 두 눈! 마주칠 때마다 판사 앞에 선 죄인이 된 기분이야. 루스도 남편 땜에 엄청 힘들 게 분명해."

"아, 그건 아닌가 봐. 내 사촌이 루스랑 친한데, 파울로스가 루스를 그렇게 끔찍이 여긴대. 치료 때문에 외국으로 나가야 하는데, 루스 몸이 견뎌내지 못할까 봐 걱정이 이만저만 아니래."

"그렇게 안 좋대? 진짜 안됐다."

"응, 진짜 안됐어. 저기요! 여기요! 30분 전에 샌드위치랑 콜라 두 잔 시켰거든요."

곧 수영장이 새로운 아이들로 가득 찼고, 여자들이 하는 말은 이제 들리지 않았다. 듣고 싶지도 않았다. 저 멍청한 여자들이 엄마를 알면 얼마나 안다고? 그들은 그저 뒷말에 열을 올리고 있을 뿐이었다. 여자들은 모이기만 하면 습관적으로 남 얘기를 숙덕거린다.

다니는 엄마가 누워 있는 긴 의자를 유심히 살펴봤다. 제니 누나가 엄마 쪽을 향해 몸을 구부린 채로 간식이 담긴 쟁반을 들고 있었다. 무슨 말을 하는지 들리지 않았지만 좀 먹으라고 권하는 것 같았다.

그때 다른 누군가가 다니 눈에 들어왔다. 다니의 아빠, 파울로스가 수영장 안으로 들어오고 있었다. 금색 장식이 달린 제복을 입은 경비원은 마치 장군을 보는 군인처럼 차렷 자세로 서 있었다.

파울로스는 루스를 발견하자 바로 그쪽으로 걸어갔다. 흐트러지지 않는 걸음걸이에서 힘이 느껴졌다. 키 크고 마른 몸에 깨끗한 흰색 테니스복을 걸쳐 입었고, 손에는 테니스 라켓 손잡이가 삐져나온 무거운 스포츠 가방을 들고 있었다.

23

다니는 조용히 물속으로 들어가서 팔을 허우적거리며 수영하는 척했다. 그러면서 아빠와 엄마 쪽으로 천천히 다가갔다. 두 사람이 대화하는 소리가 들렸다.

"몸은 괜찮아?"

"네, 좋아요."

"두통은 좀 어때?"

"이제 나았어요."

"아침에 뭐 좀 먹었어?"

"그럼요. 그리고 부축도 안 받고 혼자서 수영장에 왔는걸요."

루스는 파울로스의 기분을 좋게 해주려고 애썼다. 평상시에는 호텔 직원들의 부축을 받는다.

"그래, 잘했어. 그런데 다니는 어디 있어?"

"수영장에 있어요. 몇 시간 동안 수영만 하고 있어요. 이제 싫증 날 때도 됐을 거예요."

다니에겐 엄마뿐이었다. 엄마가 너무 고마웠다. 엄마는 항상 다니 편이었다.

다니는 얼굴을 돌리고 진짜로 수영하는 것처럼 보이려고 힘껏 팔을 저었다. 그걸 본 파울로스가 못마땅하다는 듯 얼굴을 찌푸렸다. 이미 눈치를 채고 있었다.

"그것도 수영이라고 하는 거냐?"

파울로스의 말에 다니는 순간 움찔했다.

"쓸모없는 녀석. 돈 써서 선생을 붙이면 뭐 해, 돈지랄이지. 다

24

니! 빨리 나와. 집에 갈 시간이다. 제니, 메세레트를 데려와. 하루 종일 수영장에서 시간을 낭비할 순 없어."

사다리를 붙잡고 물 밖으로 나온 다니는 아빠와 눈이 마주치자 얼른 고개를 숙였다. 만약 두려움과 원망이 뒤섞인 자기 얼굴을 본다면 상황이 더욱 악화될 게 분명하니까. 다니는 제니 누나 의자 밑에 놓인 수건과 옷을 집어 들고 얼른 이동식 탈의실로 갔다.

난 아빠가 정말 싫어. 진짜로 싫어. 다니는 죄지은 사람처럼 중얼대며 티셔츠와 반바지로 갈아입었다.

탈의실을 나오면서 다니는 하늘을 올려다봤다. 거대한 구름이 하늘을 가로질러 흘러가고 있었다. 차가운 산들바람이 갑자기 불어와 수영장 울타리에 핀 붉은색 히비스커스 꽃을 흩트렸다. 비가 올 것 같았다.

2

마모와 메르가를 태운 버스가 달린 지 두 시간쯤 지났을 때, 비가 쏟아지기 시작했다. 비는 성난 것처럼 순식간에 마구 내리쳤다. 운전기사는 좁은 도로를 거의 기어가다시피 지나 저 멀리 쭉 뻗은 푸른 벌판으로 버스를 몰았다.

빗방울이 마모가 꼼짝도 못하고 앉아 있는 버스 뒷좌석의 창문을 세차게 때렸다. 마모는 망연자실한 채 창밖을 쳐다봤다. 오늘 마모한테 일어난 모든 일처럼 진짜로 내리는 비 같지가 않았다. 믿을 수가 없었다. 끔찍한 악몽을 꾸고 있는 것 같았다.

버스가 빽빽하게 늘어선 차들 틈에서 빵빵대며 아디스아바바의 복잡한 변두리를 빠져나가는 동안, 마모는 끊임없이 몸부림치며 메르가에게서 벗어나려고 발버둥 쳤다. 악을 쓰고 눈물 흘리며, 유괴당했다고 소리치며 사람들에게 도와달라고 애원했다. 하지만 메르가는 태연히 웃으면서, 마모가 가출을 해 다시 아빠한테 데려가고 있으며 집에 가면 매 좀 맞아야 한다고 사람들에게 말했다.

26

버스에 있는 모든 사람이 메르가 편이었다. 게다가 메르가를 간신히 벗어난다 해도 버스 출입문까지 가려면 수많은 사람들을 뚫고 가야 했다. 마모는 결국 절망감에 빠져 멍하니 창밖만 바라볼 수밖에 없었다.

버스가 복잡하게 얽혀 있는 도로를 뒤로하고 시내가 내려다보이는 가파른 산비탈을 올라가자 사방이 뻥 뚫리고 넓게 펼쳐진 고원지대가 나타났다. 마모는 전에 시골에 간 적이 한 번도 없었다. 그 사실이 마모를 무섭게 만들었다.

마모는 속으로 메르가의 검은 형체가 판잣집 문에 나타난 순간부터 모든 상황을 다시 정리하기 시작했다. 무엇보다 메르가가 우리 외삼촌 맞나? 엄마는 친오빠가 있다는 말을 한 적이 한 번도 없었다. 친척에 관해서도 말한 적이 없었다. 만약 메르가가 엄마의 친오빠라면 굳이 나한테 아빠에 대해 물어볼 필요가 있을까? 내가 세상에 나오자마자 아빠가 실종된 사실을 모르고 있었나? 또 어떻게 티기스트 누나를 모를 수가 있지? 그런데 메르가가 엄마의 친오빠가 아니라면 엄마가 죽은 걸 어떻게 알았지? 내이름은 또 어떻게 알았고? 우리 집엔 대체 왜 온 거지? 그냥 좀도둑일 뿐이라면 물건만 훔치면 되지, 두 사람 버스비까지 들여 먼곳으로 여행할 필요는 없지 않나?

"여기가 어디예요? 어디 가는 거냐고요? 아직 더 가야 돼요?"

백 번도 더 물었을 거다.

"모르는 척하지 마. 어디 가는지는 네가 더 잘 알잖아. 아빠가 계시는 집에 가는 거잖아, 요 녀석."

메르가는 마모의 반대편 좌석에 앉은 남자를 곁눈질하며 큰 소리로 말했다.

비는 오래전에 그쳤고 마침내 버스가 섰다. 마모는 시간이 얼마나 흘렀는지 몰랐다. 그 시간이 평생처럼 느껴졌다. 마모는 메르가를 따라 버스에서 내려 먼지가 날리는 공터에 섰다. 조그만 시골 읍내 같았다. 비포장도로의 양쪽에 단층으로 된 상점이 몇 개 늘어서 있었지만 그 외엔 아무것도 없이 탁 트여 있었다.

마모의 심장이 다시 쿵쾅거리기 시작했다. 지금이 도망칠 절호의 기회였다. 마모는 주위를 두리번거리면서 간판이나 표지판, 혹은 좋은 아이디어가 떠오를 만한 물건을 찾았다.

트럭 두 대가 도로 저쪽에 세워져 있었다. 어떻게든 메르가를 따돌릴 수만 있다면, 트럭 짐칸에 덮인 방수포 속으로 몰래 들어가 숨어 있다가 아디스아바바로 가는 차를 얻어 타면 된다. 아니면 이 마을 어딘가에 몰래 숨어 있다가 집으로 가는 다음 버스를 타거나.

이 작은 마을에 내린 승객은 많지 않았다. 몇몇은 근처 식당에서 요기를 하거나, 차를 마시거나, 화장실에 갔다. 얼마 후 운전기사가 경적 소리를 내며 승객들에게 서둘러 타라고 재촉했다. 마모는 화장실에 가는 척하기로 했다. 일단 식당 안으로 들어간 다음, 뒷문을 통해 빠져 나가면 될 것 같았다.

"저, 저기, 오줌 쌀 것 같아요."

마모는 가게 문으로 슬금슬금 향하면서 말했다. 순간 메르가의 손이 마모의 팔을 포악하게 낚아챘다.

"왜 이래, 네 꿍꿍이속을 모를 줄 알아? 도대체 뭐가 문제냐? 일하고 싶다며? 내가 너한테 일 구해주겠다고 고생하는 게 보이지도 않냐!"

마지막 승객들이 서둘러 버스에 타자 운전기사가 버스 문을 닫았다. 낡은 엔진의 털털거리고 쌕쌕거리는 소리와 함께 버스는 느릿느릿 기어가듯 멀어져갔다.

차가운 적막감이 마모를 덮쳤다. 버스의 소음이 사라지자 소름 끼칠 정도로 조용했다. 아디스아바바의 활기찬 소음에 익숙한 마모는 한 번도 이런 적막감을 느껴본 적이 없었다.

메르가는 여전히 마모의 팔을 꽉 쥔 채 가만히 서서 정신없이 사방을 두리번댔다. 누구를 기다리는 것 같았다.

결국 메르가는 씩씩거리며 빠른 걸음으로 도로 아래로 내려가기 시작했고 마모는 질질 끌려갔다. 중년 남자 한 명이 두 사람을 향해 오고 있었다. 그 남자는 농부 옷차림이었는데 두꺼운 흰색 샴마(shamma. 에티오피아의 민속 의상:옮긴이)를 두르고 있었다. 손에는 굵은 막대기를 들었고, 다 낡아빠진 바지 밑으로 발이 보였는데 맨발이었다.

메르가는 농부에게 다가섰다.

"안녕하신가."

"그럼, 안녕하지."

"어떻게, 잘 지내나?"

"뭐 그럭저럭 잘 지내는구먼."

"별일 없고?"

"없어. 다 하느님 덕분이지 뭐."

"좋아."

메르가와 농부는 무미건조하게 일상적인 인사를 나누었다. 농부는 느린 시골 사투리로 말했는데, 마모 귀에 익숙한 빠른 도시 말과 매우 달랐다.

"근데 얘가 그 애여? 좀 작네."

농부가 마모를 못마땅한 눈으로 살펴보자 메르가가 웃으며 말했다.

"이래봬도 힘은 세다네. 보게나! 이제 갓 열네 살이야."

메르가가 여전히 잡고 있는 마모 팔을 들어 보이자 농부가 이리저리 훑어봤다.

"음, 일은 해본 적 있냐?"

농부는 얼굴을 찌푸렸지만 몰인정해 보이지는 않았다.

"아, 안 해본 게 없는 놈이야. 심부름이며, 경비 일이며, 가축시장에선 조수도……."

마모가 입을 떼기도 전에 메르가가 먼저 나서서 말했다.

"아니에요, 전……."

마모가 반박하려 하자, 메르가의 손가락이 마모 팔을 세게 비틀었다. 마모 입이 저절로 닫혔다.

"그려. 그럼 됐지 뭐."

농부는 헐렁한 샴마 속으로 손을 넣더니 얇은 돈뭉치를 꺼내 메르가에게 건넸다.

마모는 정신이 번쩍 들었다. 메르가는 지금 나를 팔고 있는 거다! 나를 유괴한 저 인신매매범이 지금 나를 팔아 돈을 벌려 하고 있다! 마모는 충격으로 아무 반응도 할 수 없었다.

메르가는 어이가 없다는 표정으로 손 안에 든 돈을 뚫어지게 보고 있었다.

"이게 뭐야? 150비르는 줘야지!"

"그럼 130비르로 하지."

"150비르! 그리고 왔다 갔다 여비는 왜 빼먹어? 여기까지 온 버스비랑 갈 때 버스비도 줘야 할 거 아냐!"

메르가는 성질을 내며 농부 면전에 돈을 흔들어댔다.

농부는 어깨를 으쓱했다.

"그게 전부여. 싫어? 그럼 그냥 데려가든가."

마모의 마음속에서 작은 희망의 불꽃이 번쩍였고 힘이 솟았다.

"거래는 거래야. 여기까지 온 수고비는 줘야 할 거 아냐!"

"알았구먼. 근데 나머지 돈 받고 싶으면 우리 집에 가야 하는데, 그 비싼 신발 신고 거기까지 걸어갈 수나 있을지 모르겠네."

농부가 심술궂게 웃었다. 메르가는 망설였다. 농부의 웃음소리가 커졌다. 그게 메르가를 자극한 듯했다.

"그럼 가지. 망설일 게 뭐 있나?"

메르가는 한번 해보자는 듯 으르렁댔다.

"우리 집 가면 오늘 밤엔 아디스아바바로 돌아가기 힘들 텐데."

농부가 불안한 얼굴로 대꾸했다.

"그럼 날 재워주면 될 거 아닌가? 아침에 가면 되지 뭐."

마모의 마음속에서 빛나던 희망의 불빛이 점점 작아지더니 완전히 꺼져버렸다. 도망칠 방법이 없었다. 농부는 나의 새로운 사장, 새 주인이다. 이제 주인이 시키는 대로 사는 게 나의 새 삶이다. 난 노예가 되어 인적이 드문 시골에서 살게 될 거다.

예전에 들었던 도시 밖 황무지에서 일어나는 끔찍한 일들이 하나둘씩 떠올랐다. 하이에나와 자칼이 밤에 돌아다닌다. 너도나도 새벽부터 밤까지 일해야 한다. 시골 사람들은 비가 오지 않으면 굶주림에 시달린다.

서러움이 가슴에 북받쳤다. 마모는 서러움을 억눌렀다. 아직 포기하긴 이르다. 호랑이에게 물려가도 정신만 바짝 차리면 살아남을 수 있다고 하지 않던가.

이제 세 사람은 빠른 걸음으로 작은 읍내를 벗어났다. 사방에 경사가 완만한 시골길이 뻗어 있고 인적이라곤 눈 씻고 찾아봐도 없었다. 하늘은 아디스아바바의 집에서 보는 것보다 더 거대하고 더 멀게 보였다.

메르가가 길바닥의 돌부리에 걸리는 순간, 마모 목덜미를 움켜쥔 손에 힘이 약간 풀렸다.

지금이 기회다. 마모는 메르가 손아귀에서 벗어나 있는 힘껏 달리려고 했다. 그러나 한 발을 내딛기도 전, 농부가 마모 다리 사이에 막대기를 찌르는 바람에 앞으로 꼬꾸라졌다. 마모는 땅바닥에 벌렁 나자빠졌고 양손이 다 까졌다.

"뭐 하는 거여! 꽉 붙잡고 있어야지."

농부가 메르가에게 으르렁댔다. 그러곤 샴마 속에서 밧줄을 꺼내 빠른 손놀림으로 밧줄 한쪽 끝을 마모의 목에 묶었다.

"어디 한번 도망쳐봐. 네 목을 졸라서 죽고 싶으면 말이여."

그 뒤로 끌려가는 두 시간이 마모에겐 영원처럼 아득했다. 지칠대로 지쳤고, 배도 고프고, 갈증으로 목이 말랐다. 낡은 신발에 구겨 넣은 발도 너무 아팠다. 목에 묶인 밧줄 때문에 수치심으로 얼굴이 화끈거렸다. 노예 같았다. 동물이나 물건 같았다.

넌 노예로 팔렸어. 이 말이 마모 머릿속에서 끊임없이 맴돌았다. 당나귀나 염소처럼 말이야.

거의 어두워졌을 때 높고 굵은 선인장들이 울타리처럼 양쪽에 늘어선 좁은 길이 나타났다. 모퉁이를 돌자 울타리 안으로 들어가는 입구가 보였다. 선인장 울타리 안에는 오두막 두 채, 허물어진 토담과 낡은 초가집이 옹기종기 모여 있었다. 소 서너 마리, 염소와 양 몇 마리가 머리를 돌려 막 들어온 손님들을 쳐다봤다. 그리고 가는 다리와 크고 둥근 배를 가진 조그만 남자애는 짧은 누더기 셔츠만 입고 있었는데, 낯선 사람들을 보자 겁을 먹고 울음을 터트리며 큰 오두막으로 달려갔다.

농부 아내가 나오면서 기다란 주름치마에 손을 닦았다.

"얘가 걔예요? 이름이 뭔데요?"

농부 아내가 농부에게 물었다.

"마모예요."

메르가가 한 발 내디디며 먼저 말했다.

"들어오세요."

농부 아내는 손님들을 오두막으로 안내했다. 농부는 늘 하던 일처럼 말의 고삐를 풀듯 마모 목에서 밧줄을 풀었다. 마모는 그들을 따라 안으로 들어갔다. 이제 물이랑 음식을 얻어먹을 수 있다고 생각하니 그나마 살 것 같았다.

*

어둠이 깔리자 티기스트는 서둘러 집에 왔다. 한편으로는 새로운 소식에 마음이 벅찼다. 그런데 다른 한편으로는 새로운 소식을 마모가 어떻게 받아들일지 감이 잡히지 않았다.

티기스트는 자물쇠를 열고 판잣집 안으로 들어갔다. 집 안이 텅 비어 있었지만, 티기스트는 놀라지 않았다. 마모는 보통 동네 친구랑 어디선가 놀고 있거나 도롯가에 있는 음반가게 주변을 돌아다닌다. 아니면 가게 벽에 기대앉아 하루 종일 이동식 확성기에서 울려 퍼지는 음악을 듣는 걸 좋아한다.

티기스트는 램프에 불을 붙여 테이블에 올려놓고, 갖고 온 비닐봉지에서 파리다 사모님이 챙겨준 빵을 꺼냈다. 빵은 내일이면 상

해서 팔기 힘들기 때문에 티기스트가 빵을 가져가도 파리다 사모
님에겐 아무 상관이 없었다. 그런데 사모님은 고맙게도 달걀 몇
개를 같이 챙겨주었다. 이 정도면 오늘 밤 두 남매의 충분한 저녁
이 될 거다.

티기스트는 불을 피워 달걀을 요리하며 마모가 들어오는지 귀
를 기울였다. 그때 판잣집 밖에서 발소리가 들렸다.

"마모니? 들어와. 너한테 말해줄 거 있어."

하지만 티기스트 말에 대답한 사람은 옆집에 사는 한나 아줌마
였다.

"티기스트, 들어왔구나. 같이 저녁 먹을까 해서 왔어."

한나 아줌마는 집 안으로 들어오면서 등에 업은 아기를 추켜올
렸다. 티기스트는 자리에서 일어나 한나 아줌마를 안았다.

"저희한테 잘해주셔서 고마워요."

한나 아줌마는 티기스트 어깨를 두드렸다.

"엄마를 잃은 심정이 어떤지 내가 잘 알지. 할 수만 있다면 너희
들한테 힘이 돼주고 싶구나."

티기스트는 한 걸음 뒤로 물러서서 한나 아줌마를 보며 말했다.

"이젠 다른 사람 도움 받지 않아도 돼요. 모든 일이 잘될 거예
요. 오늘 파리다 사모님을 뵈러 갔는데, 저한테 가게에서 일하라
고 하셨어요! 가게 청소하고, 심부름하고, 사모님이 가르쳐주시면
손님 응대도 할 수 있어요. 내일 가면 가게에서 입을 옷을 준대요.
신발도요. 그리고 가게에 딸린 방에서 자도 된대요."

아기가 칭얼대기 시작했다. 한나 아줌마는 아기한테 자기 손가락을 물리고 티기스트를 보며 활짝 웃었다.

"잘됐다! 너희가 어떻게 살아갈지 정말 걱정이었는데 말이야. 그럼 이제 마모도 삼촌이 좋은 일자리를 구해주면 되는구나."

"삼촌요? 무슨 삼촌요?"

티기스트는 당황스러운 얼굴로 말했다.

"오늘 아침에 삼촌이 왔다고 하더라. 마모한테 일자리를 알아봐준다고 했대. 그래서 일자리 알아보러 그 삼촌이란 사람을 따라 나갔어."

"에이, 아닐걸요. 우린 삼촌 없어요. 친가 쪽으론 아는 사람이 하나도 없어요. 아빠는 북부 지방 출신이고, 엄마 말로는 외가 쪽도 전쟁에서 전부 죽었다고 했어요."

"그럼 사촌인가 보다. 아니면 너희 아빠 친구이거나. 마모가 와서 말해주겠지 뭐. 남자들은 다 그래. 말도 없이 나가선 가족들한테 안부도 안 주고."

"그럴 수도 있겠네요. 근데 솔직히 말하면 마음이 놓여요. 파리다 사모님은 마모가 자리 잡을 때까지만 저랑 가게에서 잘 수 있다고 하셨거든요. 믿을 수 없어요! 우리 둘 다 하루에 일자리를 얻다니! 마모 일자리도 저만큼 좋았으면 좋겠어요. 내일 가게로 짐을 옮겨야 하는데…… 제가 갈 때까지 마모가 오지 않으면, 제가 어디에 있는지 마모한테 알려주시겠어요?"

"그럼 이 집에서 완전히 나가는 거니?"

한나 아줌마는 우중충한 벽과 울퉁불퉁한 흙바닥을 둘러보며 말했다.

"네. 정말 지긋지긋한 집이었어요. 생각하기도 싫어요. 물론 아줌마는 보고 싶을 거예요. 가끔 시간 나면 아줌마네 집에 놀러 올게요. 근데 파리다 사모님 밑에서 일하면 정말 좋을 것 같아요! 귀여운 아기가 있어요. 물론 아줌마 아기만큼은 아니지만요. 파리다 사모님이 바쁘면 애도 보게 될 것 같아요. 가끔 저녁 먹으러 와도 되나요? 아줌마한테 전부 얘기하고 싶어요."

*

바닥 가운데에서 밝게 타고 있는 불을 제외하고 농부의 집에는 빛이 전혀 없었다. 남자애 하나가 구석에 쪼그리고 앉아 있었고, 마모보다 어린 여자애 하나가 흙더미에 앉아 있었다. 남자애는 교복을 입고 있었다. 남자애와 여자애는 가끔 몸을 돌려 마모를 신기한 듯 봤지만, 웃지는 않았다.

농부 아내가 메르가가 앉을 작은 의자를 가져와 불 옆에 놓았다. 마모한테 말을 거는 사람은 아무도 없었다. 마모는 문 옆에 꿔다놓은 보릿자루처럼 서 있었다. 뭘 해야 할지 알 수 없었다.

농부가 마모를 보며 고개를 끄덕였다.

"가서 소를 몰아 오두막으로 넣어."

"어떻게 하는지 몰라요."

마모는 당황한 표정으로 웅얼댔다.

"가서 어떻게 하는지 보여줘라."

농부의 지시를 받은 남자애가 막대기를 들고 마모 옆을 지나갔다. 마모는 남자애를 따라 밖으로 나갔다. 남자애는 두 번째 오두막 문의 빗장을 열고 소들 뒤를 왔다 갔다 하며 소 엉덩이들을 향해 막대기를 흔들었다.

"야! 들어와!" 남자애가 귀찮다는 듯이 말했다.

마모는 소들을 피해 뒤로 물러났다. 소들의 기다란 뿔이 무서웠다.

남자애가 뭐 하냐는 듯 마모를 노려봤다.

"뭐가 무섭다고 그래!"

마모는 대꾸하지 않았다.

양과 염소들이 자연스럽게 소들을 따라 오두막으로 들어갔다. 오두막에는 나귀 한 마리가 서 있었는데, 잠이 들었는지 고개를 숙이고 있었다. 남자애는 별다른 말 없이 빗장을 닫고 집 안으로 들어갔다. 마모는 남자애를 따라갔다.

메르가와 농부, 그리고 늙은 남자가 커다란 쟁반 둘레에 앉아 편평하게 편 인제라(injera. 에티오피아 전통 빵:옮긴이)에 양념이 잔뜩 들어간 스튜를 얹어서 먹고 있었다. 배고파 쓰러지기 직전이었던 마모는 먹으려고 그쪽으로 갔다.

"너 뭐 하는 거야? 넌 맨 끝이야. 나랑 우리 애들 다 먹고 난 다음에."

농부 아내가 얼굴을 찌푸리며 말했다.

"저기, 물 좀 주세요. 목이 너무 말라요."

"저기."

농부 아내가 턱으로 항아리를 가리키며 말했다.

마모는 소뿔로 만든 컵에 물을 따라 마시고, 벽 쪽 그늘에 앉아 두 팔로 무릎을 감싸고 머리를 무릎에 묻었다. 끔찍한 고통이 마모를 완전히 집어삼켰다. 외로움이 거세게 밀려왔다. 눈물이 흘러내리면서 회색 먼지로 뒤덮인 얼굴에 줄을 두 개 그렸다. 눈초리가 예리한 애들이 볼까 봐 코를 훌쩍이진 않았지만 머리를 좌우로 움직이면서 무릎에 눈과 코를 닦았다.

비참함 저 아래에서 분노가 불타오르기 시작했다. 심장이 마구 뛰면서 생각이 하나씩 정리되었다. 난 유괴되었다. 속았다. 팔렸다. 하지만 운명 앞에 무릎 꿇지 않을 거다. 무슨 수를 써서라도 언젠가는 반드시 이곳에서 벗어날 거다. 그리고 저 악당 메르가를 찾아 복수할 거다.

어느새 세 남자가 식사를 끝마쳤다. 마모는 마음이 철렁했다. 쟁반에 남아 있는 음식이 거의 없었다. 농부 아내는 쟁반을 들고 아이들에게 가서 남은 음식을 같이 먹었다. 그리고 둥근 오두막의 반대편에 가로질러 뻗어 있는 칸막이 뒤로 가서 구운 옥수수 속대 네 개를 꺼내왔다.

"자, 네 거."

농부 아내는 애들한테 한 개씩 주고, 마모한테 한 개를 주고,

자기 것 하나를 챙겼다.

마모는 아침에 빵을 먹은 뒤로 먹은 게 전혀 없었다. 마모는 옥수수 속대를 허겁지겁 먹었다. 간에 기별도 안 갔다. 더 먹기를 기대하며 뭔가를 기다렸지만 그게 다였다. 애들도 실망하는 것 같았다. 뭔가 불만스러운 얼굴로 농부를 노려봤지만 감히 불평은 꿈도 꾸지 못했다.

모두들 잘 준비를 했다. 오두막 가장자리에 있는 소가죽 매트에 누웠다. 마모도 같이 누웠다.

"그려, 오늘 밤은 거기서 자. 하지만 내일부턴 소들하고 자면서 소들을 지켜야 돼."

농부는 마모를 보며 단단히 일렀다. 잠깐 동안 불빛이 시커먼 농부의 얼굴을 비추었다. 농부는 이해한다는 듯 씨익 웃었다.

"물론 도시 생활보단 여기가 더 힘들겠지. 그래도 금방 적응될 거여. 열심히 부지런히만 일하면 되니까. 그럼 나 같은 주인도 없다는 걸 알게 될 거여. 난 말여, 그냥은 안 혼내. 때릴 만한 이유가 있을 때만 때려."

마모는 말없이 얼굴을 벽으로 돌렸다.

3

다니가 학교에서 제일 싫은 건 사람들이 자기만 보면 짜증을 낸다는 거였다. 어떤 이유에선지 누구나 다니만 보면 불같이 화를 냈다. 다니는 정말로 그 이유를 알 수 없었다.

"야, 다니. 사전 또 안 가져왔냐? 영어를 어떻게 배우려고 맨날 사전을 집에 두고 오냐?"

마르코스가 숯덩이 같은 눈썹을 찌푸리며 지껄였다.

다른 애들의 짜증난 목소리가 여기저기서 들려왔다.

"야, 너 미쳤냐? 쟤 빼. 우리 학교 최고의 구멍인 거 몰라?"

아이들은 축구를 할 때도 자기들끼리 속닥거리며 팀을 나누었다.

심지어 매일 아침 집에서 학교로, 오후에는 학교에서 집으로 다니를 태워다주는 택시 기사 이브라힘도 다니한테 잔소리를 해댔다. 이브라힘은 남부 지방 사투리가 강해서 그런지 말하는 게 약간 웃겼지만 알아듣는 데는 문제가 없었다.

"항상 최선을 다해야 혀. 기회를 그냥 날려버리면 안 되지, 암만. 난 우리 애들 학교 보낼 돈만 있으면 1등 할 때까지 죽도록 공부만 시킬 거구만."

다니는 넋을 잃은 채 택시 창밖을 응시했다. 왜 사람들은 전부 너한테 다른 것을 원할까? 넌 나름대로 사람들의 기대에 부응하고 사람들을 즐겁게 해주려 애쓰는데 왜 항상 실수만 하고 문제만 일으키는 거니?

오늘이 바로 그런 날이었다. 다니는 과학 시간에 정말 최선을 다했다. 과학 선생님은 젊은 미국인인데, 평소에는 늘 웃고 있지만 다니만 보면 웃음이 사라졌다.

"무슨 말인지 이해는 하니? 이 전자는 음전하를 옮겨. 마이너스 전하 말이야. 알아들었어?"

다니는 고개를 끄덕였지만, 사실 선생님이 하는 말 자체를 아예 알아듣지 못했다. 문제는 단어였다. 특히 외국인이 빠른 속도로 말하면 단어들이 머릿속에서 뒤죽박죽으로 섞이는 것 같았다.

"좋아, 그럼 전자에 전류가 형성되어 흐르면 무슨 일이 생길까? 응? 간단해."

다른 애들이 자리에서 몸을 들썩대며 서로 먼저 대답하려고 손을 번쩍 들었다. 하지만 다니는 뇌가 굳어버리는 것 같았다. 다니는 자기가 답을 안다고 생각했다. 그런데 생각할수록 답이 불확실해졌다.

"생각해보렴, 다니. 생각해봐."

다니는 생각하고 있었다. 그런데 소용이 없었다. 다니 머릿속이 탈지면처럼 새하얀 안개로 가득 차기 시작했다.

결국 선생님은 포기하고 손을 든 학생 중 한 명을 지목했다. 똑똑한 마코넨이었다. 마코넨은 수영장에서 다니 머리 위로 점프하여 물속으로 뛰어든 아이였다. 다시 길고 긴 수업이 진행되는 동안 아무도 다니를 보지 않았다. 다니는 교실에 없는 사람 같았다.

다니는 속으로 생각했다. 사람들이 너를 없는 사람 취급하면 멀리 도망치면 돼. 머릿속에선 어디든지 갈 수 있어. 넌 네 마음 한구석에서 항상 널 기다리는 재밌고 흥미로운 드라마들 중 하나에 그냥 푹 빠져서 몰두하면 돼. 그럼 넌 하고 싶은 역할을 할 수 있고 원하는 사람이 될 수 있어. 넌 멋지고, 힘세고, 용감하고, 영리하고, 인기가 많은 아이야.

오늘 오후 다니는 멋진 역할만 했다. 아빠와 함께 은행에 갔는데, 갑자기 총을 든 강도들이 들이닥쳤다. 강도들이 소리쳤다. "바닥에 엎드려! 움직이지 마!" 모든 사람이 얼음처럼 굳었다. 다니만 머리를 들고 있었다. 아빠가 다급한 목소리로 위험한 짓을 하지 말라고 애원했지만 다니는 비상벨이 있는 곳으로 조금씩 움직였다. 다니가 비상벨을 누르려는 순간…….

"저쪽 구석에 있는 애들 보이냐? 구두닦이들 말이여. 쟈들에 비하면 넌 엄청 행복한 거여." 이브라힘이 말했다.

다니 가슴 깊은 곳에서 한숨이 헉하고 나왔다. 문제는 그게 네 머릿속에 있다는 거야. 그래서 절대 오랫동안 지속되지 않아. 누군가 네 생각 속에 침입하면, 생각은 연기처럼 사라지고 그걸 다시 모을 순 없지.

차가 다니 집 앞에 서자 이브라힘이 경적 소리를 냈다. 한쪽 눈만 있는 네구시에 경비원이 날카로운 소리를 내며 대문을 열고 쭈글쭈글한 얼굴을 내밀었다. 이브라힘은 저택 안으로 차를 몰고 들어가 현관문 앞에 세웠다.

다니가 화려한 무늬의 유리현관문으로 향하는 대리석 계단에 올라섰을 때, 이브라힘이 대문 밖에서 다니를 불렀다.

"다니! 책 가지고 가야지."

다니는 대문을 열고 택시로 가면서 이브라힘이 조롱하듯 자기를 비웃는 소리를 들었다. 네구시에 아저씨도 맞장구치며 같이 웃고 있었다.

*

맷돌이 돌아가는 소리에 마모는 잠에서 깼다. 칠흑 같은 어둠 속에서 덜거덕덜거덕 맷돌 돌아가는 소리가 계속 들려왔다.

엄마? 마모는 당황스러웠다. 엄마가 웬일로 이렇게 일찍 일어났지?

순간 잠이 확 달아나면서 모든 일이 떠올랐다. 엄마가 아니다. 인제라를 만들려고 맷돌을 돌리는 사람은 엄마가 아니다. 엄마는 죽었고, 마모는 집에서 아주 멀리 떨어진 곳에 이름조차 모르는 사람들과 있었다. 마모는 완전히 이들의 손안에 잡혀 있었다.

속이 뒤집혔다. 자리에서 일어나 똑바로 앉자 피가 귀에서 솟는 것 같았다.

맷돌이 멈췄다. 오두막 저쪽에서 메르가와 농부가 꿈틀거리며 기지개를 쭉 펴더니 자리에서 일어섰다. 아이들은 여전히 자고 있었다.

농부가 삐걱대는 소리를 내며 오두막 문을 열자, 차가운 공기가 마모 몸에 마구 파고들었다. 온몸이 와들와들 떨렸다. 열린 문을 통해 회색빛 하늘이 보였다. 새벽이었다.

난 완전히 혼자야. 마모는 중얼댔다. 두려움이 마모를 무기력하게 만들었다. 여기에 나를 도와줄 수 있는 사람은 전혀 없어.

"야, 어서 일어나지 못해. 어서 나가 소 몰아야지."

마모는 일어나 비틀거리며 밖으로 나갔다. 농부가 움막 구석에 쌓여 있는 건초 더미를 가리켰다.

"소들한테 저걸 먹여. 정신 바짝 차리고 조심해야 한다."

마모는 건초 더미 쪽으로 걸어가다가 어깨에 강한 타격을 맞고 넘어질 뻔했다.

"뭐 하는 거여? 내가 가라고 하면 뛰어야지."

농부가 막대기를 던지며 으르렁거렸다. 그러곤 다시 오두막 안으로 들어갔다.

마모는 작은 오두막 문에 달린 걸쇠를 만지작거렸다. 이제 사방을 볼 수 있을 정도로 환해졌지만, 마모는 눈에 고인 눈물 때문에 앞이 보이지 않았다.

45

마침내 마모가 문을 열자, 소들이 머리를 흔들어대며 오두막 밖으로 나왔다. 소들은 마모를 따라 건초 더미로 갔고, 마모는 건초를 조금씩 집어서 소들이 먹을 수 있도록 땅에 펼쳐놓았다.

볼일을 보러 나갔던 메르가가 울타리 안으로 들어와 오두막을 둘러보다 마모와 눈이 마주쳤다. 메르가는 변명에 가까운 어색한 웃음을 지으며 지껄였다.

"잘 지낼 거야. 저 사람들이 고지식하긴 해도 나쁜 사람들은 아니다. 여기서 일하는 게 아디스아바바에서 빈둥거리는 것보단 훨씬 낫지. 나중엔 나한테 고맙다고 할 거야. 그렇지?"

증오심이 안에서 부글부글 끓었다.

"우리 엄마는 아저씨 동생이 아니에요. 아저씨는 우리 삼촌이 아니에요."

마모가 악을 쓰자 메르가는 웃더니 음흉한 표정으로 말했다.

"난 말이야, 네 어미한테는 오빠 그 이상이었어. 나도 그렇고, 아디스아바바 남자 절반이……."

분수대에서 뿜어져 나오는 물처럼 증오심이 마모 머리 위로 마구 솟구쳤다. 마모는 메르가에게 달려들어 두드려 패고 발로 걷어차고 싶었다. 하지만 메르가는 마모 얼굴을 한 번 노려보더니 그냥 오두막으로 들어가버렸다. 마모는 한 주먹에 건초를 꽉 쥔 채 소들 옆에 무력하게 서 있을 따름이었다.

태양이 수평선 위로 떠오르자 남자애와 여자애가 오두막에서 나왔다. 걸음마를 막 뗀 것 같은 아기가 그 애들 뒤를 뒤뚱거리며 따라다녔다. 여자애가 마모한테 와서 쳐다보지도 않고 인제라와 물 한 컵을 주었다. 마모는 물을 단숨에 들이켜고 얼마 되지도 않는 인제라를 허겁지겁 먹었다.

남자애가 마모를 경멸스럽게 쳐다봤다.

"넌 기독교인처럼 음식을 안 먹는구나. 원래 기도하고 먹어야 하는데. 근데 그거 네 점심이야."

여자애가 큰 소리로 외치면서 양과 염소들을 울타리 밖으로 몰았다. 가축들은 풀을 뜯어먹기 위해 터벅터벅 여자애를 따라갔다.

농부와 메르가가 오두막에서 나와 울타리 입구로 향했다. 메르가는 마모의 눈을 피하면서 농부에게 형식적인 작별인사를 하고 좁은 길로 급히 사라졌다. 그런 메르가가 혐오스러웠지만 마모는 메르가를 뒤쫓아 가서 간청하고 애원하고 협박하고 싶었다. 메르가가 집에만 데려가준다면 무슨 짓이든 하고 싶었다. 하지만 참았다. 아무 도움이 안 될 테니까. 상황만 나빠질 테니까.

"테스파예! 가서 애한테 뭘 해야 하는지 알려줘라. 강가로 소들을 데려가."

농부가 남자애를 불렀다. 마모는 처음으로 남자애 이름을 들었다.

"학교에 늦어요, 아빠. 지각하면 매 맞는다구요."

농부가 손을 들었다.

"너, 애비 말에 대드는 거여?"

"아뇨. 할게요."

테스파예가 농부 시선을 피하며 대답했다. 겁이 났는지 어깨가 살짝 경직되었다.

테스파예는 오두막에 들어가서 한 손에는 책 꾸러미를, 다른 손에는 막대기를 들고 나왔다. 그런 다음 막대기를 휘두르며 소들을 한데 모으기 시작했다. 한 마리에서 다른 마리로 천천히 옮겨가며 엉덩이를 치자 소들이 집 밖으로 움직였고, 마모와 테스파예는 소들을 따라갔다.

"너네 아빠는 누구야? 왜 널 여기까지 보낸 거야?"

테스파예가 갑자기 물었다.

"우리 아빠는 돌아가셨어."

"아빠 고향은 어딘데?"

"북부. 군인이셨어."

"북부 어디?"

"몰라. 내가 어렸을 때 돌아가셨거든."

"엄마는?"

"돌아가셨어."

"그 남자가 너네 엄마……."

"그 인간은 나에 대해 아무것도 몰라. 아는 게 하나도 없다구."

"너도 모르잖아. 안 그래? 넌 부모님도 모르고 소들도 모르잖아."

"뭐라는 거야? 너보단 많이 알거든, 시골 촌놈아."

"학교는 몇 년 다녔어?"

마모는 머뭇거렸다.

"2년 정도. 그런데……."

"그럼, 2학년을 다 다닌 것도 아니네. 글 못 읽지?"

"읽거든!" 마모는 거짓말을 했다.

"그럼, 12 곱하기 7은 뭐야?"

마모는 얼굴이 화끈거렸다. 주먹을 꽉 쥐었다.

"날 때리거나 까불기만 해봐. 우리 아빠가 널 죽도록 패줄 거
야." 테스파예가 비웃으며 말했다.

"오늘 지각하면 너네 선생님도 널 죽도록 패겠지."

마모가 비꼬자 테스파예는 마모 엉덩이를 차고는 마모를 노려
봤다.

두 사람은 말 한 마디도 하지 않은 채 좁은 길이 끝나는 지점에
도착했다. 소들은 굳이 길을 안내받을 필요가 없었다. 알아서 왼
쪽으로 돌더니 이미 익숙한 길을 따라갔다. 그 길은 언덕 아래로
쭉 타고 내려가 강 쪽을 향하고 있었다.

소 한 마리가 멈춰 서서 강둑에 무성하게 자라난 풀을 조금 뜯
어먹었다. 테스파예가 소리를 지르더니 소 엉덩이를 찰싹 때리면
서 다른 쪽으로 몰았다.

"저 풀은 독초야. 잘 기억해둬, 도시 촌놈아. 소가 저 독초를 먹
으면 죽어. 그럼 우리 아빠가 널 죽일 거고. 무슨 말인지 알지? 넌
죽은 목숨이라구."

시냇물이 흐르는 비탈길로 나오니, 이미 소 스무 마리가 느긋하

게 풀을 뜯고 있었다. 풀들은 길이가 너무 짧아서 푸른색 벨벳처럼 보였다. 긴 막대기에 몸을 기댄 채 얘기를 나누던 목동 두 명이 마모와 테스파예를 신기한 듯이 바라봤다.

"쟤들을 따라가. 목초지를 알려줄 거야. 그리고 살고 싶음 오늘 밤 소들을 안전하게 집으로 끌고 와."

테스파예가 막대기를 마모한테 던졌고, 마모는 공중에서 막대기를 잡아챘다. 테스파예가 바로 몸을 돌려 달리자, 맨발이 지나간 길에 붉은색 흙먼지가 일어났다.

두 명의 목동은 입을 다문 채 마모를 쳐다봤다. 둘 다 마모보다 어렸다. 한 명은 열 살쯤 되어 보였고 다른 한 명은 많아야 여섯 살, 아니면 일곱 살 같았다. 둘 다 회색에 가까운 낡은 샴마를 망토처럼 온몸에 휘감고 있었다. 샴마 사이로 보이는 무릎은 유난히 툭 튀어 나와 가는 다리보다 더 크게 보였다.

"형, 저기 살아?"

큰 애가 턱으로 농부 집을 가리키며 마모한테 말을 걸었다.

"그런 것 같아. 저 사람들 밑에서 일하니깐. 난 아디스아바바에서 살았어. 그래서 농장이나 소 같은 건 하나도 몰라."

마모는 마지못해 대꾸했다.

두 목동이 흥미로운 눈빛으로 서로 마주봤다.

"아디스아바바에서 왔다고?" 큰 애가 되물었다.

"텔레비전 본 적 있어?" 작은 애가 물었다.

둘 다 무척 궁금한 표정이었다.

"응. 수십 번도 더 봤지."

순간 엄마가 일하는 술집에서 나던 담배 연기, 맥주, 소독약 냄새가 코를 찌르는 듯했다. 엄마가 마모를 문 밖으로 쫓아낼 때까지 5분 이상이나 텔레비전을 본 적도 있었다.

"자동차 타봤어?" 큰 애가 물었다.

"아니. 버스는 타봤어. 근데 너무 빨리 달려서 밖에 있는 것들이 다 흐릿하게 보여."

둘의 따뜻한 관심에 마모는 약간 과장해서 말했다.

"테스파예 아빠는 엄청 무서워. 공포 대마왕이야. 소들이 다치지 않도록 조심해야 해. 테스파예도 그냥 막 때리거든." 큰 애가 경고했다.

"우리 아빠도 엄청 무서워." 작은 애가 덧붙였다.

그러자 큰 애가 콧방귀를 뀌며 말했다.

"너네 아빠가? 너네 아빠는 에티오피아에서 제일 인자한 분이야. 너한테 벌써 송아지 두 마리나 주셨잖아."

"그렇긴 해. 봐, 저기 보여? 뒤에 있는 송아지. 내 거야. 하얀 송아지 말이야. 멋있지 않아?" 작은 애가 자랑스럽게 말했다.

두 목동은 몸을 돌려 눈을 가늘게 뜨고 소들을 관찰했다. 그러다 큰 애가 갑자기 앞으로 가더니 팔을 흔들어댔다. 그러곤 시냇물로 달려가 검은 소 옆구리를 막대기로 살짝 건드렸다. 검은 소는 무리에서 벗어나 물이 더 깊은 상류 쪽을 향해 가고 있었다.

작은 애가 소리쳤다.

51

"저 검은 소는 형네 소야. 저기로 내려가서 감시해야 해. 저 검은 소가 항상 말썽이거든. 그리고 시냇물 한쪽에 진흙구덩이가 있는데 무지 깊어. 그 구덩이에 빠지면 꼼짝 못할 거야."

"나, 못 해. 어떻게 하는지 몰라."

마모는 도시에서 왔다고 재지 않고 솔직히 말했다.

"그럼 내가 알려줄게. 난 소 잘 몰거든. 우리 아빠가 그랬어. 난 크면 아빠처럼 농부가 돼서 엄청 많은 소 떼를 가질 거야." 작은 애가 웃으며 말했다.

아침이 지나가면서 마모의 기분도 한결 나아졌다. 목동들은, 큰 애는 하이루이고 작은 애는 요하네스인데, 둘 다 착했다. 둘은 마모한테 도시에 대한 질문을 마구 퍼부었다. 축구 경기 실제로 본 적 있어? 비행기 타봤어? 아디스아바바엔 도둑놈 없지?(마모는 마지막 질문에 냉정하게 답했다. "인신매매범이 제일 나쁜 놈들이야.")

대답에 대한 보답으로 하이루와 요하네스는 마모의 소들을 봐주면서 마모가 할 일을 알려주었다. 그리고 소들이 떨어져 다리가 부러질 수 있는 미끄러운 둑, 절대 먹으면 안 되는 다양한 독풀, 소 엉덩이가 찢어질 수 있는 가시덤불 등 조심해야 할 것들도 하나씩 설명해주었다. 그리고 들판을 둘러싸고 있는 선인장 울타리에서 잘 익은 백년초 열매를 가시에 찔리지 않고 따먹는 법을 알려주었다.

정오가 되면서 태양이 이글거렸다. 셋은 작은 언덕에 있는 나무 그늘에 앉아 쉬었다. 소들은 길의 가장자리를 따라 한적하게 풀을 뜨고 있었다.

"형, 텔레비전에 대해 또 말해줘. 어떻게 생겼어?" 요하네스가 물었다.

마모는 나오는 하품을 참았다. 그래, 하이루와 요하네스는 착해. 애들은 영원히 죽을 때까지 이렇게 살겠지. 그런데 난 여기서 계속 살다간 미쳐버릴 거야.

갑자기 하이루가 벌떡 일어서며 소리쳤다.

"형, 저기 봐! 형네 늙은 소가 우리 밭에 들어오고 있어!"

마모는 서둘러 하이루를 따라가서 막대기로 늙은 소의 머리를 서툴게 두드렸다. 하지만 소는 느릿느릿 울타리를 뚫고 밭으로 들어가고 있었다. 하이루는 빠른 속도로 박자 맞춰 막대기를 두드리며 소를 밖으로 몰았다.

"저 밭은 우리 식구가 가장 아끼는 밭이야. 올해 밭에서 먹을 게 무진장 많이 날 거라고 아빠가 말씀하셨거든. 쟁기질도 내가 직접 했단 말이야."

하이루는 못마땅하다는 듯 얼굴을 찌푸리며 말했다. 목소리에는 자부심이 묻어났다.

하이루와 요하네스는 여기 사람이야. 이 땅을 사랑하고. 하지만 난 그저 농부의 노예일 뿐이지. 마모는 그저 암울했다. 주위를 둘러보니 지긋지긋했다. 밭들과 농가들이 저 멀리 보이는 푸른 산등선을 따라 경사가 완만한 평지를 가로지르며 뻗어 있었다. 하지만 마모에게 이곳은 사막일 수도, 감방일 수도 있었다. 여기에 마모를 위한 것은 아무것도 없었다.

소들을 몰고 집에 갈 시간이 다가오면서 마모의 마음은 더 무거워졌다. 하이루, 요하네스와 중간에 헤어지면 마모 혼자서 남은 길을 가야 한다. 그리고 집에 들어가는 순간 가혹한 주인과 적대감으로 가득한 주인 아들 얼굴을 마주해야 한다.

"난 테스파예보다 마모 형이 더 좋아. 테스파예는 가끔씩 우리를 놀려."

요하네스의 말에 마모는 기분이 약간 나아졌다.

"나도 너희가 좋아."

"집에 가는 길에 모퉁이 나오면 조심해. 검은 소가 항상 딴 길로 새려고 하거든."

"고마워."

마모는 고개를 끄덕이며 말했다.

"내일 봐, 형."

"그래, 내일 보자."

소들이 집으로 가는 마지막 비탈길을 느긋하게 올라가는 모습을 보며, 마모는 굳이 걱정할 필요가 눈곱만큼도 없다는 생각이 들었다. 소들은 집으로 가는 길을 잘 알고 있는 것 같았다. 하지만 마모는 하이루가 충고해준 대로 모퉁이가 나오자 검은 소가 딴 길로 새지 못하도록 막대기로 인도했다.

집 앞에 도착하니 입구에 농부가 서 있었다. 농부는 팔짱을 낀 채 마모를 주시하면서 모든 소가 집 안으로 들어올 때까지 기다린 후, 한 마리씩 꼼꼼하게 머리부터 꼬리까지 검사했다.

"오두막으로 어여 몰란 말여."

농부는 퉁명스럽게 말하고는 돌아서서 오두막으로 들어갔다.

＊

다니 아빠, 파울로스는 집에 늦게 왔다. 네구시에 경비원은 도로에서 자동차 경적 소리가 울리기 1시간 전부터 대문을 열기 위해 대기하고 있었다.

다니는 응접실 한구석에 있는 책들에 몸을 파묻은 채, 지리 교과서에 나오는 강우와 증발에 관한 장을 건성으로 읽고 또 읽었다. 글자가 들어왔다가 아무런 흔적도 남기지 않고 그냥 나가버렸다. 그런데 베란다에서 제니 누나가 메세레트한테 들려주는 이야기는 글자 하나도 빼먹지 않고 머릿속에 생생하게 그려졌다.

계단으로 이어지는 자갈길을 저벅저벅 걸어오는 파울로스의 발소리에 제니의 얘기가 멈췄다.

"다녀오셨어요, 사장님."

"아빠!"

메세레트가 '아빠' 하고 부르는 소리에 메세레트가 아빠 다리에 팔을 감싸는 모습이 그려졌다. 메세레트는 이 세상에서 아빠를 무서워하지 않는 유일한 사람이었다. 다니는 동생이 부러웠다.

파울로스가 복도에 들어섰다. 다니는 머리를 책에 다시 파묻었다. 목 뒤에 아빠의 따가운 눈초리가 느껴졌지만 꼼짝 않고 아빠가 조용히 지나가기를 기도했다.

잠시 후, 아빠가 복도를 지나 엄마가 오후 내내 쉬고 있던 침실 문을 여는 소리가 들렸다. 엄마가 뭐라고 중얼대는 소리가 들렸지만 무슨 말인지는 알아들을 수 없었다. 하지만 아빠의 목소리는 크고 또렷하게 들렸다.

"늦어서 미안해. 거래처에 또 문제가 생겼어. 신경 쓰는 놈이 아무도 없어. 뭣 좀 끝내려고 하면 내 눈으로 직접 확인해야 해. 아주 사소한 일도 말이야. 정말 그럴 때마다 군대로 다시 가고 싶어. 내가 명령하면 다들 꼼짝도 못할 텐데."

엄마가 뭐라고 말했지만 너무 작아서 거의 들리지 않았다. 하지만 아빠가 하는 말은 들렸다.

"아니, 30분 뒤에 식사 준비하라고 할게. 옷부터 먼저 갈아입고. 그런데 당신 몸은 괜찮아? 오늘은 낮에 잠 좀 잤어?"

아빠의 목소리가 한결 부드러워졌다.

"좀 잤어요. 괜찮아요. 그런데 당신한테 편지 한 통이 왔어요."

"그래? 누가 보냈는데?"

"다니 학교 교장선생님요."

다니는 심장이 쿵 내려앉으면서 호흡이 곤란할 정도로 마구 뛰기 시작했다.

"등록금 올려달라는 소리겠지 뭐. 뻔해."

"아니에요, 돈 때문은. 여보, 너무 화내지 않겠다고 약속해요."

다니 손이 땀에 젖었다. 다니는 이마에 주먹을 갖다 댔다. 긴 침묵이 흘렀다.

파울로스는 편지를 구겨서 확 던져버렸다.

"낙제야. 꼴찌. 하나부터 열까지 전부 다. 시험도, 수업 태도도. 여보, 도대체 내가 뭘 더 어떻게 해줘야 하지? 응? 말해봐."

엄마 목소리가 들리지 않았다. 다니는 조용히 일어나 응접실 밖으로 나갔다.

파울로스는 루스가 당황하지 않도록 감정을 최대한 자제하면서 말했다.

"아니야. 당신은 현실을 직시해야 해. 지금은 옛날이랑 완전히 다르다구. 장인어른이 처남한테 마음대로 공무원 자리 하나 줄 수 있었던 그때랑은 달라. 이젠 자격증이 없으면 아무것도 할 수 없어. 먹고살려면 뭐든 기술이 있어야 해."

"알아요. 하지만……."

"이런, 내가 이 자리에 오르기 위해 얼마나 열심히 일했는데!"

다니는 이다음에 나오는 레퍼토리를 잘 알고 있었다.

"난 부자 부모가 없었어. 수영장에서 느긋하게 보낼 시간이 어딨어. 열두 살이 돼서야 처음으로 신발을 신어봤어. 죽도록 공부해서 장학금을 받았지. 육군사관학교는 멍청이들을 받지 않아. 육사 입학 경쟁률이 얼마나 센지 당신도 잘 알잖아?"

"다니도 잘하는 게 있어요. 글짓기를 잘하잖아요. 메스핀 선생님이 그랬어요. 그리고……."

그 말을 듣고 다니는 너무 고마워서 눈물이 흘렀다.

"글짓기라고? 지금 쓸데없는 낙서질 말하는 거야? 다니 문제는 내가 알아서 할게. 지금 당장 이 녀석하고 담판을 지어야겠어. 아니야, 여보. 일어나지 마. 다니는 이제 더 이상 당신 치마 속에 숨으면 안 돼. 걔도 현실을 직시해야 한다구."

파울로스는 폭발하기 직전이었다.

다니는 피가 거꾸로 솟는 것 같았다. 눈앞이 캄캄해졌다. 어디든 안 보이는 곳으로 숨고 싶었다. 하지만 포기했다. 바로 들켜서 수치스럽게 끌려나올 게 뻔하니까. 그래서 아까 앉아 있던 응접실 의자로 돌아가 책을 읽는 척했다.

곧 파울로스가 응접실로 성큼성큼 들어왔다. 다니는 간신히 몸을 돌려 파울로스를 바라봤다. 파울로스는 올라오는 분노를 누르며 다니를 다그쳤다.

"교장선생님이 너에 대해 뭐라고 썼는지 알아?"

"아뇨, 아빠." 다니는 쥐죽은 듯 작은 소리로 대답했다.

"학교생활이 죄다 꽝이야. 시험도 꽝, 수업 참여도 꽝. 게다가 신체 불량에 운동 부족까지. 도대체 할 줄 아는 게 뭐냐?"

다니는 그저 고개를 숙인 채 바닥에 깔린 갈색 양탄자만 내려다볼 따름이었다.

"할 말 없어?"

파울로스는 응접실을 가로질러 온몸을 떨고 있는 아들 옆에 섰다.

"저도 나름대로 노력은……."

"너, 내 말을 알아듣기나 한 거냐? 지금 이 상황이 얼마나 심각한지 이해나 하고 나불대는 거야?"

"네, 아빠."

"넌 생각하겠지. 이 아빠가 출세해서 그럴듯하게 사니까, 넌 평생 아빠 등쳐먹고 살면 된다고 말이야."

"솔직히, 그건 아니……."

파울로스는 손이 올라가려는 걸 간신히 참고 있었다. 그래서 다니는 아빠 심기를 자극하지 않도록 가만히 앉아 있었다.

"이번이 마지막이야. 이번 기말고사에서 무조건 점수를 올려야 한다. 무슨 말인지 알겠어? 안 그러면……."

다니는 간신히 침을 삼키며 눈을 질끈 감았다.

파울로스는 말을 이었다.

"안 그러면 널 지지가(에티오피아 동부 도시:옮긴이)에 사는 내 옛날 부하한테 보낼 거야. 파이살이라면 네가 확실히 사람 구실 하도록 개조시켜줄 거야. 파이살은 너만 할 때 창만 들고 사자를 때려잡았어."

다니는 고개를 벌떡 들고 공포심에 바들바들 떨면서 아빠를 정면으로 바라봤다. 그것만은 정말 피하고 싶었다. 다니는 누구보다도 파이살이 어떤 사람인지 정확히 기억하고 있었다. 아빠는 군대를 제대한 후에 집을 군대식으로 운영하면서 몇 년 동안 파이살을 하인들 숙소에서 묵게 했다. 파이살은 지나치다 싶을 만큼 꼼꼼하고 엄격한 사람이었다. 공이 화단에 잘못 떨어지거나 계단에 진열된 화분들에 하나라도 흠집이 나면 곧바로 끔찍한 잔소리와 폭력적인 응징이 따랐다. 결국 엄마가 여러 번 파이살을 내보내라고 간청했고, 어쩔 수 없이 아빠는 파이살을 지지가로 돌려보냈다.

집에서 아빠한테 매 맞는 건 파이살한테 받은 벌에 비하면 아무것도 아니었다.

"열심히 할게요, 아빠. 점수 꼭 올릴게요. 진짜예요." 다니는 소심하게 말했다.

협박이 제대로 먹혔다는 생각에 파울로스는 만족스러운 듯 고개를 끄덕였다.

"그리고 엄마한테 가서 징징대지 마. 알았어? 엄마한테 떨어져서 남자답게 상황에 맞서야지. 엄마는 아파. 넌 얼마나 심각한지 모를 거다. 아주 작은 걱정도 엄마 건강을 해칠 수 있단 말이야."

파울로스는 바로 돌아서서 방을 나갔다.

"아빠!"

메세레트의 들뜬 목소리가 들렸다. 파울로스는 바로 목소리를 바꾸면서 메세레트를 안아 올렸다.

"어이구, 우리 공주님. 이리 와서 아빠가 저녁 먹는 동안 같이 있자."

4

마모는 며칠이 지났는지 날짜 세는 걸 잊어버렸다. 마모는 매일 아침 소들이 둥글고 작은 오두막에서 쿵쿵대며 왔다 갔다 하는 소리에 일어났고 오두막 문가에서 잠을 잤다. 잠에서 깨면 주인집 여자애가 쥐똥만큼 가져온 음식을 한입에 흡입하고 나서 곧바로 소들을 이끌고 강가로 갔다.

이젠 소들이 무섭지 않았으며 하이루나 요하네스처럼 소들을 능숙하게 다루었다. 다른 점은 하이루와 요하네스는 소를 사랑하지만 마모는 그렇지 않다는 거였다. 두 아이는 소들을 각기 다른 이름으로 불렀고 소들이 조금만 비틀대거나 몸에 작은 상처라도 나면 안절부절못했다.

마모가 하는 일은 죄다 농부의 성에 조금도 차지 않았다. 늘 늦지 않으면 너무 일찍 들어온다, 오두막 문을 제대로 걸어 잠그지 않는다, 건초 더미에서 건초를 너무 적게 가져오거나 너무 많이 가져온다……. 마모는 농부가 가까이만 오면 막대기로 등을 세게 후려칠까 봐 반사적으로 몸을 웅크렸다.

테스파예도 농부 못지않았다. 마모는 테스파예가 왜 그렇게 자기를 못 잡아먹어 안달인지 알 수 없었다. 테스파예는 학교에서 돌아오면 마모가 허드렛일을 하는 모습을 지켜보며 떠들어댔다. "야, 똥덩어리! 내 옆에 오기만 해봐. 온몸이 똥투성이야." 테스파예 입을 닫게 만드는 건 하나뿐이었다. 오두막에서 농부의 퉁명스러운 고함소리가 들리면 테스파예는 자동으로 경직되었다. 마모를 죽일 듯이 노려보곤 서둘러 오두막으로 갔다.

최악은 늘 배고프다는 거였다. 마모는 항상 먹는 생각만 했다. 아침에 일어나는 순간부터 밤에 잘 때까지 머리에 음식 생각이 떠나질 않았다. 처음 몇 주 동안, 농부 아내는 마모한테도 음식을 주는 걸 탐탁지 않게 생각하는 것 같았다. 자기 식구들이 다 먹고 나서 그릇에 남은 찌꺼기를 줬고 사탕수수나 옥수수 속대를 준 적도 있었다. 그러던 어느 날, 농부 아내가 컵 모양을 만든 마모의 두 손에 쥐똥만큼 적지만 먹을 만한 음식을 줬다. 순간 마모의 눈에 눈물이 고였고, 그런 마모를 농부 아내는 동정심 가득한 눈으로 내려다봤다. 그러더니 얼마 안 되는 자기 몫에서 일부를 퍼서 마모한테 줬다.

"자비로우신 하느님께서 내년엔 좀 더 많이 주실 거야. 수확량이 늘어나면 우리 모두 먹을 음식이 많아질 거야."

그 뒤로 약간 나아졌다. 하지만 여전히 배를 채울 수 있을 만큼은 아니었다.

배고픔에 허덕이긴 엄마가 도시락을 싸주는 하이루와 요하네스도 마찬가지였다. 그래서 세 아이는 소를 돌보면서 틈만 나면 잘 익은 백년초 열매나 병아리콩을 찾아 따먹었다.

"시골 생활은 정말 거지 같아. 여기저기 전부 다 배고픈 사람들뿐이야."

마모는 속이 썩은 백년초 열매를 휙 던지면서 투덜거렸다. 그러자 하이루가 반박했다.

"항상 이런 건 아니거든. 작년에 비가 오지 않아서 그래. 그뿐이라구. 내년엔 괜찮을 거야."

마모는 두 아이와 멀찌감치 떨어져 앉아서 생각에 빠져들었다. 끔찍한 우울이 마모 가슴에 떡하니 자리 잡고, 외로움이 파고들었다. 이 세상에 나를 걱정해주는 사람은 아무도 없어. 티기스트 누나는 내가 그냥 가출한 줄 알겠지. 하지만 사실을 안다고 해도 누나가 무슨 수로 나를 찾겠어? 누나가 여기 와서 나를 구해주는 일은 절대 없을 거야. 어쩌면 신경도 안 쓸 거야. 파리다 사모님 가게에서 편히 지내면서 자기한테 동생이 하나 있다는 것도 잊었겠지.

들뜬 목소리에 마모는 고개를 들었다.

"우리 아빠다! 봐봐, 우리 아빠야."

요하네스가 자리에서 일어나 깡충깡충 뛰었다. 요하네스 아빠가 검은 노새를 타고 달려오고 있었다.

노새를 멈춘 뒤 요하네스 아빠가 즐겁게 소리쳤다.

"얘들아, 안녕. 오늘도 소도둑놈들을 잘 막아냈지?"

"그럼요. 노새만큼 큰 표범도 있었어요."

처음 보는 마모를 발견하고 요하네스 아빠가 물었다.

"넌 누구냐?"

"마모 형이에요. 제가 말한 아디스아바바에서 온 형요. 마모 형은 텔레비전도 알고 버스도 타봤대요."

요하네스가 자랑스러운 듯이 으스댔다.

마모는 부동자세로 요하네스 아빠를 경계하며 쳐다봤다. 막대기는 보이지 않았지만 갈색 윗도리 안에 채찍을 숨기고 있을지도 모른다. 하지만 요하네스 아빠는 웃으며 마모를 내려다봤다. 부드러운 눈빛이었다.

"여기 생활이 좀 지루하겠구나. 아디스아바바에서 살았으면."

"네." 마모는 딱딱하게 대답했다.

"엄마 아빠가 보고 싶겠구나, 그렇지?"

마모는 순간 목이 메었다. 그래서 고개를 홱 돌렸다.

요하네스 아빠가 잠시 머뭇거렸다.

"힘든 한 해였지. 누구나 다 힘들었어. 하지만 하느님은 좋은 분이란다. 내년이면, 아마……."

무엇인가가 마모 안에서 커졌다. 감당할 수 없을 정도로 너무 벅찼다. 자기도 모르게 하고 싶은 말이 마구 튀어나왔다.

"견딜 수가 없어요. 못 있겠어요. 집에 가고 싶어요. 아디스아바바로요. 저 좀 도와주세요. 언젠가 주인이 절 때려죽일 거예요. 제발 절 데려가주세요. 집에 가는 길 좀 알려주세요."

요하네스 아빠는 잠깐 동안 아무 말도 하지 않았다. 노새가 길고 멋진 꼬리를 엉덩이 양옆으로 흔들어댔다.

마모는 얼어붙은 채 가만히 있었다. 내가 지금 뭐라고 지껄인 거지? 이제 나를 잡아끌고 가겠지. 그리고 농부한테 내가 한 말을 죄다 고자질할 거야. 그럼 난 죽겠지.

그런데 그게 아니었다. 요하네스 아빠는 몸을 숙이고 마모 어깨를 손으로 다정하게 감쌌다.

"남의 집 일은 내 마음대로 할 수가 없단다. 그게 아무리…… . 내가 해줄 수 있는 일이 없구나. 하지만 너무 절망하진 마라. 하느님을 믿어야 해. 희망을 포기하면 안 돼."

요하네스 아빠는 노새의 옆구리를 뒤꿈치로 차서 노새를 움직이며 등을 돌렸다.

"아빠! 이 새총 좀 봐주세요. 제가 만들었어요!"

요하네스가 작고 단단한 맨발로 뒤쫓아 가며 소리쳤다.

하지만 요하네스 아빠는 계속 달려갔고 이윽고 노새의 발굽 소리가 멀리 사라졌다.

＊

티기스트는 살면서 이렇게 좋았던 적이 한 번도 없었다. 가게 뒤편 창고에 잠을 잘 수 있는 좋은 장소가 있었다. 그리고 멋진 옷도 있었다. 스커트 하나, 블라우스 둘, 파리다 사모님 동생이 작아서 입지 못하는 점퍼 하나, 소매가 긴 파란색 원피스. 그리고 신발도 있었다. 옷을 입고 뾰족구두를 신으면 진짜 어른 같았다.

　무엇보다 좋은 건 일당으로 받아 차곡차곡 쌓여가는 꼬깃꼬깃한 지폐들이었다. 티기스트는 그 돈을 깡통에 넣어 창고 뒤쪽에 있는 캄캄하고 높은 모퉁이에 숨겨두었다.

　티기스트는 부지런히 일해야 했다. 아침부터 밤까지 가게 바닥을 쓸고 닦고, 심부름하고, 배달하고, 아기를 돌보면서 쉬지 않고 계속 일했다. 처음에 파리다 사모님은 티기스트를 못미더워했다. 전에 일했던 여자애가 틈만 나면 설탕이나 비스킷, 양초를 훔쳐서 늘 가게 앞을 배회하는 자기 오빠한테 갖다 주었다고 했다.

　그 말에 티기스트는 죄책감이 들었다. 한나 아줌마를 보려고 두 번이나 예전에 살던 곳에 갔지만, 마모는 다시 나타나지 않았다고 한다. 비가 새는 그 낡은 판잣집에는 이미 다른 가족이 살고 있었다. 혹시 마모가 나타나면 자기가 있는 곳을 꼭 좀 전해달라고 신신당부하는 것 말고는 티기스트가 할 수 있는 게 전혀 없었다.

　마모를 데리고 간 남자가 진짜 삼촌이 아니라는 사실을 티기스트는 알고 있었다. 하지만 엄마가 일하던 가게에는 엄마랑 친한 아저씨들이 많았고, 그중 몇 명은 몇 달 동안이나 그 주변에 살았다. 어쩌면 그 남자도 그런 아저씨들 중 하나고 엄마를 정말로 좋아했기 때문에 마모를 돕고 싶었을 거다. 어쩌면 그 남자가 너무 좋은 일자리를 구해줘서 마모가 바쁘게 일하느라 연락을 못하고 있는 것인지도 모른다.

티기스트는 사람들한테 들었던 이야기, 즉 아이들을 납치해 팔아넘기는 인신매매는 생각하지 않으려고 애썼다. 하지만 만약 마모가 정말로 인신매매를 당했다 해도 티기스트가 달리 할 수 있는 일은 없었다. 어디서부터 시작해야 마모를 찾을 수 있을까?

처음에는 마모에 대한 걱정이 떠나질 않아 밤낮으로 기도하고, 성 미카엘 교회를 지나갈 때면 교회 벽에 입을 맞추며 간절히 기도했다. 그런데 몇 주가 지나면서 마모는 티기스트 마음에서 점점 희미해지기 시작했다. 가게 일에 손님들 접대에 파리다 사모님 아기인 야스민까지 돌보느라 늘 정신없이 바빴기 때문이다.

"이리 와, 이리 와봐. 아이구 잘한다! 아이구 예뻐라."

야스민은 티기스트한테 업히는 걸 좋아했다. 티기스트가 가까이 오면 까르르 소리를 내며 좋아했고 낯선 사람이 티기스트 품에서 자기를 데려가면 울어댔다. 그럴 때면 파리다 사모님은 만족스러운 듯 티기스트를 바라보며 칭찬했다. "야스민이 널 잘 따르는구나." 칭찬에 인색한 편인 파리다 사모님이 그런 말을 하니 티기스트는 절로 얼굴이 빨개졌다.

그러던 어느 날 오후였다. 이 동네에서 전화기가 유일하게 있는 옆집 가게 주인이 허겁지겁 들어오면서 소리쳤다.

"파리다! 빨리 와봐! 아와사에서 전화 왔어."

그때 파리다 사모님은 계산대에서 손님이 산 물건을 계산하고 있었는데, 급히 나가면서 티기스트한테 일을 맡겼다. 티기스트가 계산대 일을 맡은 적은 딱 한 번밖에 없었다. 그래서 자기가 계산을 제대로 했는지, 잔돈을 정확히 거슬러준 건지 신경 쓰느라 바깥에서 일어나는 일은 전혀 의식을 못했다.

손님들이 좀 잠잠해지자, 티기스트는 그제야 사람들이 하는 말을 들을 수 있었다.

"걱정 마, 파리다. 하미드 사장은 강한 사람이잖아. 반드시 이겨낼 거야."

"바로 가봐야겠네. 내일 아침에 출발할 거지? 우리 사촌이 택시를 모는데 아침에 터미널까지 태워다 달라고 부탁해볼게."

"시동생한테 가게를 잠깐 맡기는 게 어때? 전에 야스민이 태어났을 때도 그랬잖아."

순간 티기스트는 온몸이 얼어붙고 심장이 뒤집어지는 것 같았다. 파리다 사모님 남편인 하미드 사장님은 군인으로 있을 때 걸린 전염병 때문에 고향인 아와사에서 요양 중이었다. 파리다 사모님이 남편을 돌보러 아와사로 떠난다면 야스민도 같이 데려갈 게 뻔하다. 그러면 못해도 티기스트가 하는 일의 절반이 사라지는 셈이니 해고를 당할 수도 있다. 그러면 티기스트는 더 이상 의지할 사람도, 갈 곳도 없다.

파리다 사모님이 서둘러 가게로 들어왔다.

"야스민은 어디 있니?"

"아직 자고 있어요."

"티기스트, 네가 오늘 계산대 좀 봐. 난…… 내가 뭘 해야……"

파리다 사모님은 넋을 잃은 표정으로 계속 갈팡질팡했다. 이웃 사람들이 가게로 몰려와 파리다 사모님을 위로했다.

그때 누더기를 걸친 남자애가 사람들로 붐비는 가게에 몰래 들어와 건전지 한 뭉치를 옷 속에 집어넣는 게 티기스트 눈에 띄었다. 티기스트는 바로 소리쳤다.

"도둑이야! 도둑 잡아라!"

하지만 남자애는 고양이처럼 유연하게 자기를 잡으려는 수많은 손들을 요리조리 피해 가게 밖으로 달아났다.

충격을 받은 파리다 사모님은 바로 행동으로 옮겼다.

"시동생이 올 때까지 가게 문을 닫아야겠어. 경비원은 어디 있지? 경비원 찾아서 셔터를 내리라고 해. 집에 가서 짐을 싸야겠어. 그리고 터미널에 가서 내일 아침 아와사로 가는 첫 차 두 장 예매해. 잠깐 기다려. 돈 줄 테니까."

"두 장요? 야스민은 그냥 무릎에 앉혀서 가시는 거 아녜요?"

"내 자리랑 네 자리. 너도 나랑 같이 가야지. 가면 난 하루 종일 사장님 병간호해야 해. 우리 시어머니는 나이가 너무 많고 눈도 침침해서 야스민을 혼자 보는 건 무리야. 같이 가도 상관없지, 그렇지?"

티기스트는 마치 커다란 꽃이 가슴에 활짝 피는 것 같았다. 파리다 사모님은 나 없이는 아무것도 할 수 없다. 난 해고당하지 않는다. 게다가 버스를 타고 아디스아바바를 떠나, 전에 한 번도 가 보지 못한 새로운 곳에 간다.

"네, 그럼요. 상관없어요. 내일 야스민한테 노란색 옷을 입힐까요? 노란색이 아주 잘 어울려요."

*

전혀 생각지도 못했던 꿈같은 일이 다니한테 일어났다.

파울로스가 런던으로 출장 간 지 5주가 되었다. 다니는 지금까지 살아온 십 몇 년보다도 요즘이 훨씬 행복했다. 매일 아침 있던 추궁도 없고, 정신 차리고 쓸데없는 생각 하지 말라는 퉁명스러운 명령도 없고, 위협적인 목소리도 없고, 상처를 주는 말도 없었다. 다니는 엄마 침대에 앉아서 몇 시간씩 엄마랑 수다를 떨거나 옛날 사진을 봤다. 그림을 그려 엄마한테 보여주기도 했다. 엄마가 잘 그렸다고 하면서도 걱정스러운 얼굴로 숙제는 다 했냐고 물으면 다니는 "응, 물론이지" 하고 얼버무렸다.

파울로스는 가끔씩 전화했다. 일은 잘되고 있지만 진척 속도가 느리다. 영국에 더 있어야 할 것 같다. 집으로 돌아갈 수 있는 시기를 확실히 말할 수 없지만 당분간은 못 갈 것 같다.

다니는 이런 시간이 앞으로도 쭉 계속되기를 빌었다.

이제 시험공부 해야지. 이 지루하고 귀찮은 것들을 전부 공부해야 해. 에이, 그냥 내일부터 하자. 그럼 훨씬 쉬울 거야.

그런데 다음날에도 교과서 단어들이 제멋대로 떠다녔다. 단어들은 다니 머릿속에 들어오기도 전에 튕겨져 나갔다. 한 문장을 세 번이나 읽어도 뭔 말인지 전혀 이해가 가지 않았다. 다니는 고개를 들어 창문 밖에 서 있는 유칼립투스 나무의 청록색 이파리들을 넋이 반쯤 나간 사람처럼 쳐다봤다.

그래, 내일 다시 하자. 수학부터 하자. 수학을 하고 나서 30분 동안 지리를 공부하고 화학 용어를 전부 외우자.

하지만 그런 일이 반복되는 사이 다니는 기말고사를 아예 머릿속에서 지워버렸다. 아빠가 없어서 그런지, 파이살이 자기를 지지가에서 식인 거인처럼 기다리고 있다는 게 너무 터무니없고 비현실적인 것 같았다.

설마 아빠가 진짜로 그러진 않겠지. 그리고 엄마가 절대로 가만히 있지 않을 거야. 절대 못 보내게 할 거야.

다니가 열정을 갖고 신이 나서 하는 숙제는 딱 하나였다. 바로 국어 선생님 메스핀이 글짓기 숙제로 내주는 수필과 동화 쓰기였다. 다니는 글짓기 숙제에 많은 시간을 들였다. 큼지막하고 어수선한 글자들로 종이를 가득 채우며 수십

장씩 썼다. 다니는 글짓기 숙제를 학교에 가져가기 전에 항상 엄마한테 먼저 읽어주었고, 엄마는 칭찬하며 집중해서 들었다.

메스핀은 다니를 칭찬해주는 유일한 선생님이었다.

"이렇게 쓰면 돼. 그럼 훌륭한 작가가 될 거야. 그런데 글씨 좀 깨끗하게 또박또박 쓰렴. 글씨가 너무 엉망이면 읽기 힘들어."

그러던 어느 날, 다니는 메스핀 선생님에게 보여줄 다른 이야기를 신나게 쓰다가 시험이 열흘밖에 남지 않았다는 사실을 깨달았

다. 그 이후 머리에서 시험 생각이 떠나지 않아 초조하고 불안한 나머지 무기력해졌다. 몇 시간 동안 책상에 앉아 있었지만 책들이 이전보다 소름끼칠 정도로 훨씬 먼 곳에 있는 것 같았다.

첫 번째 시험을 보고 나니 마음이 약간 편해졌다. 아는 문제가 꽤 있었다. 다니는 머리를 시험지에 파묻고 최선을 다해 시험을 치렀다. 하지만 두 번째 시험은 문제가 이상하고 어려워서 손도 못 대고 시험지만 뚫어져라 노려봤다. 문제들이 시험지 위에서 춤추면서 자기를 조롱하는 것 같았다. 다니는 시험이 끝남과 동시에 완전히 망했다는 걸 알았다.

다니는 무서웠다. 파이살은 더 이상 환상 속에만 존재하는 식인 거인이 아니라 실제로 존재하는 인물로 다가오고 있었다.

파울로스는 출장 갈 때 그랬던 것처럼 이번에도 갑작스럽게 집에 온다고 알렸다. 그때부터 다니는 한숨도 자지 못했다. 침대에서 몸을 계속 뒤척이며, 성적표가 엉망진창으로 나왔을 때 둘러댈 만한 변명거리를 찾고 또 찾았다. 저, 아파서 죽다 살아났어요.(아니야, 이건 엄마도 어떻게 해주질 못해.) 제 시험지가 다른 애 시험지랑 바뀌었어요.(아빠는 더 화가 나서 내 말을 들으려 하지 않을 거야.) 선생님들이 절 미워해요. 아빠 사업이 너무 잘나가니깐 시기하고 질투해요.(소용없어. 아빠는 아부 떠는 사람을 싫어해.)

파울로스가 도착하기로 한 일요일이 왔다. 다니는 아빠가 공항에서 집까지 오는 데 걸리는 시간을 계산했다. 아빠가 방문을 열고 들어왔을 때 산처럼 쌓인 책들과 종이 더미에 파묻혀 있을 계획이었다. 하지만 아직 한 시간이나 남았는데 대문 밖에서 자동차 경적 소리가 울렸다. 잠시 후 파울로스가 계단을 성큼성큼 올라와 집 안으로 들어왔다. 침대에서 갖고 놀던 장난감 병정을 치울 새도 없이 다니는 책상에 허둥지둥 앉았다.

그런데 파울로스는 다니 방은 쳐다보지도 않았다. 서둘러 복도를 지나 루스의 침실로 향했고, 파울로스를 따라 백인 여자 한 명도 들어갔다. 여자는 한 손에는 가방을 들고, 다른 팔에는 짙은 군청색 코트를 걸치고 있었다.

파울로스는 다정한 얼굴로 루스를 보며 말했다.

"여보, 이 사람은 왓슨 씨야. 간호사인데, 내일 아침 당신을 데리고 런던 행 비행기를 타러 갈 거야. 런던에 가는 동안 당신을 돌봐줄 거야."

파울로스는 간호사에게 영어로 뭐라고 말한 다음 다시 아내를 보며 암하라어(에티오피아 공용어:옮긴이)로 말했다.

"당신이 심장 외과의한테 검사받을 수 있도록 예약해놨어. 의사가 당신 상태를 봐줄 거야. 만일 당신이 수술을 받아야 하면 수술도 해줄 거야."

그러곤 서투르게 헛기침을 하더니 말을 이었다.

"당신 몸도 곧 좋아질 거야. 모든 게 나아질 거야. 제니는 어디 있지? 바로 당신 짐을 챙겨야 해."

5

먹을 것이 턱없이 부족해 늘 배고픔에 시달렸지만 마모는 자라고 있었다. 마모는 전혀 의식하지 못했다. 목이 자주 쉬고 손과 발이 점점 더 못생겨지고 있다고만 생각할 뿐이었다.

도시 옷차림을 한 남자가 이곳에 떨어뜨리고 간 이후, 몇 주가 갔는지 몇 달이 흘렀는지 다니는 잊어버렸다. 도망은 아예 포기했다.

매주 일요일이면, 이 답답하고 지루한 일상이 약간 달라졌다. 테스파예는 학교에 가지 않았고, 농부 가족은 아침 일찍 해가 뜨기도 전에 몇 킬로미터 떨어진 교회에 가기 위해 집을 나섰다. 교회는 동이 트자마자 예배를 시작한다. 이는 마모에게 아침식사가 없다는 걸 의미했다. 농부 아내는 가끔 마모 손에 사탕수수 한 조각을 쥐여주고는 아기를 등에 둘러업고 서둘러 가족을 뒤쫓아 갔다.

일요일에 가장 끔찍한 일은 테스파예가 시냇물 옆길을 따라 뛰어와 다른 가족보다 먼저 집에 도착한다는 사실이었다. 테스파예는 마모가 하이루, 요하네스랑 같이 앉아 있으면 질투심에 불타 아무 말이나 마구 지껄여댔다.

"야, 너넨 자존심도 없냐? 저 더러운 거지랑 무슨 말을 하고 싶은 거야? 그러다 전염병 옮을 수 있다는 것도 몰라?"

그래서 마모는 일요일이면 버릇처럼 테스파예가 오는지 살폈다. 그리고 시냇물 옆 비탈길에 테스파예가 마른 몸을 드러내면 요하네스, 하이루와 멀찌감치 떨어져 앉았다.

밝은 일요일 아침이었다. 모두 평소보다 기분이 좋아 보였다. 농부는 마모가 외양간에서 소들을 끌고 나오자 미소를 지었다. 농부는 검은 소의 불룩한 배를 쓰다듬으며 웃었다.

"요놈, 얼마 있으면 새끼 낳겠구먼. 보니 큰 놈이 나오겠어."

그러곤 울타리 입구에 가서 작은 밭들을 내다보며 마모에게 말했다.

"다음 주가 끝날 때쯤이면 수확해도 되겠어. 힘들게 일한 보람이 있겠어."

농부의 다정한 목소리에 마모는 안심이 되면서 조금이나마 긍정적인 생각이 들었다.

그래, 요하네스 아빠 말이 맞을 거야. 수확이 시작되면 모든 게 나아질 거야.

소들을 따라 익숙한 길을 내려가다가 아디스아바바의 음반가게에서 흘러나오던 노래 하나가 퍼뜩 떠올랐다. 마모는 몇 시간이고 그 노래를 들으면서 가게 벽에 기대서 있곤 했다.

"위 아 더 서바이버즈! 예스! 더 블랙 서바이버즈……."

요하네스와 하이루를 만나서도 작은 소리로 흥얼거렸다.

"그거 무슨 노래야? 아디스아바바에서 듣던 거야? 텔레비전에서 들은 거야?"

요하네스가 물었다. 하이루도 관심을 보이며 노래를 다시 불러 달라고 했다.

그날 아침은 평소와 다르게 쏜살같이 지나갔다. 마모는 몇 달 만에 처음으로 행복했다. 노래를 부르니까 기분도 달라지고 힘도 솟고 어쩐지 희망도 생겼다. 아디스아바바에서는 사람들이 쳐다볼까 봐 속삭이듯 불렀지만 이곳에서는 마음대로 목청껏 부를 수 있어 좋았다. 마모의 노랫소리가 고요한 시골길에 울려 퍼졌다. 요하네스의 눈에 비친 진심 어린 감탄과 하이루의 눈에 깃든 존경심에 마모는 가만히 있을 수가 없었다.

마모는 노래에 너무 심취한 나머지 주변을 살펴보는 걸 까맣게 잊어버렸다. 순간 돌멩이가 귀 바로 옆을 쌩하고 지나갔다. 그제야 테스파예가 생각났다.

마모는 자리에서 일어나 두리번거리며 본능적으로 팔로 머리를 감쌌다. 테스파예가 비탈길에서 내려오면서 돌을 던지고 있었다. 요하네스와 하이루도 일어나 서로를 초조하게 쳐다보며 뒤로 물러났다.

"바퀴벌레! 쥐새끼! 너 왜 소 안 보고 있어? 너네 엄마가 술집에서 부르던 거지 같은 노래가 생각났냐?"

76

마모는 피가 거꾸로 솟는 것 같았다. 막대기를 꽉 쥐었다. 마모가 테스파예한테 달려들려고 할 때 하이루가 다급히 소리쳤다.

"소! 저기 봐!"

테스파예가 던진 돌에 맞은 검은 소가 놀라 뒷걸음치자 다른 소들도 놀라서 물가로 밀려나고 있었다.

하이루와 요하네스는 잽싸게 달려가 막대기로 소들을 안전한 쪽으로 유도했다. 마모도 반사적으로 달려갔다. 하지만 너무 서두르다가 발을 헛딛고 거꾸로 곤두박질쳤다. 그 바람에 손에 쥐고 있던 막대기를 놓쳐버렸고, 막대기는 갈색 소한테 떨어졌다. 놀란 갈색 소가 휘청거리며 앞에 있던 검은 소의 엉덩이를 들이받았다. 그렇지 않아도 신경이 예민한 검은 소는 옆으로 움직이다가 발을 헛디뎠고, 첨벙 소리를 내며 시냇물로 떨어지고 말았다.

온몸이 얼어붙은 마모는 검은 소가 다시 몸을 일으켜 둑 위로 기어오르길 기다렸지만 소는 꼼짝도 하지 않았다. 검은 소는 불룩한 배를 대고 시냇물에 쓰러진 채 고통스러운 비명을 질러대기 시작했다.

"야, 너 뭐 하는 거야! 와서 좀 도와줘! 소를 일으켜 세워야 돼!"

테스파예가 소리치며 달려가 온 힘을 다해서 소를 일으켜 세우려 했다. 마모도 비틀거리며 일어나 테스파예를 도왔다. 정신없이 벌어진 일이라 마모는 무릎이 까진 것도, 정강이에서 피가 흐르는 것도 몰랐다.

하지만 검은 소는 꼼짝도 하지 않았다. 무거운 짐처럼 쓰러진 채로 그저 힘없이 다리를 움직일 뿐이었다.

"제발, 좀, 움직여! 야, 밀어! 일으키란 말이야!" 테스파예가 소리쳤다.

소용없었다. 소의 울음소리가 멈추고 머리가 물속에 처박혔다. 이윽고 소의 혀가 주둥이 밖으로 나오고 눈이 껌벅거림을 멈췄다.

언덕 위에서 고함소리가 들렸다. 농부가 길 아래로 뛰어내려오고 있었다.

"무슨 일이여? 너 뭔 짓 한 거여? 얼른 소를 끌어내지 못해!"

농부는 한 치의 미동도 없는 소를 보고 그게 뭘 의미하는지 알아차렸다. 분노가 머리끝까지 치밀어오른 농부는 막대기를 들고 마모한테 성큼성큼 다가갔다.

"다 쟤 때문이에요, 아빠. 쟤가 저한테 돌멩이를 던졌는데 그걸 소가 맞고 겁을 먹은 거예요. 그뿐인 줄 아세요. 쟤는 막대기도 던졌어요." 테스파예가 속사포처럼 말했다.

"거짓말이에요! 거짓말이라고요!" 마모가 소리쳤다.

"마모 형 말이 맞아요. 테스파예 형이 먼저 돌을 던졌어요." 요하네스가 씩씩거리며 말했다.

하지만 어느 누구도 요하네스 말에 신경 쓰지 않았다.

분노가 머리끝까지 찬 마모는 처음엔 농부가 휘두른 막대기에 별 감각을 느끼지 못했다. 그저 거짓말쟁이 타스파예를 따끔하게 혼내줄 생각밖에 없었다. 하지만 막대기가 쉴 새 없이 잔인하게 내리쳤기 때문에 우선 몸을 보호해야겠다는 생각이 들었다. 마모는 팔로 머리를 감싸고 도망치려 애썼다. 하지만 한 발도 움직이지 못했다.

농부는 마모를 땅에 때려눕혔다.

"이 새끼! 쓰레기 같은 새끼! 오늘 내가 아주 죽여버릴 거구먼!"

농부는 미친 듯이 소리 지르며 막대기를 휘둘러댔다. 팔과 다리는 물론이고 등, 머리, 얼굴을 인정사정없이 마구 강타했다.

순간, 막대기가 총소리처럼 큰 소리로 쩍하고 갈라졌다. 그 소리가 농부를 더욱 자극했다. 농부는 두 동강이 난 막대기를 집어 던지더니 마모 어깨를 움켜쥐고 시냇물로 끌고 가서 물속에 머리를 처박았다.

나를 물에 빠뜨려 죽이려는구나. 신이시여, 도와주세요! 제발, 저를 죽게 그냥 내버려두지 마세요! 마모는 기도하며 죽을힘을 다해 숨을 참았다.

물을 계속 내뿜다가 포기하고 폐 속으로 물이 들어와 숨이 넘어가려는 찰나, 머리가 물 밖으로 해방되었다. 마모는 숨을 캑캑거리며 질질 끌려가 둑에 내팽개쳐졌다. 숨을 헐떡이자 온몸이 욱신거리며 아팠고 정신이 몽롱해졌다. 주위에서 웅성거리는 소리가 희미하게 들렸다.

한참 후, 마모는 고개를 들었다. 어깨가 고통으로 움찔거렸다. 조심스럽게 주변을 둘러봤다. 아무도 없었다. 혼자였다.

끔찍할 정도로 비참했다.

난 살 수 없어.

영혼이 몸에서 서서히 빠져나가는 것처럼 기분이 이상했다.

영혼이 몸에서 떨어져 멀리 날아간다면 어디로 가는 걸까?

마음속에 하느님이 보였다. 아디스아바바 교회의 천장벽화들에서 본 것과 비슷했다. 하느님은 나이 많은 아빠처럼 보였는데 팔을 벌리고 얼굴에 사랑스러운 미소를 짓고 있었다.

아마 가족이 있는 집으로 가는 기분이겠지.

마모는 하늘을 쳐다봤다. 광활한 파란색이 머리 주위에서 소용돌이치는 것 같았다. 머리가 깨질 것처럼 고통스러웠다. 고개를 숙이자 팔다리에 힘이 조금씩 돌아왔다.

"싫어요. 제발 하느님, 이러지 마세요. 제 영혼 좀 데려가주세요." 마모는 울부짖었다.

하지만 이미 늦었다. 몸에 생기가 조금씩 다시 돌고 있었다.

주체할 수 없는 분노가 마구 치밀어 올랐다. 이곳에서 벗어날 수 있는 기회가 날아가버린 거다.

바로 그때 소를 처음 몰던 날 테스파예가 한 말이 머릿속에 울려 퍼졌다.

"저 풀은 독초야. 잘 기억해둬, 도시 촌놈아."

이제 마모는 독초가 어디 있는지 잘 안다. 독초는 시냇가에 무성하게 자라고 있었다. 그리고 그 옆에는 죽은 소가 여전히 누워 있었다.

마모는 두 번 생각하지 않았다. 비틀대며 간신히 일어나 시냇가로 내려가서 독초 이파리를 한 주먹 움켜쥐고 입에 쑤셔 넣었다.

저를 데려가세요. 제 아빠가 되어주세요. 저를 빨리 데려가세요. 그런 말들이 북소리처럼 머릿속에 울려 퍼졌다.

그런데 이파리가 너무 써서 뱉을 수밖에 없었다. 마모는 손을 오므려 시냇물을 떠서 꿀꺽꿀꺽 마셨다.

"이제 됐어."

마모는 다시 한 번 기분 좋게 가벼워지는 느낌을 기다렸다. 몸에서 영혼이 빠져나가 두 팔을 벌리고 있는 하느님을 보고 싶었다. 그런데 끔찍할 정도로 온몸에 소름이 끼치면서 떨리기 시작했고 몽롱함이 마모 정신을 헤집고 들어왔다.

정신을 잃기 바로 직전에 후회가 밀려왔다. 내가 왜 그랬을까. 마모는 꺼져가는 불 속에 반짝거리는 불꽃처럼 힘없이 외쳤다.

"안 돼! 싫어! 난 살고 싶어!"

*

엄마가 영국으로 떠나는 날 아침, 다니는 자기 세상을 받치고 있는 큰 기둥 하나가 사라져버린 것 같았다. 식모 제니 누나가 커다란 여행 가방에 짐을 꾸리는 동안, 다니는 넋이 나간 사람처럼 방 안을 산만하게 돌아다녔다. 왓슨 간호사는 엄마 침대 옆에서 맥박을 체크하고 검은 가방에 주사기와 약을 꼼꼼히 챙겼다.

다니는 침대로 쭈뼛쭈뼛 다가가서 엄마한테 속삭였다.

"금방 올 거지, 그치? 설마 영영 안 오는 건 아니지?"

엄마가 고개를 힘겹게 돌렸다. 순간 다니는 병색이 완연한 엄마 얼굴을 보고 놀랐다. 엄마의 어둡게 그늘진 눈가와 핏기 없는 입술을 왜 진작 보지 못했을까?

"올 거야. 엄마는 괜찮을 거야. 우리 아들, 공부 열심히 해. 아빠랑 잘 지내고, 메세레트도 잘 챙겨주고."

엄마가 말을 마치자 왓슨 간호사가 다니한테 나가라는 손짓을 했다.

얼마 후 네구시에 경비원이 절뚝거리며 대문을 열자 엄마, 아빠, 간호사를 태운 차가 도로를 달려 멀리 사라졌다. 다니는 눈물을 흘리지 않으려고 애썼다.

다니는 방에 들어와 침대에 멍하니 앉았다. 평범한 소리가 주변에서 들려왔다. 네구시에 아저씨가 호스로 화단에 물을 주는 소리, 야채 장수가 도로를 지나가면서 외치는 소리, 메세레트가 게임을 하면서 단조롭게 흥얼거리는 소리, 제니 누나가 요리사와 얘기 나누는 소리…….

아빠가 집에 돌아오는 데 걸리는 시간이 얼마지? 두 시간? 세 시간? 그 다음엔 무슨 일이 벌어질까?

다니는 여전히 벽을 쳐다보며 침대에 가만히 앉아 있었다. 아무 생각도 하지 않으려 애썼다.

드디어 철컹하며 익숙한 대문 소리가 들리고 성큼성큼 발을 내딛는 소리가 선명하게 들렸다. 다니는 잔뜩 긴장했다. 아빠가 자기 방을 그냥 지나쳐서 안방으로 가기를 간절히 바랐다. 메세레트가 짠하고 나타나 아빠한테 안기기를 바랐다.

하지만 발소리는 다니 방문 앞에서 멈췄다. 문이 열리고 파울로스가 방에 뚜벅뚜벅 들어왔다.

파울로스는 평소처럼 못마땅한 얼굴로 다니를 내려다봤다.

"음, 내가 어떻게 해줄까?"

말투가 평소보다는 부드러웠다. 솔직히 당황스러웠다.

"잘 모르겠어요."

"난 내가 할 수 있는 건 다 해봤다. 혼도 내고, 선물도 사주고, 벌도 주고…… 그런데 아무 소용이 없어. 여기서 할 수 있는 건 아무것도 없어. 너무 편하고 너무 한가해. 이젠 더 이상 할 게 없어."

다니는 바닥만 빤히 내려다봤다.

파울로스는 너저분한 다니 책상과 침대 옆에 나뒹구는 낡은 장난감과 그림 뭉치를 격앙된 표정으로 봤다. 그 냉랭한 기운에 다니는 배가 오그라드는 것 같았다.

"오늘 파이살한테 전화했다. 내일 널 데리러 올 거야."

다니 얼굴이 새하얗게 질렸다.

"안 돼요, 아빠! 시험에 통과 못하면 그러기로 했잖아요! 성적표는 아직 오지도 않았어요!"

파울로스는 양복 윗도리 주머니에 손을 넣어 얇은 종이 한 장을 꺼냈다.

"오늘 왔다. 두 과목만 간신히 통과했더구나. 국어는 아주 잘했어. 그건 잘했어. 그런데 나머지는 영 희망이 없어. 개판이야!"

파울로스의 목소리는 화가 났다기보다는 씁쓸했다. 그런데 그 목소리가 다니한테 비수처럼 꽂혔다.

"다시 노력할게요. 재시험을 치를 수 있어요. 약속해요. 더 열심히 할게요. 열심히……."

"소용없어. 내가 너무 오랫동안 안일하게 생각했어. 기회를 줬을 때 바로 행동으로 옮겼어야지. 학교엔 이미 자퇴서를 보내놨다. 파이살한테 가서 1년 동안 제대로 된 훈련을……."

"1년이나요?"

"넌 철저하게 관리될 거야. 쓸데없는 얘기 쓰거나 몽상하면서 지낼 시간은 이제 없어. 완벽한 규율 속에서 움직이게 될 거야."

"못 해요, 아빠. 제발 보내지 말아주세요. 전 못 해요."

다니 목소리는 거의 들리지 않았다.

파울로스는 침대로 다가가서 다니 어깨를 잡고 가볍게 흔들며 말했다.

"그렇게 힘들진 않을 거야. 소란 피울 거 없어. 파이살은 지독하지만 공정한 친구야. 널 사나이로 만들어줄 거다. 아빠를 믿어. 언젠가 이 아빠한테 감사할 날이 올 거야."

다니는 아빠가 방에서 나간 줄도 몰랐다. 무릎이 후들거리고 두려움으로 머리가 어지러웠다.

지지가 주변에는 사자가 살고 AK-47 자동소총으로 무장한 잔인한 강도들이 득실거린다고 한다. 게다가 살인적인 폭염에 끔찍한 음식, 집 안을 돌아다니는 전갈들까지. 학생이라면 누구나 익히 들어서 알고 있는 사실이었다.

하지만 그런 것들도 파이살에 비하면 아무것도 아니었다. 파이살은 나를 못살게 굴고 조롱하고 다른 사람들의 놀림거리로 만들 거다. 파이살과 함께 사느니 차라리 죽어버리는 게 낫다. 차라리 가출을 하는 게 낫다.

가출! 그래, 가출만이 살 길이야! 트세하이 이모네에 가자. 아니야, 아빠한테 금방 들킬 거야. 메스핀 선생님도 안 돼. 선생님은 바로 나를 집으로 돌려보낼 거야. 같이 있을 만한 사람을 찾자. 같은 반 애, 학교 친구, 아무나. 힐튼 호텔에 가면 맘씨 좋은 웨이터도 있다. 나를 재워줄 사람이 반드시 있을 거야. 잠깐이면 돼. 엄마가 집에 돌아올 때까지.

다니는 침을 삼켰다. 엄마가 집에 돌아오지 못하는 경우는 아예 머릿속에서 지워버리려 애썼다.

문득 한 가지 생각이 떠올랐다.

기오르기스! 초등학교 때 친하게 지냈던 친구인데, 부모님이랑 살지 않고 삼촌이랑 살고 있었어. 집이 어딘지 대충 기억이 나. 그래, 기오르기스 집에 가자!

다니는 바로 서랍에서 물건을 꺼내 침대에 올려놓았다. 옷과 양말 몇 켤레, 그리고 엄마가 준 돈. 50비르 정도면 충분할 거야.

그때 뒤에서 방문이 벌컥 열렸다. 다니는 깜짝 놀라 벌떡 일어났다.

"너 뭐 하는 거야?" 파울로스가 추궁했다.

"짐 싸요." 다니는 긴장하며 말했다.

엷은 미소가 파울로스 얼굴에 번졌다.

"잘했어. 착하구나. 난 지금 사무실에 나가봐야 해. 그리고 파이살은 오늘 밤에 도착한단다."

파울로스는 서둘러 방을 나갔다. 잠시 후 대문 닫히는 소리가 들렸다.

심장이 심하게 방망이질하고 손은 식은땀으로 축축해졌다.

나가려면 지금 가야 해. 아빠나 파이살이 오기 전에.

다니는 찬장 꼭대기에서 낡은 스포츠 가방을 꺼내 옷을 가득 넣고 파란색 야구모자를 집어 머리에 대충 썼다. 마지막으로 방을 둘러보는데 눈이 책상에 멈췄다. 아빠한테 메모라도 남겨야 하나? 변명이라도? 하지만 뭐라고 말하지?

다니는 현관문을 살짝 열고 밖을 살폈다. 네구시에 아저씨는 보이지 않았다. 낮잠이라도 자는 모양이었다.

지금이 기회야. 지금이 아니면 기회는 다시 오지 않을 거야.

다니는 한참 동안 괴로워하며 현관 앞을 서성거렸다. 그러다가 익숙한 집 냄새, 확 풍기는 엄마 향수 냄새, 주방에서 나는 톡 쏘는 양파 냄새, 곰팡이가 살짝 핀 낡은 갈색 양탄자 냄새를 깊이 들이마셨다. 그러곤 현관 계단을 조심스럽게 내려가 대문으로 달려갔다.

도로는 텅 비어 있었다. 다니 혼자였다.

통통 부은 입 안으로 흘러들어오는 우유에 마모는 숨이 막혔다. 눈을 떴다. 누군가의 얼굴이 저 멀리 있다가 가까워졌다가 희미하게 빛나며 작은 파편으로 부서졌다. 마모는 다시 눈을 감았다.

"입 안에 아직도 있어요."

누군가 마모의 아래턱을 잡아당겨 손가락으로 혀에 붙어 있는 잎을 빼냈다. 조금 있으니 어디서 들어본 적이 있는 남자 목소리가 들렸다.

"머리를 들어봐. 조금만. 우유를 더 먹여야 돼."

이번에는 숨이 막히지 않았다. 따뜻한 액체가 입 안으로 천천히 흘러들어와 목구멍으로 넘어갔다.

"좋아, 요하네스. 이제 몸을 일으킬 수 있게 도와줘."

두 사람이 마모를 옮기자 마모는 다시 정신을 잃었다.

눈을 뜨니 낯선 집의 소가죽 매트에 누워 있었다. 열린 문으로 들어오는 석양빛에 눈이 따끔거렸다. 어떤 아줌마가 바닥 한가운데서 훨훨 타는 불 가까이에 쭈그리고 앉아 있었고, 그 옆에는 어린애 둘이 있었다.

밖에서 길길이 날뛰는 목소리가 들렸다.

"아니, 자네가 뭔 권리가 있다고 그러는 거여? 쟤는 내 노예여. 내 돈 주고 내가 산 거란 말이여. 근데 저놈이 한 짓 좀 보라구.

내가 제일 아끼는 소를 죽였어!"

농부의 목소리였다. 온몸이 바들바들 떨렸다. 마모는 다시 눈을 감았다.

"나도 아네. 미안하구먼. 하지만 어쩌겠나? 그냥 놔두면 죽을 것 같은데."

요하네스 아빠가 차분히 달래는 목소리로 농부에게 차근차근 설명했다.

"독초를 먹었다고? 웃기고 자빠지는 소리 하지 마. 내가 장담하는데 저놈 보통 놈 아녀. 자네는 사람이 너무 물러터져서 문제여. 아무 말이나 다 믿잖아. 저놈은 지금 혼나지 않으려고 꼼수 부리는 거라니까."

"이미 충분히 혼났지 않나. 얼굴을 얼마나 맞았는지 눈도 못 뜨고 걷지도 못하네. 일단 독은 없애야 할 거 아닌가."

농부가 뭐라고 으르렁거렸지만 무슨 말인지 알아들을 수 없었다.

"그럼 이렇게 하지. 몸이 좀 회복될 때까지만 내가 데리고 있겠네. 저번에 자네한테 신세진 일도 있고 하니, 쟤가 두 발로 일어설 기력만 찾으면 다시 자네한테 보내겠네."

"두 발로 일어선다고? 놈한테 뭐가 이득인지 안다면 당장 두 발로 발딱 일어날걸."

"아, 글쎄, 그렇지가 않다니까. 그럼 가서 두 눈으로 확인해보든가."

농부가 숨을 들이쉬었다.

"음, 자네가 나라면 내 심정이 어떻겠어? 이놈이 젤 아끼는 소를 죽였어. 정말이지 쓸모없는 놈이여. 저 놈 꼴도 보기 싫구먼."

"그럼 여기 놔둬. 내가 돌보겠네."

요하네스 아빠는 농부를 설득하는 데 성공했고, 두 사람은 다시 밖으로 나갔다.

옆에서 바스락거리는 소리에 마모는 간신히 고개를 들었다. 아까 본 아줌마가 작은 의자를 끌어당겨 소가죽 옆에 앉았다. 그러곤 마모에게 우유 한 컵을 주었다.

"어서 마셔. 어느 정도 해독이 될 거야. 조금씩, 천천히 마셔. 바보같이 왜 그런 짓을 한 거야?"

안에 있던 뭔가가 무너져 내리는 것 같았다. 뭔가 느슨하게 풀렸다. 눈물이 통통 부은 눈꺼풀 사이로 넘쳐서 귀 옆으로 흘러내렸다. 마모는 고개를 돌리고 가슴을 들썩이며 흐느꼈다.

그후 며칠 동안, 마모는 자다 깨다를 반복하고 절망과 희미하게 생겨나는 희망 사이를 오갔다. 처음에는 거의 움직일 수가 없었다. 조금만 움직여도 온몸이 떨리고 욱신거렸다.

세 번째 날, 삶이 다시 돌아왔다. 그것은 이전과는 완전히 다른 새로운 삶인 것 같았다. 마치 죽었다가 다른 사람으로 환생한 것 같았다.

처음이었다. 주변이 온통 사랑으로 둘러싸인 것 같았다. 요하네스 엄마는 마모를 먹여주고 상처를 물로 닦아주었다. 그러곤 다정한 목소리로 말을 걸며 마모 엄마와 티기스트 누나에 대해 물어 봤다. 가장 즐거운 시간은 요하네스와 요하네스 아빠가 하루 일을 끝내고 돌아오는 저녁이었다. 요하네스 가족은 불 옆에 둘러 앉아 저녁밥을 먹으면서 하루 동안 있었던 일들에 대해 대화의 꽃을 피웠다. 자리에서 일어나 앉는 게 가능해지자 마모도 요하네스 가족 사이에 끼어 앉아 함께 먹고 함께 웃었다. 사랑이 넘치는 요하네스 가족의 얼굴을 보면서 마모는 숨을 쉴 수 없을 정도로 감격했다.

열두 번째 밤, 모두들 잠들 무렵에 요하네스 아빠가 마모에게 다가와 옆에 앉았다. 요하네스 아빠는 마모 무릎에 손을 얹었다.

"이제 다 나았구나."

차가운 손이 마모 심장을 꽉 움켜쥐는 것 같았다. 마모는 가만히 있었다.

"내일 돌아가야 해."

마모는 눈을 꽉 감았다. 요하네스 아빠의 말을 못 들은 척했다.

"나도 안다, 힘들다는 거. 하지만 이젠 여기 있으면 안 돼."

"저 못 가요. 제발 여기서 살게 해주세요. 아저씨랑 같이 살고 싶어요!"

마모가 격렬하게 울부짖는 소리를 듣고 요하네스와 요하네스 엄마가 고개를 돌렸다.

"너도 알잖니, 그럴 수 없다는 거. 그러니까 네 주인을 이해하려고 노력해봐. 그 친구는 작년에 큰아들을 잃었어. 그거 알고 있었니?" 요하네스 아빠가 머뭇거리며 말했다.

마모는 고개를 저었다.

"큰아들이 아마 너보다 한 살 많을 거야. 큰아들한테 많이 의지했던 그 친구는 아들의 죽음이 가슴에 사무쳤지. 게다가 그 뒤로 계속 나쁜 일만 생겼어. 홍수에 밭이 몽땅 잠기질 않나, 곡식 창고에 불이 나질 않나……그렇게 고생고생하며 일했는데."

"다시 가면 저를 죽일지도 몰라요. 그리고 그 사람들은 저를 싫어한단 말이에요. 특히 테스파예가요." 마모 목소리가 갈라졌다.

"테스파예는 자기 형이 보고 싶어 그러는 거야. 형 자리를 다른 사람이 차지하는 게 싫어서 그러는 거야."

"제발요. 네? 제발."

마모가 다시 사정했지만, 요하네스 아빠는 대답 없이 샴마 자락을 끌어올려 마모 어깨에 덮어주었다.

"어서 자. 아침엔 괜찮을 거야."

하지만 다음날 아침, 마모는 무거운 마음으로 잠에서 깼다. 차려준 아침도 입에 들어가지 않았다. 눈물에 목이 메어 고맙다는 말도 제대로 하지 못하고 완전히 경직된 상태로 집을 나섰다. 한 걸음 내딛을 때마다 비참했다.

멀리서 시냇물이 있는 언덕 아래로 향하는 소들과 그 뒤를 따르는 테스파예가 보였다. 두려움과 분노로 맥박이 빨라졌지만 마모는 무시하고 계속 걸었다.

잠시 후 테스파예와 마주쳤다. 욕과 돌멩이가 날아올 것에 대비하고 있는데, 테스파예가 잔뜩 긴장한 채 미안한 눈으로 마모를 쳐다봤다. 마모는 어리둥절했다.

"이제 괜찮아?" 테스파예가 딴 곳을 보며 말했다.

"어."

"다행이네. 그럼 난 학교에 갈게. 자, 이거. 내 막대기 갖고 가."

테스파예는 고분고분 마모에게 막대기를 넘겨주더니 학교 갈 준비를 하러 집으로 뛰어갔다.

낮에는 그나마 견딜 만했다. 하이루, 요하네스랑 어울려 노느라 저 끔찍한 집으로 돌아가야 한다는 공포를 한동안 잊고 있었다. 하지만 그림자가 길어지기 시작하면서 마모는 오랫동안 시냇가를 어슬렁거렸다.

더 이상 시간을 끌 수가 없었다. 죽기보다 싫었지만 마모는 결국 소들을 몰고 집으로 향했다. 길게 뻗은 길이 끝나는 곳에 이르렀을 때, 마모는 심장이 쿵하고 내려앉았다. 대문 앞에 농부가 몽둥이를 어깨에 걸치고 서 있었다.

소들이 오두막으로 다 들어가자, 농부가 검지와 엄지로 마모 귀를 억세게 잡아당겼다.

"너 이 새끼, 한 번만 더 말썽 부리면 아주 뒈질 줄 알아. 알았냐? 그리고 저 집구석에 가서 한 번만 더 징징대기만 해봐. 진짜 혼날 줄 알아."

농부는 마모 귀를 놓고 오두막으로 들어가 문을 쾅 닫았다. 마모는 밀려드는 추위와 어둠 속에서 멍하니 서 있었다.

오두막 문은 저녁에 몇 번 열렸다. 테스파예가 밖으로 나와 뭔가 말할 듯하다가 아무 말 없이 도로 들어갔다. 여자애는 저녁으로 옥수수 속대 하나와 물 한 컵을 갖다 줬다. 농부 아내도 뭔가 가지러 나왔지만 말 한 마디 없이 다시 오두막으로 들어갔다.

오두막 처마 밑에서 샴마를 몸에 두르고 움츠리며 마모는 자기 모습을 돌아봤다. 불쌍한 남자애가 자기를 무시하고 경멸하는 사람들 손바닥에서 외로움에 떨고 있었다.

세상 어디에서 뭔 짓을 하든 여기보다 못할까. 그런데 난 왜 여기 있는 거지?

그런 의문이 두 번, 세 번 계속 들었다. 그러다 갑자기 답이 보였다.

난 여기 있지 않을 거야. 벗어날 거야.

마모는 흥분으로 약간 현기증이 났다. 이전에는 잘 모르는 시골에서 도망치다가 집으로 가는 길을 찾지도 못하고 굶어 죽을지 모른다는 생각에 도망 자체가 두려웠었다. 하지만 이제 죽음 따위는 두렵지 않았다. 죽음이란 그냥 몸에서 영혼이 분리되는 간단한 것이다. 죽느냐 안 죽느냐는 중요하지 않다.

오늘 밤, 가자. 지금.

자리에서 벌떡 일어나 내달리려는 순간 마모는 멈칫거렸다. 농부가 곧바로 잡으러 올 거다. 농부는 돈을 지불했다. 지불한 돈이 그냥 날아가는 걸 보고만 있지는 않을 거다.

마모는 어쩔 수 없이 다시 자리에 앉아 오두막 안에서 간간이 들리는 말소리가 멈출 때까지 기다렸다. 그런 다음, 대문으로 살금살금 기어가 문을 열었다.

"너 뭐 하는 거야?"

안에서 농부가 신경질적으로 소리쳤다.

마모는 심장이 멎는 것만 같았다.

"아무것도 아녜요. 오줌 싸러 가려고요."

마모는 몇 분 기다린 다음 울타리 문을 다시 닫았다. 그러곤 소들이 있는 오두막에 가서 문을 열고 닫았다. 농부는 마모가 자러 들어간 줄 알 거다.

마모는 10분 동안 꼼짝도 하지 않고 서 있었다. 오두막 안에서 크게 코 고는 소리가 들려오자, 마모는 아주 조심스럽게 울타리 문을 열고 밖으로 빠져나왔다.

마모는 냅다 뛰었다. 귀신이 뒤에서 쫓아오기라도 하는 것처럼 좁은 길을 따라 달리고 또 달렸다. 떠오르는 달빛을 받으며 이 지긋지긋한 곳에서 벗어날 수 있는 길을, 이 혐오스런 곳에서 아디스아바바로 가는 도로로 데려다줄 길을 찾아 달렸다.

6

다니는 시내에 혼자 나온 적이 한 번도 없었다. 학교는 이브라힘이 매일 차로 태워다 줬고, 친척 집에 갈 때는 항상 아빠를 따라 나왔으며, 엄마 몸이 괜찮을 때는 엄마와 함께 차를 타고 시내 중심가에 있는 카페나 상점에 갔다. 다음 교차로까지 가려면 얼마나 걸어야 하는지 다니는 전혀 실감이 나지 않았다. 가는 곳마다 뾰족한 돌에 걸려 넘어지고 웅덩이에 빠졌다. 게다가 옷을 마구 쑤셔 넣은 가방 무게 때문에 등이 아팠다.

기오르기스 집에 도착할 때까지만 참자. 다니는 속으로 중얼거렸다.

드디어 도로 교차로에 이르렀다. 다니는 가방을 내려놓고 소매로 이마에 흐르는 땀을 닦았다. 덥고 목이 말랐다.

다니는 붐비는 상점가로 들어서면서 걸음 속도를 더 늦추었다. 엄마랑 자주 오던 곳이었다. 바로 다음 건물만 지나면 엄마랑 자주 들르는 제과점이 있었다. 보통 엄마는 커피를 마시고 다니는 콜라와 바닐라 케이크를 먹었다.

다니는 야구모자를 푹 눌러썼다. 학교 애들이나, 아빠 회사 사람, 엄마 친구와 우연히 마주칠 확률이 컸다. 그런데 기오르기스 집에 가려면 반드시 이 길을 지나가야만 했다.

엄마랑 쇼핑할 때마다 들르는 제과점이 나타났다. 마모는 잠깐 서서 좋아하는 케이크와 비스킷으로 가득 찬 진열대를 구경했다. 입에 침이 고였지만 가게 안으로 들어가는 건 미친 짓이었다. 다니를 모르는 종업원은 없으니까.

배가 정말 고팠다. 하지만 꾸물거릴 시간이 없었다. 지금쯤이면 다니가 없어졌다는 사실을 알고도 남을 시간이었다.

도로 끝에 서서 어디로 갈지 몰라 서성이는데, 도로 맞은편에서 자동차 한 대가 천천히 다가왔다. 갑자기 어디선가 많이 들어본 여자 목소리가 들렸다.

"애, 너 다니 아니니? 맞지? 엄마는 어쩌셔? 영국에 정말 가셨니?"

엄마 친구인 사라 아줌마였다.

순간 다니는 뒤도 안 돌아보고 눈앞에 보이는 좁은 골목으로 냅다 달렸다. 골목은 도로에서 떨어져 있는 언덕 아래로 가파르게 이어졌다. 다니는 숨을 헐떡이며 멈춰 섰다. 자기를 쫓아오는 사람이 있나 보려고 골목을 뒤돌아봤다. 하지만 염소를 몰고 가는 어린애 하나만 있을 뿐이었다.

언덕에서 내려가는 골목은 생각보다 훨씬 길고 미로처럼 복잡해서 헷갈렸지만 마침내 큰 도로로 나왔다. 골목을 몇 번 위아래로 훑어보고 나니 자기가 있는 곳을 대충 알 것 같았다.

심장이 철렁했다. 기오르기스가 사는 동네는 수십 킬로미터나 떨어져 있는데 벌써부터 지쳐 있었다. 살면서 이렇게 많이 걸어본 적도 없고 이렇게 무거운 짐을 들고 다닌 적도 없었다. 게다가 배고프고 목이 말라 죽을 지경이었다.

뭐라도 먹어야 해. 기운 차려야 해.

도로 맞은편에 작은 식당이 있었다. 언덕 위에 있는 깔끔한 제과점과는 너무도 달랐다. 우중충한 판잣집이었다. 식당 밖에는 단정하지 못한 여자가 서 있었다.

그곳에서 풍기는 음산한 분위기에 들어갈까 말까 망설이다가 다니는 길을 건너 식당 안으로 들어갔다. 다 부서져가는 테이블 몇 개에 의자 몇 개가 놓여 있었다. 한 남자가 약간 푸석해 보이는 인제라를 먹으면서 더러운 컵에 담긴 뿌연 액체를 벌컥벌컥 들이켰다. 누더기를 걸친 아이 두 명이 그 남자를 쳐다보고 있었는데, 눈가에는 파리 떼가 꼬여 있었다. 속이 뒤집혔다. 다니는 밖에서 있는 여자에게 미안하다고 한 뒤 재빨리 그곳을 빠져나왔다.

넓은 도로 앞에 익숙한 건물들이 눈에 들어왔다. 대형 중앙은행, 국립극장, 오래된 호텔들. 다니는 차를 타고 이곳을 자주 지나갔었다.

에티오피아 호텔 앞을 걷다가 발걸음이 점점 느려졌다. 엄마가 항상 하던 말이 떠올랐다. "전통의 에티오피아? 그럼 뭐 해? 시대에 한참이나 뒤떨어졌는데. 쉐라톤 호텔이 생긴 후로는 아무도 안 가잖아."

그렇다면 여긴 안전하다. 엄마 친구를 만날 일이 전혀 없다. 식당에 들어가 엄마랑 여기서 만나기로 했는데 엄마가 늦으면 먼저 음식을 시켜 먹으라고 했다고 둘러대면 된다.

제대로 된 식사를 하고 얼음처럼 차가운 콜라를 마실 생각을 하니 모든 걱정 근심이 한 방에 사라졌다. 다니는 아늑한 식당으로 당당하게 들어갔다.

다니를 아는 사람은 하나도 없었다. 다니는 구석진 자리를 선택해서 편안하고 푹신한 등받이에 기대앉았다. 곧 웨이터가 다가왔다.

"음, 엄마를 기다리고 있는데, 엄마가 먼저 가서 먹고 있으라고 했어요. 샌드위치, 프렌치프라이, 콜라 큰 거 하나 주세요. 그리고 후식은 아이스크림 주세요."

다니는 아무렇지도 않게 메뉴판을 눈으로 훑어보며 주문했다.

음식은 꿀맛이었다. 입에 넣고 한 입씩 맛을 느끼니 기분이 좋아졌다. 예전 같으면 꿈도 못 꿀 일이었다. 한 번도 호텔에 혼자 와서 밥을 사먹은 적이 없었다. 꼭 어른이 된 것만 같았다.

그런데 계산서를 보는 순간 입이 떡 벌어지고 눈이 휘둥그레졌다. 음식 값이 갖고 있는 돈의 절반이나 됐다. 다니는 주머니에서 지폐를 꺼내 웨이터가 들고 서 있는 작은 쟁반에 마지못해 놓았다.

"엄마한테 무슨 일 있니? 엄마가 안 오셨는데." 웨이터가 말했다.

하마터면 '우리 엄마는 영국에 계세요' 하고 말할 뻔했지만 간신히 입을 닫았다.

다니는 한참 동안 의자에 구부정하니 앉아 있었다. 식당 밖으로 나가 거리를 마주하기도 싫었고, 다리가 아프고 발바닥이 화끈거려 좀 쉬고도 싶었다. 그런데 시간이 가면서 끔찍한 깨달음이 슬금슬금 다가왔다.

기오르기스 집을 못 찾을 수도 있고, 용케 찾아낸다 해도 재워달라고 부탁할 수 없을 거다. 최근 몇 년 동안 기오르기스를 만난 적이 없다. 기오르기스가 나를 아예 기억하지 못할 수도 있다. 게다가 기오르기스 삼촌이 뭘 믿고 나를 반겨주고 재워줄까? 기오르기스 삼촌도 다른 어른들과 똑같을 거다. 아빠한테 전화를 걸어, 와서 나를 데려가라고 할 거다.

그럼 이제 어떻게 하지? 도대체 어떻게 해야 하지?

웨이터들이 다니를 보며 웃긴 표정을 짓기 시작했다. 웨이터들이 지배인에게 뭐라고 말하자 지배인이 다니를 훑어봤다. 식당에서 나가는 수밖에 없었다.

자리에서 일어서는데 심장이 빠르게 쿵쾅거렸다. 안락하고 잘 정돈된 호텔에서 계속 쉬고 싶었지만, 잠시 후 유리문이 다니 뒤에서 닫혔다. 다니는 다시 길 위에 서 있었다.

다니는 길을 하염없이 바라봤다. 어디로 가야 할지 캄캄했다.

다행스럽게도 달이 거의 보름달에 가까웠다. 환히 비추는 달빛 아래서 마모는 앞으로 가는 길을 어려움 없이 찾을 수 있었다.

처음에는 쉬웠다. 길이 하나만 나 있었고, 사람의 발과 동물의 발굽이 끊임없이 지나다녀 땅이 드러나고 단단해진 흔적이 선명했다. 마모는 자신이 생기기 시작했다.

아디스아바바에만 가면 집에 가는 길을 쉽게 찾을 거다. 티기스트 누나는 판잣집에 없다면 파리다 사모님 가게에 있을 거다. 가게에 없더라도 한나 아줌마가 누나가 어디 있는지 알려줄 거다. 그리고 누나는 내가 지낼 곳을 마련해주고 뭔가를 시작할 수 있도록 도와줄 거다.

아디스아바바로 돌아가기만 하면 모든 일이 술술 풀릴 것 같았다. 도로를 달리는 자동차와 트럭, 사람들로 가득한 버스, 식당 창문 안으로 보이는 텔레비전과 사람들의 웅성대는 소리. 너무나도 그리워했던 도시의 소음과 생활을 생각하자 입꼬리가 저절로 올라갔다.

그러다 깜짝 놀라서 멈춰 섰다. 길이 점점 좁아지더니 아예 없어졌다. 바로 앞에 보이는 산비탈에는 집들이 옹기종기 모여 있었다. 개가 사납게 짖어대는 소리에 깜짝 놀란 마모는 냅다 달리기 시작했다. 길에서 벗어나 농가로 향하고 있었던 모양이다.

마모는 부주의한 자신을 탓하며 왔던 길을 서둘러 되돌아갔지만, 갑자기 구름이 달을 가리는 바람에 얼마를 더 가야 할지 알수 없었다. 몸이 와들와들 떨렸다. 얼마나 달렸을까? 농부는 나를 잡으러 바로 출발했을 거다. 당나귀를 타고 쉴 새 없이 채찍질해대며 속도를 내고 있을 거다. 내가 도로를 찾기도 전에 농부가나를 따라잡을지도 모른다.

마모는 무턱대고 달리기 시작했다. 하지만 몇 번씩이나 막다른길을 만나는 바람에 돌아 나와야 했다. 끔찍했다. 원 모양으로 된미로 속에 갇혀 밤새도록 달리다가 날이 밝아 지쳐 쓰러질 것 같았다.

구름이 걷히고 달이 다시 나왔을 때 마모는 거의 포기한 상태로땅바닥에 털썩 주저앉았다. 달은 한가로이 하늘을 떠다니며 광활하게 펼쳐진 풍경을 비추고 있었다. 그런데 문득 저 멀리 시냇물처럼 반짝이는 아스팔트 도로가 보였다.

감격에 겨워 마모는 다시 달리기 시작했다. 곡식이 자라는 들판을 마구 헤치고 배수로와 도랑을 건너뛰며 미친 듯이 달렸다. 은색 끈처럼 쭉 뻗은 도로가 겨우 500미터쯤 남았을 때 하이에나가무섭게 울어대는 소리가 들렸지만, 마모는 그냥 계속 나아갔다. 이전에 하이에나에 대해 들었던 끔찍한 얘기들이 머릿속에 마구떠오르기 시작했다.

……하이에나는 사람 사지를 갈기갈기 찢어서 하나도 남김없이 먹는대. 그리고 공격할 때는 사람 배를 먼저 공격하고 나서 큰턱으로 한 번에 내장을 먹는대. 하이에나는 사람을 계속 쫓아오

고 결국 사람은 지칠 대로 지쳐 하이에나와 도저히 싸울 수가 없대……

도로가 가까워지는 만큼 하이에나 울음소리도 더 가까이서 들렸다. 마모는 막대기를 꽉 움켜잡고 휙휙 돌리면서 온 힘을 다해 달렸다.

드디어 맨 끝에 있는 밭을 비틀거리며 빠져나가자 아스팔트의 부드럽고 차가운 촉감이 발바닥에 느껴졌다. 오랜만에 맡는 아스팔트 냄새에 마음이 환희로 가득 찼다.

하지만 기쁨도 잠시, 도로는 텅 비어 있었다. 아직 한밤중이었고, 차가운 바람에 나뭇잎이 바스락거리는 소리만이 정적을 깼다. 새벽이 가까워질 때까지는 지나가는 차가 한 대도 없을 거다. 설사 차가 지나간다 해도 누가 누더기를 걸친 아이를 보고 차를 세울까?

걸어야 해. 아디스아바바까지 걸어서라도 가야 해.

마모는 도로를 따라 출발했다. 그런데 몇 걸음 가다가 멈춰 섰다. 아디스아바바는 어느 방향으로 가야 하지? 그리고 메르가와 함께 버스에서 내렸던 작은 읍내는 어느 쪽이지? 만약 그 읍내로 간다면 마모는 죽은 목숨이었다.

마모는 낙심한 채로 길가에 쭈그리고 앉아 무릎에 고개를 파묻었다.

어차피 안 될 거야. 절대 여기서 벗어나지 못할 거야. 와서 나를 끌고 가겠지. 그렇겠지.

한참을 앉아 있으니 점점 더 우울해졌다. 하루 종일 아무것도 먹지 못해 배고프고 목마른 데다 찬바람이 다 해진 누더기를 뚫고 들어와 살에 파고들었다. 머릿속에 이상한 생각들이 스쳐 가면서 정신이 혼미해졌다. 지금은 달도 기울어서 주위가 칠흑 같았다.

마모는 트럭이 다가오는 소리를 알아차리지 못했다. 트럭의 굉음이 꿈인지 현실인지 헷갈렸다. 마모는 거칠게 흘러가는 강을 보고 있었다. 강 위에서 기우뚱대는 배에 발을 내딛기만 하면, 아빠가 두 팔 벌려 마모를 배에 태우고 저 머나먼 아름다운 곳으로 데려갈 것 같았다.

어둠 속을 뚫고 오는 트럭의 헤드라이트에, 마모는 정신이 번쩍 들었다. 벌떡 일어나 고래고래 소리 지르면서 불빛을 향해 달려갔다. 하지만 트럭은 경적 소리를 울려대며 마모를 스쳐 지나갔다. 트럭의 붉은 미등이 악마의 두 눈처럼 마모를 조롱하면서 점점 작아졌다.

마모는 주체할 수 없는 분노가 솟았다. 무턱대고 트럭 뒤를 쫓아가며 소리쳤다.

"가지 마! 돌아오라구! 날 데려가란 말이야!"

그러다 돌에 걸려 쿵 소리를 내며 넘어졌다. 손발이 까지고 볼에 긴 상처가 생겼다. 마모는 한동안 뻗은 채로 정신을 잃었다가 조심스럽게 몸을 일으켜 앉았다. 얼굴에서 피가 흘러 눈물과 범벅이 되었다. 눈물이 그치질 않았다. 마모는 길바닥에 앉아 꺽꺽대며 서럽게 울었다. 온몸이 추위로 덜덜 떨리는 것도 몰랐다.

새벽을 알리는 희미한 빛이 지평선을 따라 퍼질 때, 두 번째 트럭이 왔다. 마모는 굳이 도로 한쪽으로 피하려 하지 않았다. 도로 가운데 가만히 앉아 애원하듯이 손만 흔들었다. 마모를 피하려고 트럭이 급히 방향을 틀었다. 고개를 들자 운전기사가 성질을 내며 삿대질을 하는 게 보였다.

그 뒤로도 트럭 두 대와 버스 한 대가 지나갔다. 하지만 모두 그냥 가버렸다.

하늘이 잿빛에서 푸른빛으로 서서히 바뀌고 지평선에 퍼지는 붉은 띠가 점점 넓어지고 짙어졌다. 활활 타오르는 줄무늬가 저 멀리 언덕 위로 올라오더니 불쑥 태양이 고개를 내밀었다.

따뜻하게 내리쬐는 태양을 보니 힘이 났다. 마모는 마음을 다 잡았다. 다음에 오는 트럭을 강제로 세울 작정이었다. 나를 태워주지 않으면 절대로 가지 못하게 할 거다. 무슨 수를 써서라도 반드시 차에 올라탈 거다.

저 멀리서 다시 트럭 소리가 들렸다. 트럭이 언덕을 오르고 있을 때, 마모는 뭔가 좋은 생각이 났다. 트럭이 보이기 시작했다. 트럭은 육중한 몸을 천천히 움직이며 마모를 향해 내려왔다. 햇빛이 앞 유리창에 반사되어 운전수 얼굴은 보이지 않았다.

이 트럭도 다른 트럭처럼 그냥 지나치려는 순간, 마모는 두 팔을 쫙 벌리고 도로 한가운데 섰다. 죽음을 각오한 모험이었다.

끼익하고 브레이크를 밟는 소리가 들렸지만 엄청난 무게에 트럭은 계속 움직이며 도로 위를 미끄러졌다. 마모는 트럭이 굉음을 내며 달려오는 모습을 지켜봤다. 온몸이 얼어붙어 꼼짝할 수 없었다. 움직이고 싶어도 몸이 말을 듣지 않았다. 온몸의 피가 거꾸로 솟는 것 같았다.

마침내 트럭이 심하게 흔들리면서 섰다. 하지만 마모는 보지 못했다. 이미 정신을 잃은 뒤였다.

곧 정신을 차리고 보니, 트럭 운전수가 운전석에서 내려 마모를 내려다보고 있었다. 화가 나 두툼한 입술을 꽉 깨물었고 곰보 자국이 있는 이마엔 주름이 가득했다.

"이 멍청한 자식! 무슨 짓 하는 거야? 칠 뻔했잖아!"

마모는 초점 없는 눈으로 남자를 보며 사정했다.

"제발, 저 좀 아디스아바바로 데려가주세요."

운전수는 마모 얼굴과 몸을 다시 자세히 살폈다. 볼은 핏자국으로 얼룩져 있고, 온몸 여기저기에 멍 자국이 뚜렷이 남아 있었다.

"몸이 왜 이래? 무슨 일이야?"

마모는 바짝 마른 입술을 핥았다.

"여기서 도망쳐야 해요. 제발요. 아디스아바바에 가시는 거면 저 좀 데려가주세요."

운전수가 알아들은 듯 표정을 누그러뜨렸다.

"도망쳤구나, 그렇지? 그래. 네 나이만 할 때 나도 그런 일을…… 일어설 순 있겠냐? 네가 계속 가난한 트럭 운전수들한테 뛰어들도록 그냥 놔둘 순 없구나. 놀라 자빠져 죽는 줄 알았잖아."

일어서려고 하는데, 머리가 너무 가볍고 다리가 풀렸다. 운전수
는 몸을 숙여 마모를 일으켜 세웠다.

"열은 없지, 그렇지? 전염병이라도 옮기면 곤란해."

마모는 간신히 고개를 흔들며 힘없이 말했다.

"없어요. 그냥 배고파요. 물 한 모금도 못 마셨어요. 밤새 뛰었
어요."

운전수는 마모를 일으켜서 트럭에 태웠다. 마모는 푹신한 조수
석에 등을 대고 앉았다.

꿈인가? 이건 진짜가 아니야.

마모는 눈을 감았다.

트럭이 움직이기 시작했다. 마모가 살면서 움직이는 차에 탄 건
이번이 겨우 두 번째였다. 그런데 이상하게도 집처럼 편안했다.
온몸의 긴장이 풀리면서 마모는 깊은 잠 속으로 빠져들었다.

7

티기스트가 아와사에 온 지도 어느덧 몇 주가 흘렀다. 이곳에서
는 모든 게 정말 낯설었다. 아와사 시내는 거대한 호수를 따라 길
게 뻗어 있는데, 먹황새들이 호숫가에 늘어선 나무에 둥지를 틀고
있었다. 시내 중심 도로의 양쪽으로는 각양각색의 상점과 카페가
즐비하게 늘어서 있었다. 이곳으로 휴가 온 아디스아바바 사람들
은 좋은 옷을 입고 이곳저곳 구경하러 다녔다.

티기스트가 파리다 사모님과 이곳에 급히 왔을 때 하미드 사장
님이 막 숨이 넘어가기 직전인 줄 알았다. 다행히 큰 고비는 넘긴
것 같았지만 여전히 위독했다.

티기스트는 하미드 사장님을 본 적이 거의 없었다. 하미드 사장
님은 어두운 골방에 누워 있었다. 티기스트가 방을 들여다보면 해
골 같은 머리에서 다이아몬드처럼 반짝거리는 밝은 눈과 앙상한
손만 보였다. 그리고 기침 소리가 자주 들렸다.

파리다 사모님은 남편을 간호하느라 정신이 없었기 때문에, 야

스민은 거의 티기스트 차지였다. 집에는 청소와 요리를 도맡아 하는 식모가 있었는데, 이름은 살마였다.

살마는 다정다감하고 통통한 여자애로, 팔 힘이 매우 좋고 목소리가 컸다. 티기스트는 살마 일을 거들어주는 게 싫지 않았다. 오히려 좋았다. 두 사람은 방을 함께 쓰면서 거의 모든 시간을 같이 보냈다. 살마는 음식 솜씨가 뛰어났다. 살마가 만든 인제라는 맛있고 부드러웠으며, 그레이비소스로 만든 스튜도 정말 맛있었다. 티기스트는 살마가 요리하는 걸 어깨너머로 보면서 배웠다.

어느 날 아침, 티기스트와 살마는 집 뒤쪽 계단에 앉아 쟁반에 담긴 콩에서 돌을 골라내며 웃고 떠들고 있었다. 그때 파리다 사모님이 현관문을 쾅 닫고 밖에 나왔다.

파리다 사모님은 야스민에게 다가갔다. 야스민은 이가 빠진 머리빗과 머리끈을 가지고 티기스트 옆에서 놀고 있었다.

"아유, 우리 귀염둥이."

파리다 사모님은 야스민을 안아서 꼭 껴안았다. 그러자 야스민이 당황한 듯 버둥거리며 팔을 티기스트를 향해 벌렸다. 티기스트는 벌떡 일어나 야스민한테 갔다.

파리다 사모님은 싫다는 듯 계속 흔들어대는 야스민 머리 너머로, 티기스트를 차갑게 노려봤다.

"오늘은 내가 볼 테니까 그냥 놔둬. 넌 약국에 가서 내가 주문한 약이 왔는지나 알아봐. 그리고 그 싸구려 팔찌 좀 빼. 넌 사람들이 널 창녀로 보길 바라니?"

"네? 네, 사모님. 이거 다 하고 나서 바로 다녀올게요."

티기스트는 깜짝 놀라 어안이 벙벙해서 말을 더듬거렸다.

파리다 사모님은 얼굴을 찌푸렸다.

"귀먹었니? 지금 갔다 오라고 했잖아. 지금 당장!"

티기스트는 얼굴이 벌겋게 달아올랐다. 내가 뭘 잘못했지? 왜 갑자기 사모님이 나한테 화를 내는 거지? 날 자르려고 그러나?

티기스트는 언덕을 쉬지 않고 달려갔다가 숨을 헐떡거리며 와서 긴장한 채로 파리다 사모님에게 약을 건넸다. 파리다 사모님은 아무 말 없이 약을 받았다. 그런데 티기스트를 보자마자 야스민이 팔을 티기스트에게 뻗으며 다시 울기 시작했다.

"지금 집 뒤로 가서 변소나 청소해. 더러워 죽겠어, 아주." 파리다 사모님이 말했다.

티기스트는 걱정이 깊어졌다. 뭐가 잘못된 걸까?

티기스트는 오후 내내 일을 하느라 바쁘게 움직였다. 야스민이 짜증내며 우는 소리가 뒷마당까지 들렸다.

밤이 되자 티기스트는 방에 들어가 살마 옆에 누웠다.

"내가 뭐 잘못했니? 사모님이 왜 이렇게 나한테 쌀쌀맞게 구시는 거지? 예전엔 항상 다정하게 대해주셨는데."

"샘나서 그래. 야스민이 항상 너만 찾잖아. 게다가 우리 둘은 맨날 웃고 떠드는데, 자기는 저 끔찍한 해골 같은 남편이나 하루 종일 보고 있으니 말이야."

"그래, 근데 그게 내 탓은 아니잖아. 야스민이 날 제일 잘 따르는데 나보고 어쩌라는 거야? 야스민은 그냥 내가 편한 거야. 그게 다야. 그리고 사모님은 항상 야스민을 나한테 맡기시잖아. 나보고 뭘 어떻게 하라는 거야?"

"나도 알아. 근데 조심하는 게 나을 것 같아." 살마가 갑자기 목소리를 낮췄다. "파리다 사모님은 충분히 그럴 수 있어. 그러니깐 눈치껏 행동해야 해."

그날 밤 티기스트는 한잠도 못 잤다. 티기스트는 그동안 미래에 대한 걱정은 전혀 하지 않았다. 그냥 평생 파리다 사모님 밑에서 일할 줄 알았다. 그런데 다시 혼자가 되고 궁핍해질 가능성이 살아나고 있었다.

티기스트는 방 한구석 높은 선반의 깡통에 남몰래 모아둔 돈을 마음속으로 셌다. 요즘엔 많이 모으지 못했다. 돈을 쓰고 싶은 대로 쓰는 버릇이 생겨서 야스민 선물도 사고 자신을 위해 저렴한 액세서리도 샀다. 이제 그래서는 안 된다. 언제 어떻게 잘릴지 모르니 다시 정신 바짝 차리고 돈을 모아야 한다.

오랜만에 마모가 생각났다. 티기스트는 마모도 자기처럼 당연히 잘 지낼 거라고 생각했다. 사실 티기스트가 마모를 위해 할 수 있는 건 아무것도 없었다. 지금은 자기 걱정만으로도 버거웠다.

다음날 아침 티기스트는 새 귀걸이나 색깔이 화려한 스카프는 하지 않았으며, 마당에 나가서는 목소리를 최대한 낮추려고 노력했다. 웃는 것도 자제했다.

티기스트는 야스민을 깨워 옷을 입히자마자 안아서 파리다 사모님에게 데려갔다.

"야스민이 사모님을 찾아요."

티기스트는 눈을 내리깔면서 예의 바르게 말했다. 그런 다음 몸을 굽혀 야스민 귀에 대고 속삭였다.

"엄마한테 가. 너한테 좋은 걸 주실 거야."

심장이 빠르게 뛰었다. 야스민이 가지 않고 자기한테 매달릴까 봐 두근거렸다. 야스민이 자기 치맛자락을 놓고 파리다 사모님을 향해 아장아장 걷자 티기스트는 그제야 안도의 한숨이 나왔다.

파리다 사모님은 야스민을 안고 야스민 볼에 마구 뽀뽀했다. 그런데 그때 하미드 사장님 방에서 신음소리가 흘러나왔다.

"아가, 티기스트 언니한테 가 있어. 엄마가 나중에 올게."

파리다 사모님은 그렇게 말하며 티기스트를 보고 엷은 미소를 지었다.

휴, 이제 조심해야 해. 정말로 조심해야 해.

티기스트는 여전히 불안하고 조심스러웠다.

*

다니는 에티오피아 호텔 밖에서 이러지도 저러지도 못하고 온몸이 굳은 채로 서 있었다. 거지가 와서 뼈만 남은 손으로 다니 소매를 두세 번 잡아당기자 그제야 정신이 돌아왔다.

맨발에 누더기만 걸친 작은 남자애가 구걸하는 눈빛으로 다니

111

를 올려다봤다.

"아빠도 엄마도 없어요. 배고파요. 아무것도 못 먹었어요."

다니는 움찔하며 뒷걸음치다가 뒤에서 다가오는 거지와 부딪힐 뻔했다.

"예수를 위해, 성모 마리아를 위해."

늙고 앞을 못 보는 거지가 노래하듯 외쳤다.

"행운이 깃드시길. 고맙습니다."

다니는 말을 더듬거리며 아빠가 항상 거지들 입을 막으려고 하던 말을 따라 했다.

다니는 가방을 들고 다시 걷기 시작했다. 붐비는 광장에서 벗어나 약간 한가한 길로 내려갔다.

"난 구걸 따윈 하지 않을 거야. 할 수 없어. 차라리 죽어버리는 게 나아."

다니는 크게 중얼댔다. 하지만 머릿속이 혼란스러웠다. 어디로 가는지도 모르고 발이 가는 대로 정처 없이 걷고 또 걸었다. 그런데 발에 물집이 잡히고 힘이 빠져서 더 이상 걷기가 힘들었다.

어디 가지? 언제까지 이렇게 걷기만 할 수는 없잖아.

다니는 주위를 둘러봤다. 늦은 오후, 아디스아바바 시내를 둘러싼 언덕 너머로 해가 떨어지고 있었다. 시원한 바람이 불었다. 사람들이 일을 마치고 집으로 가고 있었고, 담벼락 건너편 작은 집들에서는 대화 소리와 그릇이 달그락거리는 소리, 그리고 요리를 하는지 나무 타는 연기가 흘러나왔다.

눈물이 핑 돌았다.

"이제 진짜 혼자구나."

다니는 자기도 모르게 그 자리에 멈춰 섰다. 담벼락 밑으로 난 길에 그루터기가 있었다. 다니는 가방을 내려놓고 맥없이 그루터기에 주저앉았다. 몸이 떨렸다. 바람이 점점 차가워지고 있었다. 다니는 가방을 열고 스웨터 하나를 꺼내 입었다.

지금 집에서는 제니 누나가 메세레트를 불러 저녁밥을 먹이고 아빠는 일을 끝내고 집으로 오고 있겠지. 그리고 네구시에 아저씨는 대문 옆에서 문을 열 준비를 하고 있겠지.

집 생각이 간절해지자 다니는 자리에서 벌떡 일어났다.

그래, 집으로 가자. 택시가 다니는 중심가로 가서 택시를 타자. 택시 탈 돈은 충분해. 그리고 집에 들어가면 아빠한테 맞서자. '지지가에 가지 않겠어요' 하고 말하자. 아빠를 설득하자.

하지만 순간 냉정하고 단호한 얼굴을 하고 있는 아빠가 보였다. 그리고 아빠 어깨 너머로 승리의 웃음을 짓고 있는 파이살의 모습이 보였다. 다니는 다시 그루터기에 주저앉았다.

해는 이미 수평선 아래로 떨어져 보이지 않았다. 조금 전에 집으로 돌아가는 사람이 마지막으로 지나가고 나서는, 길도 한동안 텅 비어 있었다.

그런데 갑자기 누군가 뛰어오는 발소리와 이상한 고함소리가 들렸다. 발소리는 빨라졌다 느려졌다 하면서 점점 더 가까워졌다. 어떤 남자가 이상한 노래를 부르다가 마구 웃느라 멈췄다가 다시 노래를 불러댔다.

다니는 머리카락이 쭈뼛쭈뼛 섰다.

미친 남자다. 나를 봤으면 어쩌지? 나한테 해코지하면 어쩌지? 숨을 곳이 없었다.

"어이, 형씨! 황제가 돌아오셨네. 몰랐나? 왜 거기 앉아 있지? 모두 궁전으로 갔어. 나랑 가세."

남자가 어둠 속에서 다니를 보고 말했다. 그러더니 긴 팔을 쑥 내밀어 다니 팔을 잡아당겼다. 다니는 놀라서 벌떡 일어나 뒷걸음 쳤다. 남자의 눈이 까만 얼굴에서 반짝거렸다. 머리카락은 제멋대로 자라고 헝클어져 머리에 지저분한 코르크마개가 여기저기 달려 있는 것처럼 보였다.

"고맙지만 혼자 가세요. 전 갔다 왔어요. 거긴 아무도 없어요."

"뭐라고? 그럼 다들 어디 간 거야?" 남자가 놀라 대꾸했다.

"몰라요. 집에 갔나 봐요."

"집에? 즐거운 우리 집? 그럼 집으로 가자. 집으로 출발!"

남자는 춤추듯 몇 걸음 움직이며 말하더니 도로로 뛰어나갔다. 하지만 다니가 안도의 한숨을 쉬기도 전에 남자가 다시 나타났다.

"황제가 거기 있었나? 왕궁에? 자네, 황제를 봤나?"

"저는…… 아뇨. 황제는, 그러니까 지지가에 갔대요." 다니는 더 듬거리며 말했다.

"지지가, 지가 지가 지가 지……."

남자는 새로운 에너지가 솟구치는 듯 내키는 대로 지껄이면서 뛰어갔다.

온몸이 바들바들 떨리고 무릎에 힘이 풀렸다.

남자가 다시 와서 해코지할지도 몰라. 오늘 밤 있을 곳을 찾아야 해.

다니는 천천히 길을 따라 걸으며 자기를 도와줄 누군가를 애타게 찾았다. 아무 집 창문이나 두들기고 싶은 심정이었다.

하지만 사람들은 나를 미쳤다고 생각할 거야. 집에나 가라고 말하겠지.

그런데 다른 누군가가 또 오고 있었다. 발소리가 점점 더 가까이 다가왔다. 이번엔 누굴까? 또 미친 사람? 아니면 경찰? 파이살? 아빠?

다니는 자기도 모르게 가방을 가슴에 바짝 안고 담벼락에 붙어 달리기 시작했다. 뒤에서 누군가 빠르게 다가오면서 뭐라고 소리쳤지만 들리지 않았다. 이유를 알 수 없는 공포감이 다니를 덮쳤고, 다니는 필사적으로 도망쳤다.

흰색으로 칠해진 담벼락 중간에 검은 틈이 나타났다. 생각할 겨를도 없이 다니는 그 틈으로 급히 몸을 숨기고 담벼락 뒤로 조심조심 움직였다.

발소리가 지나갔다. 남자가 다시 소리를 질렀다. 이번에는 정확히 들렸다. 남자는 늘어선 집 가운데 한 집에 대고 누군가에게 잘자라고 큰 소리로 말했다. 다니는 순간 자신이 한심했다. 다시 길로 나갈까 했지만 대신에 담벼락 가까이에 있는 빽빽한 나무들을 지나 울타리 안으로 들어갔다.

그곳은 공동묘지였다. 하얀 대리석 무덤이 언덕 위를 덮고 있었다. 평범한 묘비가 하나도 없는 것으로 보아 돈 많은 부자들이 묻혀 있는 곳이 확실했다. 무덤마다 크기가 관처럼 큰 대리석이 세워져 있고 대리석 위에는 다양한 종류의 조각상이 있었다.

다니는 마음속 깊은 곳에서부터 천천히 올라오는 전율에 온몸이 부들부들 떨렸다. 어렸을 때부터 제니 누나가 해주는 공동묘지 이야기, 유령과 귀신 이야기, 구천을 떠돌아다니는 영혼 이야기를 다니는 엄청 무서워했다.

하지만 다니는 한 걸음 더 내딛었다. 이상하게 무섭지 않았다. 뭔가 이곳은 평화로웠다. 일종의 온화함이 있었다. 다니는 본능적으로 이곳에 자기만 있다는 걸 알았다. 다니가 두려워하는 살아 있는 영혼들이 하나도 없었다. 집요하게 달라붙는 거지들, 거친 남자들, 의심 많은 경찰들, 화가 난 아빠.

엄마가 돌아가신다면 엄마도 이런 곳에 묻히겠지. 여기엔 다른 사람들의 엄마도 많이 있을 거야.

그런 생각이 들자 마음이 편안해졌다. 엄마가 영국으로 떠난 후 처음으로 엄마랑 같이 있는 것 같았다. 엄마 목소리가 들리는 것 같았다. "다니, 이번엔 뭣 때문에 그러니? 우리 아들, 가여워라."

희미한 불빛이 가까이에 있는 웅장하고 오래된 무덤을 비쳤다. 무덤 가까이 가보니 하얀 대리석으로 만들어졌고 십자가가 세워져 있었다. 틀림없이 위대한 사람의 무덤일 거다.

무덤을 막고 있는 대리석판은 쓰러져 있었다. 무덤 안을 자세히 들여다보니 낙엽과 모래가 쌓여 있을 뿐 텅 비어 있었다. 애초에 이곳에 편히 누웠던 사람이 아예 없었던 것 같았다. 다니는 몸을 굽혀서 더 가까이 들여다봤다. 해골 비슷한 건 하나도 없었다.

잠시 망설여졌다. 무덤 안에서 자면 정말로 섬뜩할 것 같았다. 찬바람이 스웨터를 뚫고 들어오는 밖보다는 대리석 무덤 안이 훨씬 따뜻하겠지. 하지만 다니는 선뜻 무덤 안으로 들어갈 수가 없었다. 그래서 최대한 밖에서 참아보기로 했다.

다니는 가방을 뒤져서 운동복 윗도리와 새로 산 초록색 실크 재킷을 꺼냈다. 앞부분에 디자이너 상표가 새겨진 고급 재킷이었다. 이런 더러운 장소에서 이 옷을 입는 걸 제니 누나가 본다면 잔소리를 해댈 게 분명했다.

괜찮아. 제니 누나는 여기 없잖아.

다니는 코를 훌쩍였다. 가슴 깊은 곳에서부터 멈출 수 없는 서러움이 올라왔다. 다니는 한참을 서럽게 울었다. 그러다가 눈물을 닦고, 되도록 바람이 불지 않는 방향으로 무덤 측면을 따라 누웠다. 머리에 가방을 베고 다니는 눈을 감았다.

8

마모는 길모퉁이에 서서 이 도시를 기억나게 하는 냄새를 들이마셨다. 낡은 트럭들이 격렬하게 뿜어내는 배기가스, 도롯가에서 올라오는 먼지들, 음식을 만드는 장작불에서 흘러나오는 수많은 연기들을 들이마시고 또 마셨다. 마모는 아디스아바바가 얼마나 바쁜 도시인지, 도로마다 사람들이 얼마나 붐비는지, 사람들이 내는 소음이 얼마나 많은지 잊고 있었다. 지난 몇 달 동안 마모는 수십 킬로미터 떨어진 곳에서 벌레 울음소리에도 고개가 돌아가는 조용한 세상에 살았다.

트럭 운전수가 아디스아바바에서 가장 붐비는 메르카토 시장 근처에 내려줬을 때, 마모는 트럭이 시야에서 사라질 때까지 계속 쳐다봤다. 머릿속엔 딱 한 가지 생각밖에 없었다. 누나를 찾자. 그런데 트럭이 멀리 사라지자 세상에 하나밖에 없는 친구를 잃어버린 것 같았고, 갑자기 모든 게 불확실하고 불안해졌다.

티기스트 누나를 찾지 못하면 어떡하지? 찾는다 해도 누나가 도와주지 못하면 어떡하지? 차라리 트럭 운전수에게 자기를 데려가서 기술을 가르쳐달라고 사정하는 게 나았을지도 모른다.

마모는 고개를 흔들었다. 이미 너무 늦었다.

마모는 메르카토 시장에서 파리다 사모님 가게까지 한참을 걸어갔다. 가게에 가까워질수록 걸음걸이가 빨라졌고, 마지막 몇 미터가 남았을 때는 뛰었다.

삐쩍 마른 남자애가 천막 밑에 차려진 야채 가판대에 몸을 기대고 서 있었다.

"안녕하세요. 저, 여기 티기스트 누나 있나요?"

마모는 남자애가 입은 녹색 작업복에 살짝 위축되어 자기가 걸치고 있는 누더기 옷이 자꾸 신경 쓰였다.

남자애가 고개를 저으며 짧게 대꾸했다.

"아와사에 갔어. 파리다 사모님을 따라. 사장님이 많이 아프셔서."

마모는 갑자기 배가 쪼여오는 것 같았다.

"그럼 누나는 언제 오나요?"

"몰라. 몇 달 있어야 될 것 같은데. 지금은 저분이 가게를 관리하고 있어."

남자애가 고개를 옆으로 까닥했다. 깔끔한 옷차림을 한 남자가 얼굴을 잔뜩 찌푸린 채 마모를 노려보고 있었다.

"저는 티기스트 누나 동생이에요. 누나가 아와사에 갈 리 없어요. 전 누나가 있어야 돼요."

119

남자애는 어깨를 으쓱였다.

"갔다는 것밖에 몰라."

"그런데 저분이 저를 쓸까요? 뭐든지 할 수 있어요. 사람 안 필요하세요?"

마모가 가게 입구를 보며 말하자, 남자애는 마모를 경계하며 눈을 가늘게 떴다.

"그걸 내가 어떻게 알아? 가서 직접 물어봐."

하지만 남자는 파리를 쫓듯 한 손을 내저으며 고함쳤다.

"여기서 나가, 꺼져!"

"전 그냥……."

남자가 다가왔다. 결국 마모는 뒤로 물러섰다.

마모는 울퉁불퉁한 길을 따라 온 길을 다시 가면서 누나가 없다는 충격에 비틀거렸다. 그 사실을 받아들일 수가 없었다. 티기스트 누나가 없다니! 두려움과 외로움에 가슴이 답답해졌다. 누나가 아디스아바바에 없을 수 있다는 생각은 전혀 하지 못했다. 파리다 사모님 가게에서 일하지 않을 수도 있다는 생각은 했다. 그 점은 어느 정도 예상했다. 하지만 아와사라니! 아와사는 수십 킬로미터나 떨어져 있고 남부로 내려가면서 수많은 호수를 지나야 한다. 돈 한 푼 없고 어린 마모가 아와사까지 찾아간다는 건 무리였다.

아무 생각 없이 동네 친구들과 어울려 다니던 곳으로 걸어가고 있을 때였다.

"마모 형!"

심장이 쿵 내려앉았다. 누군가 자기를 부르고 있었다. 누군가 알아본 거다!

마모는 주위를 두리번거리다가 함박웃음을 지으며 말했다.

"야, 워쿠! 너구나!"

마모보다 어린 남자애가 마모에게 달려왔다.

"형, 어디 갔다 왔어? 오랫동안 안 보이던데."

마모는 얼굴을 찡그리며 대꾸했다.

"시골에 있었어. 어떤 농부 밑에서 일해야 했거든."

"키가 진짜 많이 컸다. 근데 무지 말랐네."

"게타추는 어디 있냐? 그리고 무루게타는?"

오랜 친구들을 볼 수 있다고 생각하니 기분이 한결 나아졌다. 이제 더 이상 혼자가 아니다.

워쿠가 의아한 표정으로 마모를 보며 대꾸했다.

"형은 몰라? 난 다 아는 줄 알았는데. 게타추 형 큰일 났어. 경찰한테 붙잡혀 갔어."

"게타추가 감옥에 가 있다고?"

"응, 저번달부터. 그리고 무루게타 형네 엄마는 또 결혼했어. 그래서 그 형은 지금 학교 다녀."

"아."

마모가 두 발로 밟고 있는 땅이 다시 심하게 흔들렸다. 마모는 부러운 듯 워쿠를 봤다. 늘 형들 주위만 어슬렁대던 조그만 녀석

121

이 갑자기 세상에서 가장 중요한 사람이 된 것 같았다.

"그럼, 넌 어떻게 지냈냐?"

"아빠가 돌아오셨어. 이제 난 길에서 살지 않아도 돼. 아빠가 가구점에서 일하시거든. 난 아빠를 도와드리고 있고. 나무에 광내는 일을 해. 아빠가 알코올 사오라고 해서 잠깐 나온 거야. 봐."

워쿠는 보라색 액체가 든 병을 손에 들고 있었다.

"아."

벌써 저만큼 뛰어가던 워쿠가 뒤돌아보고 외쳤다.

"형, 또 봐."

마모는 땅바닥에 앉았다. 갑자기 다리에 힘이 풀려 서 있기가 힘들었다.

이제 뭘 하지? 어디로 가야 하지?

오후도 벌써 다 갔다. 해가 아직 하늘에 떠 있지만 곧 열기가 식을 거다. 밤이 온다는 생각에 몸이 떨렸다. 해가 완전히 떨어지고 나면 아디스아바바에는 어김없이 추위가 찾아온다. 도망치기 전에 생각했어야 했는데! 다 떨어진 샴마라도 갖고 올걸! 얇은 셔츠와 면바지는 전혀 따뜻하지 않을 거다.

아까 트럭 운전수가 줬던 10비르가 생각나자 마모는 힘이 솟았다. 낡은 담요를 사러 가자. 시내에는 중고 물건을 파는 가게가 매우 많았다. 괜찮은 담요를 구할 수 있다는 확신이 들었다. 음식은 나중에 생각하기로 했다. 지금은 따뜻한 게 가장 중요했다.

하지만 그 돈 갖고 살 수 있는 담요를 찾는 일은 생각보다 어려웠다. 마모는 도로 옆에서 중고 물건을 싸게 파는 사람을 찾아 한참을 걸어 다녔다. 그래도 운이 좋아서 꽤 쓸 만한 담요를 발견했다. 게다가 담요 주인은 마모와 담요 값을 흥정하다가 멀리서 단속 경찰이 오는 걸 보고 마음이 급해졌다. 주인은 다른 물건들을 서둘러 챙긴 다음 마모가 제시한 가격에 담요를 팔았다. 심지어 잔돈으로 동전 몇 개를 주기까지 했다.

마모는 담요를 돌돌 말아서 겨드랑이에 끼운 뒤, 도로 저쪽에 있는 빵집에 가서 남은 동전으로 유통기한이 지난 롤빵 두 개를 샀다. 그리고 편히 앉을 수 있는 조용한 장소를 찾아 발길 닿는 대로 걸었다.

이제 마모는 붐비는 상점가에 있었다. 예전에는 이곳에 자주 와 길모퉁이 제과점의 유리창 앞에 서서 안을 구경하곤 했다. 저렇게 멋지게 장식된 케이크와 빵에서는 어떤 맛이 날까 궁금해하면서.

통통한 남자애 하나가 야구모자를 눈 밑까지 푹 눌러쓰고 제과점 안을 들여다보고 있었다. 그 남자애는 비싸 보이는 옷을 입고 무거운 가방을 들고 있었다.

마모는 주저했다. 그 남자애는 돈이 꽤 있어 보였다. 마모는 지금까지 한 번도 구걸해보지 않았지만, 이젠 구걸에 익숙해져야 할 것 같았다. 마모는 가방을 들고 있는 남자애 쪽으로 슬슬 움직였다. 하지만 남자애는 눈길도 주지 않고 그냥 가버렸다. 하긴 남자애의 처진 어깨를 보아하니 구걸을 해도 소용이 없을 것 같았다.

마모는 어깨를 으쓱이며 그 남자애와 정반대 방향으로 걸어갔다. 마모는 전부터 붐비는 상점가에는 편히 앉아 쉴 만한 장소가 없다는 걸 알고 있었다. 가게 앞에 한 발만 들여놔도 가게 주인이 당장 달려나와서 저리 가라고 쫓아냈다. 벽에 기대어 쭈그리고 앉아 있으면 그 주변에 사는 거지들이 자기 구역에서 꺼지라고 협박했다.

마모는 도로에서 떨어진 공터로 가서 콘크리트 벽에 등을 기대고 앉았다. 등을 기대는 순간 도시의 밤이 얼마나 떠들썩한지, 얼마나 많이 걸었는지, 저 시끄러운 소음에 얼마나 지쳤는지 온몸으로 실감했다.

음식을 먹을 기운도 없었지만 롤빵 하나를 먹었다. 그런데 퍽퍽한 롤빵이 들어가자 목만 더 말랐다. 일어나 물을 찾으려 했지만 이미 지칠 대로 지쳐 꼼짝도 할 수 없었다. 마모는 담요로 어깨를 감싸고 머리를 떨군 채로 눈을 감았다.

마모가 잠에서 깼을 때 날은 어둑어둑해지고 있었다. 정거장은 사람들로 붐볐고 건너편 도로는 차들로 꽉 차 있었다. 모두 일을 마치고 집으로 돌아가고 있었다. 낡은 판잣집, 음식, 다정한 티기스트 누나, 심지어 기분 좋을 때의 엄마에 대한 생각이 마모를 끔찍할 정도로 비참하게 만들었다. 마모는 코를 훌쩍이며 더러운 소매로 눈을 닦았다.

마모는 천천히 길을 따라 걷기 시작했다. 한적한 길로 들어서니 길모퉁이에 있는 조그만 구멍가게 말고는 가게가 하나도 없었다. 골함석 울타리 뒤로는 작은 집들이 자리 잡고 있었고, 집과 길 사이에는 돌이 많은 공터가 있었다. 이곳에 안전하게 잘 수 있는 조용한 모퉁이가 있기나 할까?

마모는 길모퉁이에 있는 꽤 안전해 보이는 곳을 골라 돌 위에 앉았다. 저녁 바람이 불어 추웠다. 마모는 담요를 몸에 두르고 남은 롤빵을 꺼내 아껴가며 조금씩 잘라 먹었다. 최대한 천천히 먹으려고 했지만 몇 분도 되지 않아 롤빵은 사라져버렸다.

마모는 한참 동안 가만히 앉아 있었다. 떠오르는 달이 맞은편 언덕에 있는 골함석 지붕을 처음엔 칙칙한 회색으로 바꾸더니 그 다음엔 빛나는 은색으로 바꾸었다. 마모는 내일 무엇을 해야 할지는 생각하지 않으려고 애썼다.

그때 돌이 많은 땅을 저벅저벅대며 다가오는 부츠 소리가 들렸다. 무심코 고개를 돌렸다가 카키색 경찰복을 본 순간 온몸이 공포로 떨렸다. 농부가 나를 잡으러 아디스아바바까지 쫓아왔나? 메르가가 나를 잡으러 왔나? 경찰이 나를 찾고 있나?

마모는 놀란 토끼처럼 자리에서 벌떡 일어나서 날아가듯 달렸다. 옆길로 돌아서 언덕 위로 달렸다. 왼쪽에는 길고 높은 담벼락이 있고 담벼락 뒤로 키 큰 나무들이 있고, 오른쪽에는 한 줄로 늘어선 작은 집들이 어렴풋이 보였다. 극심한 공포에 사로잡힌 마모는 오로지 위험에서 벗어나야 한다는 생각뿐이었다.

언덕 위로 반쯤 달렸을 때 뒤에서 자동차 소리가 들렸다. 그 사람들이 틀림없다! 경찰이다! 금방이라도 경찰은 헤드라이트를 비추고 쥐를 쫓는 고양이처럼 나를 쫓아올 거다!

125

마모는 울퉁불퉁한 길을 가로질러 달려 담벼락 밑으로 피신했다. 숨죽인 채 가만히 있으면 경찰은 발견하지 못할 거다. 그때 흰색으로 칠해진 담벼락에 난 검은 틈이 보였다. 마모는 안도의 숨을 쉬며 쏜살같이 그 틈 안으로 들어갔다.

*

쉽게 잠들지 못하고 뒤척거리던 다니는 누군가 가까이에서 숨을 헐떡이는 소리에 깼다. 다니는 얼른 일어나 앉아 가방을 움켜쥐고 가슴에 꼭 끌어안았다.

몇 미터 떨어진 곳에 이상한 물체가 하나 보였다. 키 크고 말랐는데 입고 있는 바지가 발목까지 오지 않았다. 그 물체는 다니가 움직이는 소리에 갑자기 뒤로 돌아서더니 다니를 빤히 노려봤다. 꼼짝도 하지 않았지만 얼핏 보기엔 싸울 태세였다.

"누구세요?" 다니는 속삭이듯 물었다.

"누구세요?" 마모는 공포에 얼어붙어서 따라 했다.

순간 둘 다 입이 얼어붙었다. 다니가 발을 움직여 가까이 끌어당기자 신발이 바닥에 긁히는 소리가 났다.

그 소리에 마모는 안심했다. 귀신은 그런 평범한 소리를 내지 못한다. 마모는 다니를 좀 더 가까이에서 살펴봤다. 자기 또래의 남자애였다.

마모가 한 걸음 다가가자 다니는 차가운 대리석 무덤으로 뒷걸음쳤다.

"괜찮아. 나 귀신 아니야. 난 네가 귀신인 줄 알았어."

마모는 깔깔거리며 웃었다.

가방을 꼭 쥔 손에 힘이 풀렸지만 다니는 다시 힘을 주었다. 저 녀석이 귀신은 아니더라도 강도로 돌변할 수 있다. 다니는 큰 소리로 헛기침을 하면서 도망칠 곳을 찾아 주위를 두리번거렸다.

마모는 다니의 행동을 눈치챘다.

"난 강도도 아니야. 난 그냥…… 나 혼자야."

마모는 기분이 상했다. 경찰에게 쫓기고 있다고 말하기 싫어서 대충 얼버무렸다.

"아."

다니는 눈을 가늘게 뜨면서 마모가 한 말의 뜻을 이해하려 애썼다. 하지만 달이 마모 등을 비추고 있어서 얼굴이 완전히 그늘져 있었다.

무덤에 앉아 있는 남자애가 살아 있는 사람인 게 확실해지자 마모는 기분이 나아졌다. 남자애는 악의가 없어 보였고 오히려 겁을 먹은 것 같았다.

마모는 무덤 아래 대리석 평판에 앉아 있는 다니 옆에 앉았다.

다니는 그제야 마모 얼굴을 자세히 봤다. 전혀 위험해 보이지 않았고 단지 겁에 질린 것 같았다. 다니는 가방을 내려놓았다.

"넌 이름이 뭐야?"

"마모."

다니는 자기 이름도 밝혀야 한다는 사실에 잠시 망설였다. 아빠가 경찰서에 이미 신고했을 테니 만에 하나 문제가 생길 경우에 대비해 다른 이름을 알려주기로 했다.

"난 기르마야."

그때 부엉이가 공동묘지 저편에 있는 나무에서 거칠게 울어댔다. 둘 다 깜짝 놀라 동시에 일어섰다. 머리가 쭈뼛쭈뼛 섰다.

"밤에 여기 있으면 무섭지 않냐?" 마모가 속삭이듯 물었다.

"아니. 넌?"

"나도 그래."

다니는 마모를 처음 봤지만 가지 않고 자기랑 같이 있었으면 하는 맘이 들었다.

"너 자고 싶으면 여기서 자. 이쪽은 바람이 불지 않아서 그렇게 춥진 않을 거야. 난 저쪽에서 자도 돼. 근데 그냥 여기에 같이 있자." 다니는 무덤 쪽으로 고개를 돌리면서 말했다.

"그래." 마모는 몸을 떨며 대답했다.

그런데 마모 발에서 축축한 게 보였다.

"너, 피나는 거 아냐?"

마모는 발을 들어 발바닥을 훑어봤다.

"그런 것 같아. 저쪽에 뾰족한 돌멩이가 많아. 아까 저 돌멩이들 위를 뛰어왔거든."

"붕대랑 약을 갖고 나왔어야 했는데, 그 생각은 못했네."

그러자 마모가 의아한 표정으로 다니를 보며 말했다.

128

"근데 넌 여기서 뭐 하냐? 넌 나처럼 가난한 것 같지도 않은데."

다니는 아무 말도 하고 싶지 않았다.

"좀 복잡해. 넌?"

마모도 지난 일을 입 밖에 꺼내기 싫긴 마찬가지였다. 주체할 수 없는 피로가 다시 몰려왔다.

"나 담요 있어. 쭉 펴면 우리 둘 다 따뜻하게 잘 수 있어."

다니는 눈을 마구 깜박였다. 다니에겐 뭔가 불확실할 때 눈을 깜박이는 버릇이 있었다. 이 냄새는 분명 오랫동안 씻지 않은 마모한테서 나고 있었다. 저 더러운 옷에는 벼룩이랑 이가 득실거릴 거다. 제니 누나가 입술을 깐깐하게 오므리는 모습이 보이고, 당장 떨어지라고 신신당부하는 엄마 목소리가 들렸다. 하지만 지금은 추위가 다니를 파고들고 있었다.

"그래." 다니는 역겨운 냄새를 참으며 말했다.

마모와 다니는 잠시 몸을 뒤척이며 담요를 나란히 덮었다. 마모는 완전히 녹초가 되었고 이미 딱딱한 바닥에서 자는 게 익숙했기 때문에 금방 깊은 잠에 빠졌다. 하지만 매일 밤 깨끗한 요가 깔려 있는 푹신한 침대에서 자던 다니는 누워서 하늘을 올려다봤다. 달빛이 점점 흐려지더니 달이 나무 뒤로 완전히 숨어버렸다.

9

근처에서 찌지직거리는 확성기 소리에 다니는 잠이 확 달아났
다. 바로 일어나 앉으며 마모에게서 담요를 끌어당겼다. 마모도
담요를 움켜잡고 일어나 앉았다.

"너무 시끄러워."

다니가 잠긴 목소리로 말했다. 다니는 저 더럽고 해진 누더기
옷을 입은 애랑 같이 담요를 덮고 잤다는 사실이 믿을 수 없었다.
어제였다면 역겨워서 시선을 돌렸을 거다.

"교회에서 나는 소리야. 오늘이 일요일이거든."

마모가 대꾸했다. 마모는 자기가 이런 부잣집 애랑 같이 있다는
게 믿기지 않았다. 부잣집 애들이 차를 타고 시내를 돌거나, 호텔
이나 가게에 들어가는 모습만 멀리서 봤을 뿐이었다.

옅은 새벽빛에 다니 얼굴이 더 자세히 보였다.

"우리, 전에 만난 적 있지?"

다니는 고개를 저었다.

"아니야, 만났어. 어제. 너, 피아자 광장에 있는 제과점 밖에 서 있었지?"

다니는 가슴이 쿵 내려앉으면서 순간 의심스러웠다. 설마 얘가 나를 쫓아온 건가?

"네가 거기 왜 갔는데?"

다니가 의도한 것과는 다르게 말투가 공격적으로 튀어나왔다.

마모는 순간 욱해서 다니한테 쏘아붙였다.

"그냥 빵만 쳐다봤다! 너처럼 꼭 부자만 보란 법은 없잖아."

다니는 당황한 나머지 자리에 풀썩 주저앉았다.

"나, 부자 아니야."

"아니야, 부자 맞잖아."

마모는 손을 뻗어 다니가 입고 있는 부드러운 고급 원단으로 된 재킷을 만지며 말했다.

"내 말은 이젠 부자가 아니란 말이야."

다니는 어설프게 대꾸했다. 마모가 이해할 수 있도록 어느 정도 설명을 해야 했다. 얘기하는 편이 나을 것 같았다.

"네가 정 알아야겠다면, 사실 나 가출했어."

"왜?"

"우리 엄마가…… 아니 그러니깐 우리 아빠가……."

다니는 어디서부터 시작해야 할지 난감했다. 그런데 마모는 편하게 자리를 잡고 앉아 재밌는 얘기를 기다리는 아이처럼 다니를 보고 있었다. 다니는 더듬거리며 천천히 말하기 시작했다. 그러다 갑자기 입을 다물었다.

마모는 의심스럽다는 듯 얼굴을 찌푸리며 다니를 쳐다봤다.

"단지 그것 때문에 집 나온 거야? 아빠가 널 때리고 시험에 낙제해서?"

다니는 얼굴이 화끈거리는 걸 느끼며 말을 이었다.

"아니야! 말했잖아. 아빠가 나를 지지가에 있는 파이살한테 보내려 했다고."

"거기 가도 넌 먹고 자는 게 다 해결되잖아. 잘 곳도 있고 학교도 다니고. 일을 하거나 거지처럼 구걸할 필요는 없잖아."

"그건 그래. 그런데……."

"난 누가 나한테 밥도 주고 학교도 보내주면 두들겨 맞아도 상관없어."

다니는 마모 목소리에 담긴 경멸감에 움츠러들었다.

"넌 이해 못해. 넌 우리 아빠를 모르잖아."

마모는 잠깐 아무 말도 하지 않았다. 그러다 입을 뗐다.

"그럼 이제 넌 뭐 할 거야? 너, 돈 있어?"

"조금."

"얼마?"

"20비르."

"야, 20비르 갖고는 얼마 못 살아."

"난 친구네 집에 가려고 했어. 그런데 못 갔어. 가도 소용없을 거야. 어쨌든 이런 데 오려고 한 게 아니었어."

다니는 목이 메었지만 필사적으로 울지 않으려고 애썼다.

"그럼, 집으로 가는 게 어때?"

"안 돼. 지금은 안 돼. 가면 죽을지도 몰라." 다니는 몸서리를 치며 말했다.

"누구한테? 아빠한테?"

"응."

"그럼 이제 뭐 할 거야?"

"몰라."

둘은 아무 말도 하지 않았다. 나무숲 뒤에 있는 교회의 스피커에서 찬송가 소리가 쾅쾅 울리고 있었다. 해가 떠오르면서 비추는 햇살에 몸이 따뜻해졌다.

"그런데, 넌 여기에 왜 온 거야?" 다니가 물었다.

마모는 약간 자랑스러웠다. 처음에 자기 얘기를 했을 때 트럭 운전수는 감동받은 나머지 결국엔 눈물을 흘렸다. 이 어리숙한 부잣집 애를 감동시키는 건 식은 죽 먹기일 것 같았다. 마모는 무덤에 등을 기대고 앉아 그동안 있었던 일을 말하기 시작했다. 여기저기 살 좀 보태고 과장된 동작을 하며 영웅담처럼 만들었다.

효과는 대만족이었다. 다니는 존경심이 가득 찬 눈으로 마모를 바라봤다.

"모두 글로 써도 되겠어. 진짜 이야기 같아."

마모의 빛나는 자신감이 약간 수그러들었다.

"난 글자를 몰라. 초등학교 2학년 다니다 말았거든."

"그럼 마모 넌 이제 뭐 할 건데?"

마모는 생각하며 콧등을 찡그렸다.

"음, 난 일을 구할 거야. 그런데 내가 할 만한 일이 있을까 싶어. 티기스트 누나처럼 운이 따라주는 것도 아니고. 잠깐은 어떻게든 하겠지 뭐. 구걸하고, 차를 지키고, 팁 받으면서 구두닦이 재료 살 돈을 모을 거야."

마모는 말하면서 자신감이 다시 생겼다. 이 불쌍한 생물체에 비하면 난 용감하게 헤쳐나갈 거다.

"괜찮네."

다니는 잠시 자기가 다른 사람들에게 구걸하고 자동차를 지키고 구두를 닦는 상상을 해봤다. 하지만 생각만 해도 너무 무섭고 끔찍해서 눈을 감아버렸다.

스피커에서 쾅쾅대며 흘러나오는 소리가 갑자기 뚝 끊어졌다. 마모 배에서 꼬르륵거리는 소리가 들렸다. 다니도 배가 고팠다. 생각지도 못하게 집에서의 아침식사가 눈앞에 펼쳐졌다. 신선한 파파야, 빵과 달걀, 우유, 버터와 꿀, 커피와 차. 여태까지 아침식사를 걱정한 적은 한 번도 없었다.

눈을 뜨니 마모가 쳐다보고 있었다.

"그럼, 내가 가서 먹을 것 좀 구해볼게."

마모가 일어섰다.

"안 돼. 가지 마."

다니는 혼자 남겨질까 봐 두려웠다.

"그럼 같이 가자."

"아, 난 못 가. 아빠가 경찰을 불렀을 거야. 모두 나를 찾고 있을 거야. 난 숨어 있어야 돼."

"알았어. 그럼 넌 여기 있어."

마모는 담벼락 사이에 난 틈으로 눈을 돌렸다. 벌써 마음은 밖에 가 있었다.

"잠깐만! 이 돈으로 먹을 것 사고 내가 먹을 것도 좀 갖다 줄래?"

다니는 절박하게 소리치며 주머니에서 급히 10비르짜리 지폐를 꺼내 마모에게 건네줬다.

"아, 그래."

마모는 지폐를 낚아채고 바로 출발했다.

마모가 사라지자, 다니 마음에 살며시 의심이 고개를 들었다. 지금 제정신이야? 처음 보는 거지한테 가진 돈의 절반을 주다니! 녀석을 다시는 보지 못할 거다.

다니는 자리에서 일어나 왔다 갔다 하며 자책했다. 어쩜 그리 멍청할까? 녀석이 한 얘기가 사실이 아닐 수도 있잖아. 가짜 삼촌이 자기를 꼬여서 노예로 팔아넘겼다고? 옥수수 속대랑 백년초 열매만 먹고 살았다고? 죽으려고 일부러 독초를 뜯어 먹고 트럭 앞에 뛰어들었다고? 다 거짓말일지도 몰라.

경찰이 나를 찾고 있다는 말은 하지 말걸. 새로운 걱정이 다니를 괴롭혔다. 녀석이 경찰한테 내가 있는 곳을 말하면 어떡하지?

아빠는 분명 녀석한테 사례금을 주겠다고 할 거야. 곧 경찰들이 여기로 들이닥칠지도 몰라.

다니는 잠시 상상에 빠져들었다. 상상 속의 다니는 영화에 나오는 멋진 탈주범 같았다. 다니는 경찰들과 영웅적으로 맞서 싸우다가 결국 포위되어 집으로 끌려간다. 아빠는 다니 걱정으로 수척해진 모습이다. "아들아, 난 내가 너를 이렇게 걱정하게 될 줄은 몰랐단다." 아빠는 메세레트를 안아주듯이 다니를 안으며 감격에 겨워 울먹인다.

하지만 그 장면은 곧 사라졌다. 아빠는 안심은커녕 망신이라고 생각할 거다. 망신은 아빠가 세상에서 가장 혐오하는 거다. 아빠의 분노는 주체할 수 없을 정도로 치솟을 거다.

일단 몸을 숨겨야겠다는 생각이 들었다. 다니는 가방을 들고 무덤 사이를 지나 공동묘지 저쪽에 있는 언덕을 향해 갔다. 그쪽에는 큰 나무들이 더 많이 있었다. 거기라면 들키지 않고 경찰이 오는지 몰래 볼 수 있을 거다.

다니는 바닥에 앉았다. 다시 거리로 돌아갈 수는 없다. 언제 또 사라 아줌마처럼 아는 사람을 만날지 모르니까. 결국 해가 저물 때까지 그저 숨어 있어야 한다. 길고 지루한 하루가 될 것 같았다.

다니는 잠시 골똘히 생각하며 모든 가능성을 떠올렸다. 지금까지의 상황을 이해해보려고 했다. 약간 어려운 숙제를 하는 것 같았다. 마음은 그냥 심란하고 생각지도 않은 방향으로 흘러갔다.

집중력이 떨어지자마자 공상하기 시작했다. 현실에서는 불가능한 영웅의 일대기가 머릿속에 펼쳐졌다.

부스럭대는 소리에 다니는 고개를 들었다. 어디서 나는 소리인지 알 수 없었다. 목덜미 쪽의 머리카락이 쭈뼛쭈뼛 섰다. 그 소리가 또 들렸다. 약간 떨어져 있는, 판 지 얼마 안 되는 흙구덩이에서 뭔가가 부스럭댔다.

다니는 초조하게 서 있다가 가서 살펴봤다. 전혀 예상치 못한 것이 보였다. 금빛 나는 작은 강아지가 구덩이 밖으로 나오고 싶어 낑낑대고 있었다. 아직 힘이 없어서 앞발로 흙을 만지작거릴 뿐이었다. 강아지는 다니를 보자 조그만 소리로 낑낑거렸다.

다니는 몸을 굽혀 자세히 살펴봤다. 한쪽 귀에 피가 엉겨 있고 불쌍할 정도로 삐쩍 말랐다. 만질 엄두가 나지 않았다. 엄마와 제니 누나가 항상 하는 말 때문에 다니는 개를 좋아하지 않았다. 어른 개들은 너를 물려고 공격하고 강아지는 기생충이나 전염병을 옮겨.

강아지가 다시 낑낑댔다. 금방이라도 쓰러질 것 같았다. 다니는 팔을 뻗어 강아지 뒷목을 잡고 구덩이에서 꺼냈다. 강아지는 힘없이 으르렁대더니 다니 손을 살짝 물었다. 다니는 얼른 강아지를 땅에 내려놓았다. 강아지는 일어섰지만 몸이 심하게 흔들려서 걷지도 못했다. 다시 엎어지더니 다니를 올려다보며 코를 킁킁댔는데, 냄새를 맡으려고 애쓰는 것 같았다.

"난 너한테 줄 게 하나도 없어. 먹을 게 없어."

137

다니는 작은 돌멩이를 강아지 코 옆으로 굴리면서 강아지가 돌멩이를 잡으려고 애쓰는 모습을 구경했다. 그래도 강아지가 있으니까 위안이 되었다. 마모가 간 지 한참이 지났고, 그래서 이미 포기한 상태였다. 다니에겐 이 굶주린 작은 강아지조차 친구 같았다.

*

길을 따라 내려가면서 마모는 왠지 기분이 좋았다. 다시 10비르를 손에 쥘 수 있다니. 그 돈이면 먹을 것을 충분히 사고도 남는다. 남자애(기르마? 마모는 그게 진짜 이름이 아니라는 걸 금방 눈치챘다)와 함께 배부르게 먹을 수 있다.

살 것을 결정하고 나자 입에 침이 고였다. 인제라가 가장 무난할 거다. 정말로 싸게 파는 곳을 찾으면 매콤한 소스도 같이 살 수 있다. 그리고 남은 돈으로는 하루 지나서 떨이로 파는 빵을 살 수 있다. 티기스트 누나는 항상 이런 식으로 돈을 썼다.

공동묘지 담벼락의 바깥쪽을 돌아 나가다 보니 성당 입구가 보였다. 널찍한 돌계단이 둥근 건물을 감싸고 있는 넓은 공터까지 이어졌다. 눈처럼 새하얀 샴마를 입은 사람들이 계단 꼭대기에서 검은 사제복을 입은 신부님 손에 성호를 긋고 계단을 내려왔다.

계단 밑에는 거지들이 북적댔다. 거지 대부분은 늙은 여자였는데 몇몇은 머리에 수녀 모자를 쓰고 있었다. 애들도 몇 명 있었다.

경건한 복종의 자세로 땅에 머리를 대고 있는 남자애가 보였다.

"게타추! 야, 너 게타추 맞지?" 마모가 소리쳤다.

남자애는 햇빛 때문에 눈을 찡그린 채로 마모를 보고 웃었다.

"어? 마모! 오랜만이다."

사람들이 계단을 내려오자 게타추는 다시 머리를 숙이고 우는 소리를 했다.

"천사장 미카엘을 위해, 가브리엘을 위해."

눈물로 볼이 얼룩진 여자가 음식이 담긴 비닐봉지를 꺼내 거지 들에게 나눠줬다. 여자는 게타추 손에도 하나 쥐여주었다.

"주님을 위해, 우리 불쌍한 엄마를 위해 하나만 더 주세요."

게타추는 애원하는 눈빛으로 여자를 올려다봤다. 여자는 고개 를 끄덕이며 게타추에게 비닐봉지를 하나 더 줬다. 게타추는 고맙 다며 정중히 인사한 뒤 마모를 쫓아왔다.

사람들이 보이지 않자 게타추는 한 팔을 마모 목에 두르며 말 했다.

"어디 갔다 이제 온 거야? 네가 죽은 줄 알았어."

"넌 감방에 있다고 들었는데."

게타추 얼굴이 어두워졌다.

"맞아. 있었지. 저 자식 펠레케가 나한테 누명을 씌웠거든."

"누구?"

"네가 사라지고 나서 펠레케 자식이 우리랑 같이 다니기 시작했 거든. 진짜 비겁한 놈이야. 그 자식이 노점상에서 물건을 훔치다

139

잡혔는데, 그걸 나한테 뒤집어씌운 거야. 그때까지 난 삼촌이랑 살았는데, 경찰이 체포할 때 삼촌은 나를 인간 취급도 안 하더라구. 그래서 삼촌한테 가지도 못하고 이러고 있어. 자, 이건 네 거야."

게타추는 비닐봉지 하나를 마모 손에 쥐여주었다. 마모는 좋아서 웃으며 봉지를 받았다.

"일요일마다 하냐? 그러니깐 먹을 것 주는 거 말이야. 난 몰랐거든."

"아니. 애도일이야. 대단한 인간이 40일 전에 죽었나 봐. 그래서 그 대단한 인간 마누라가 거지들한테 밥을 나눠준 거야. 항상 세상일에 귀를 기울여야 해. 그래야 애도일이 언제 오는지, 어느 성당에서 하는지 알 수 있거든. 가자. 어디 조용한 데 가서 먹자."

마모는 잠시 망설였다. 게타추랑 같이 가고 싶었다. 예전에는 게타추에 대해 잘 몰랐는데, 지금 상황에서는 꼭 필요한 친구 같았다. 게타추는 세상물정에 훤했다. 모르는 길이 없고, 생존 능력도 타고났다. 몇 주마다 한 번씩 삼촌이 집에서 쫓아내도 게타추는 혼자서 거뜬히 지냈다. 게타추는 저 묘지에 있는 부잣집 얼간이와 달리 같이 다니기엔 최고로 좋은 친구였다. 하지만 마모는 그 얼간이한테 10비르를 받았고, 먹을 것을 가져오겠다고 약속했다.

"저기 어떤 애가 있어. 진짜 이상해. 어젯밤에 개랑 같이 저기 있는 공동묘지에서 잤어. 그리고 먹을 것을 사오겠다고 약속했어.

걔가 나한테 돈을 줬거든."

그러자 게타추가 마모를 쳐다봤다.

"뭐? 공동묘지에서 잤다고? 야, 미쳤냐? 난 낮에도 공동묘지 담벼락은 못 지나가겠던데."

마모는 웃었다. 마모도 독초를 먹고 죽다 살아나기 전까지는 그랬다. 누구라도 게타추랑 똑같은 반응을 보일 거다.

게타추가 머뭇거렸다. 게타추에겐 비닐봉지가 하나 더 있었다.

"이거 두 개 다 주고 싶은데, 하나는 우리 조비로한테 갖다 줘야 해."

"조비로? 그게 뭔데?"

"아, 우리 대장. 나, 지금 갱에 있거든. 근데 우리 대장 진짜 짱이야. 좀 엄격하지만. 대장이 얻어오라고 한 걸 못 얻어오거나, 얻어온 걸 다른 애들이랑 나누지 않으면 쫓겨나. 아니면 다른 애들한테 매를 맞아. 네가 들어오고 싶다고 하면 대장은 두 팔 벌려 널 환영할 거야." 게타추는 자랑스럽게 말했다.

"정말? 고마워."

마모는 놀랐지만 어떻게 반응해야 할지 몰라 어안이 벙벙했다.

"그럼 나중에 보자, 마모."

"그래. 이거 걔한테 갖다 주고 바로 여기로 올게. 기다리고 있을게."

"알았어."

게타추는 곧 복잡한 중심가 쪽으로 사라졌다.

마지못해 게타추를 보내고 공동묘지로 다시 발길을 돌리면서 마모는 끊임없이 혼자 중얼댔다. 바보 같은 놈. 그냥 게타추를 따라갔어야지. 기르마한테 10비르만 받지 않았어도…….

담벼락 틈에 거의 다 왔을 때 반짝거리는 게 눈에 들어왔다. 낡은 플라스틱 병이었다. 횡재한 것 같았다. 뚜껑은 없지만 여전히 쓸 만했다. 이제 물을 구할 수 있는 장소만 알면 된다.

마모는 지난밤 다니랑 잤던 무덤에 도착해 주변을 이리저리 돌아다녔다. 다니가 안 보였다. 예상은 했지만, 안도감보다 실망감이 들었다. 흥, 부자 아빠한테 갔겠지. 약간 억울하다는 생각이 들었다. 마모는 기분을 풀려고 대리석 무덤을 손바닥으로 쳤다.

강아지에 푹 빠져 있던 다니가 그 소리를 듣고 고개를 들었다. 다니는 기쁘고 안심이 되어 큰 소리로 불렀다.

"마모! 나 여기 있어. 먹을 거 갖고 왔어? 난 네가…….

다니는 '안 올 줄'이라고 말하려다 멈췄다. 무덤 사이로 달려오는 마모 기분을 상하게 하고 싶지 않았다.

"저기, 아침 가져왔어. 나 1센트도 안 썼어. 자, 10비르."

마모가 숨을 헐떡이며 말했다. 마모의 손에는 지폐와 비닐봉지가 들려 있었다.

"대단하다. 그런데 그건 뭐야?"

하지만 마모 눈은 강아지에게 가 있었다. 마모는 옆에 앉아서 강아지를 쓰다듬어줬다.

"이거, 누구 개야?"

142

"지금은 내가 주인이야. 저쪽에 무덤 만들려고 파놓은 구덩이에서 발견했어."

다니는 비닐봉지에서 인제라 한 조각을 꺼내 입에 넣었다.

"음, 맛있다."

"같이 먹어야지. 우리 둘이 먹으려고 갖고 온 거야."

마모의 말에 다니 얼굴이 붉어졌다.

"아, 미안."

다니가 비닐봉지를 주자, 마모는 땅바닥 한 곳을 매끈하게 만든 다음 비닐봉지에서 음식을 꺼내 봉지 위에 놓았다. 두 사람 몫으로는 턱없이 부족한 양이었다. 하지만 마모에게 이 음식은 진수성찬이나 다름없었다. 둘은 천천히 음식을 먹기 시작했다.

마모는 인제라 한 조각을 떼어 강아지한테 줬다. 강아지는 그걸 한입에 꿀꺽하더니 꼬리를 흔들며 더 달라고 입을 벌렸다. 마모는 주저하다가 마지막 조각을 집어 반을 잘랐다. 한 조각은 다니한테 주고 나머지 한 조각은 강아지한테 줬다. 강아지는 인제라를 삼키고 요란하게 한 번 짖더니 마모 손가락을 핥았다.

마모는 흐뭇하게 웃으며 말했다.

"목마른가 봐. 물을 줘야겠어."

"나도 그래." 다니가 말했다.

마모는 플라스틱 병을 집어 들고 자리에서 일어섰다.

"가서 보고 올게."

담벼락 틈까지 반 정도 남았을 때 마모는 걸음을 멈췄다. 물을 구하려면 식당까지 가야 하는데 가까운 거리가 아니었다. 이 근처에서도 구할 수 있지 않을까 싶어 마모는 주변을 돌아다녔다. 정문 바로 안쪽에 묘지 관리인이 머무는 작은 오두막이 있었다. 마모는 오두막 모퉁이에 가서 다른 쪽을 훔쳐봤다. 몸이 얼어붙었다. 관리인은 오두막 밖에 있는 해먹에 누워 있었다.

마모는 쿵쾅거리는 심장이 멈추기를 기다렸다. 관리인은 꼼짝도 하지 않았다. 산들바람이 불어 관리인 옷이 날렸지만 아무 인기척도 내지 않았다. 잠이 든 것 같았다.

관리인으로부터 눈을 돌려 그 주위를 찬찬히 둘러보니, 멀리 떨어진 벽에 통이 하나 있고 맨 밑에 수도꼭지가 달려 있었다. 마모는 갈라진 입술을 핥으면서 까치발로 관리인 옆을 지나갔다. 그리고 숨을 죽인 채로 병을 대고 수도꼭지를 살살 돌렸다. 거의 소리 없이 물이 흘러나왔다. 병에 물이 다 차자 마모는 다시 수도꼭지를 조심스럽게 잠근 다음 살금살금 움직였다.

오두막에서 완전히 멀어졌을 때 뒤돌아서 관리인을 보니, 관리인의 평온한 얼굴에 뭔가 반짝였다. 마치 눈을 뜨고 마모를 가만히 지켜보다가 마모가 보자 금세 눈을 감아버린 것 같았다. 하지만 관리인은 여전히 한 치의 미동도 없이 누워 있었다. 마모는 자기가 잘못 봤다고 확신했다.

마모는 물이 넘치지 않게 병 입구를 손바닥으로 막고, 신이 나서 한달음에 다니한테 달려갔다.

다니는 먹을 때는 기운이 솟았지만, 마모가 물을 구하러 가는 순간 기분이 다시 땅에 떨어졌다. 어떻게 스스로를 이런 끔찍한 상황으로 내몰 수 있었을까? 다니는 음식이며 물이며 그 모든 것을 마모에게 100퍼센트 의존하고 있다. 만약 마모가 버리고 간다면 다니는 무덤 밖으로 나가 경찰에게 잡히거나 굶어 죽을 때까지 이 공동묘지에 갇혀 죄인처럼 살아야 한다.

강아지가 낑낑거리며 다니 손에 코를 비비려 했다. 다니는 강아지를 떼어놓았다.

"미안해. 내가 말했잖아. 난 너한테 해줄 게 아무것도 없어."

마침내 마모가 물을 가득 채운 병을 들고 돌아왔다. 마모는 기분이 좋아 보였다. 다니는 안심했지만 이내 자기가 아까보다 더 쓸모없게 느껴졌다.

"물 어디서 구했어?"

"저기 묘지 정문에 가면 나이 든 관리인이 있어. 그 관리인 오두막 뒤에 큰 물통이 있더라. 근데 관리인은 자고 있었어. 날 보지는 못했어."

다니는 그저 입술을 핥으며 물 마실 생각만 했다.

"내 손에 좀만 따라봐."

마모가 손을 컵 모양으로 만들어 강아지 코 아래 댔다.

"왜?"

"얘 주려고. 너무 목말라 보이지 않냐?"

다니는 "나도 목말라"라는 말이 목구멍까지 올라왔지만 마모 손바닥에 물을 약간 부었다. 강아지는 물에 코를 대고 킁킁거리더니 물을 핥아댔다. 마모 손가락을 구석구석 핥으며 남은 물기를 모조리 핥았다.

마모는 즐거워서 웃었다.

"잘했어, 수리. 똑똑하구나."

"수리?"

마모는 미안하다는 표정으로 다니를 봤다.

"미안. 강아지 이름으로 멋질 것 같아서. 하지만 강아지 주인은 너잖아, 그치? 네가 발견한 거잖아. 그러니까 이름도 네가 정해주면 돼."

강아지는 마모 손에 코를 대고 킁킁거리면서 꼬리를 흔들었다.

"난 강아지 주인이 아니야. 하고 싶으면 네가 주인 해. 강아지가 널 잘 따르잖아."

저런 강아지도 나보다는 마모가 더 낫다는 걸 아네. 다니는 우울해졌다.

고맙다는 듯 마모는 물병을 다니한테 건넸다. 다니는 물병을 입술에 갖다 댔다. 시원한 물이 입을 축복해주는 것 같았다. 살면서 이렇게 달콤한 물은 정말 처음이었다. 그러다가 물을 절반이나 마셔버렸다. 다니는 웅얼거리며 마모에게 물병을 건넸다.

"너무 많이 마셔서 미안해. 그런데 묘지 관리인 오두막은 어디 있어? 내가 가서 물을 더 담아올게."

"아니야. 들킬지도 몰라."

"네가 했던 것처럼 조심하면 될 거야." 다니는 기죽은 목소리로
말했다.

다니 말에 마모는 다니를 봤다. 다니는 마모가 자기를 무시하
듯 쳐다본다는 생각에 얼굴이 화끈거렸다.

마모는 다시 시선을 수리에게 돌렸다. 수리를 집어 올려 손바닥
에 놓고 몸을 뒤집자 부드러운 배가 보였다. 간지럼을 태우며 부
드러운 살을 만지자 수리가 꼼지락거리며 짖어댔다.

마모는 기분이 묘했다. 손바닥에 놓인 수리의 부드럽고 따뜻한
느낌이 온몸으로 전해졌다. 이런 기분이 든 적은 한 번도 없었다.

"수리야, 이젠 내가 네 주인이야. 알겠어? 이제 형이 널 돌봐줄
게."

마모는 조그만 수리의 몸을 뒤집어 자기 얼굴에 대고 말했다.
수리는 몸을 꼼지락거리면서 혀로 마모 볼을 핥으려고 애썼다.
마모는 기분이 좋아 막 웃었다.

"형이랑 같이 가자. 형 친구 게타추 만나러 같이 가자."

마모가 일어서며 말했다. 다니는 땅만 쳐다보고 있다가 벌떡 고
개를 들었다.

"너 어디 가?"

"친구 만나러. 너랑 나한테 먹을 거 준 친구 말이야."

"아."

"나중에 보자."

"언제?"

"글쎄, 오늘 밤? 너, 오늘도 여기서 잘 거야?"

"아마도. 다른 곳이라도 있니?"

"그럼, 이따 보자. 가자, 수리야."

다니는 갑자기 조급해졌다. 마모가 돌아오게 하려고 머리를 쥐어짰다.

"잠깐만. 셔츠 하나 줄게. 내 셔츠 말이야. 난 가방에 세 개나 있어. 주머니가 있어서 수리를 넣고 갈 수도 있어. 손에 계속 들고 다니는 것보다 훨씬 편할 거야."

다니는 이미 저만큼 가버린 마모 뒤에 대고 다급히 소리쳤다.

마모는 잠깐 머뭇거렸다. 10비르 지폐처럼 셔츠를 받으면 또 다니랑 엮일 거다. 마모는 자유롭고 싶었다. 하지만 다니가 가방에서 꺼낸 셔츠를 본 순간 마음이 흔들렸다. 흰색 단추와 작은 가슴 주머니가 달린 노란색 셔츠였다. 지금까지 마모는 이렇게 멋진 옷을 가까이서 본 적이 없었다. 마모는 그 옷을 보고, 눈길을 돌렸다가 다시 돌아서서 봤다.

"이거 입고 가. 넌 먹을 거랑 물이랑 다 구해다 줬잖아. 이 옷 말고 다른 옷도 필요하면 줄게. 내일."

다니는 마모를 뇌물로 꼬이느라 정신이 없어서 자기 목소리가 떨리는 줄도 몰랐다. 그런 다니의 눈을 보고 마모는 뭔가 알 것 같았다. 수리가 왜 그렇게 의존적이고 불쌍하게 보였는지. 수리가

148

손 위에 있을 때 느꼈던 부드러운 느낌이 되살아났다. 마모는 미소 지었다.

"걱정 마. 저녁에 돌아올게. 정말이야. 내 친구 게타추가 우리를 도와줄 거야. 어쩌면 우리를 자기네 패거리에 끼워줄 수도 있어."

'우리'라는 말이 다니 머리에 종처럼 울려 퍼졌다. 그제야 마음이 놓였다. 다니는 다시 셔츠를 집었다.

"그래, 알았어. 근데 이거 입고 가, 응?"

마모는 수리를 바닥에 조심스럽게 내려놓고 셔츠를 받아 입었다가 바로 벗었다. 그런 다음 옷을 내려놓고 때 끼고 굳은살이 가득한 손으로 윤기가 나는 천을 매만져봤다.

다니가 입고 가라고 또 권했지만 마모는 사양했다.

"그냥 네가 갖고 있어. 내가 입기엔 좀 그래. 나한테는 훔친 옷처럼 보일 것 같아. 주머니도 수리가 들어가기엔 너무 작고. 이따 밤에 와서 입을게. 우리 둘만 있을 때. 그럼 이따 보자. 오케이?"

마모는 수리를 안아 올린 다음 사라졌다.

10

　게타추는 성당에 나타나지 않았다. 놀랍진 않았지만 그래도 실망스러웠다. 마모는 근처에 쪼그리고 앉아 무작정 기다리기로 했다.

　딱히 갈 데도 없고 할 일도 없었다. 물론 이따가 가긴 하겠지만 다니한테서 벗어나 있으니 좋았다. 부잣집 애랑 같이 있으니 약간 흥분되면서도 불안했다. 다니는 물건을 너무 막 다루고 자기밖에 모른다. 혼자서 물을 반 이상이나 마시고 음식을 자기 입에 먼저 갖다 댄다. 그런데 도대체 가출은 왜 한 걸까? 엄마가 아프고 아빠가 멀리 보낸다고 협박했다는 이유로 가출했다는 건 말이 되지 않는다. 그런 말도 안 되는 이유 때문에 그런 집을 박차고 나오는 사람은 없을 거다.

　완전히 복에 겨운 애야. 마모는 짜증이 났다.

　그런데 어떤 면에서는 다니가 마음에 들었다. 부잣집 아들이고 학교도 다니는데 잘난 척하거나 잰 체하는 게 없었다. 자기한테 마모가 필요하다는 걸 보여주는 데 거리낌이 없었다.

개는 진짜로 내가 필요하긴 해. 마모는 도로 옆에 묶여 있는 당나귀한테 겁도 없이 다가가는 수리를 들어 올리며 생각했다. 왠지 기분이 좋았다. 그리고 자신감이 생겼다.

게타추가 오면 우리를 자기네 갱에 넣어줄 수 있냐고 물어봐야지. 그냥 우리끼리 있는 것보다는 훨씬 나을 거야.

마모는 게타추가 말한 갱이 어떤지 대충 알고 있었다. 마모 친구 중에 거지들과 붙어 다니는 애들이 있었지만 실제로는 거지가 아니었다. 모두 가족이 있어서 밤이 되면 집으로 돌아갔다. 반면 마모가 알고 있는 진짜 거지들은 늘 거리에서 살고, 같은 장소에서 자고, 구걸한 음식이나 물건을 나누며 서로를 돌봐준다.

심심해지자 마모는 작은 소리로 노래 부르기 시작했다. 아디스아바바로 돌아와서 가장 좋은 건 노래를 마음껏 들을 수 있다는 거였다.

한두 시간이 지나서야 게타추가 나타났다. 처음 보는 남자애 세 명과 함께였다. 둘은 게타추랑 체구가 같았고 하나는 훨씬 작았다.

쟤들이구나, 게타추랑 같이 있다는 갱 애들이.

마모는 조심스럽게 일어나 수리를 셔츠 안에 보이지 않게 집어넣었다.

"밀리언이 너 보고 싶대." 게타추가 말했다.

"밀리언이 누구야?"

"우리 조비로. 대장."

셋은 벌써 몸을 돌려 저만치 걸어가고 있었다. 게타추와 마모는 그 애들을 따라갔다.

"나에 대해 말했어? 밀리언이 뭐래?"

"널 보고 싶대. 그게 다야. 내가 넌 착하고, 나랑 친구고, 싸우지 않는다고 말했거든. 그랬더니 만나고 싶대. 보고 판단하겠대."

마모는 침을 삼켰다.

"밀리언은 너한테 뭘 시켜?"

"뭐, 여러 가지. 구걸이나 자동차 경비 같은 거. 괜찮아. 밀리언이 우리한테 할 일을 분배해줘. 결정하고. 그래서 밀리언을 뽑은 거야."

"그게 무슨 말이야? 뽑다니?"

"뭘 생각하는 거야? 우리가 밀리언을 선택했다구. 버팔로도."

게타추는 앞에 걸어가는 세 명 중에서 가장 크고 떡 벌어진 어깨를 가리켰다. 버팔로 얼굴은 우울하고 웃음기가 없었다. 버팔로는 마모를 힐끗 보더니 고개를 돌려 계속 걸어갔다.

"그거 진짜 이름 아니지? 버팔로 말이야, 그치?"

"그건 우리가 부르는 이름이야."

"버팔로는 내가 싫은가 봐."

게타추는 어깨를 으쓱했다.

"원래 저래. 낯선 사람을 좋아하지 않아. 근데 괜찮아. 약간 성질이 있긴 하지만, 그게 다야. 버팔로랑 밀리언은 같이 지낸 지 꽤 됐어. 어렸을 때부터."

중심 도로를 건너자 붐비는 사거리로 이어지는 비탈길이 나타났다. 마모는 점점 더 가슴이 두근거렸다. 갱에 들어가는 건 어떤 의미일까? 뭘 해야 할까?

사거리 모퉁이에 제복을 입은 경찰이 서 있었는데, 카키색이라서 구별하기 쉬웠다. 앞에 가던 세 명이 본능적으로 서로 붙었다. 마모는 게타추 옆에 붙으면서 게타추도 조심하는 걸 느꼈다. 어제는 경찰을 보는 순간 본능적으로 도망쳤지만 다른 애들이랑 같이 있으니까 용기가 났다. 어쩌면 이런 게 갱에 들어가면 좋은 점일 거다. 이젠 두려움에 떨 필요가 없다.

아이들은 경찰을 지나면서 경찰을 피해 눈을 딴 데로 돌렸다. 조금 더 걸어가니 보도가 나왔다. 아이들 뒤로 약간 떨어진 곳에, 어떤 남자애가 낡은 고무 타이어에 앉아 벽에 등을 기대고 있었다. 남자애는 꽃무늬 셔츠와 파란색 바지를 입고 있었다. 담배처럼 생긴 막대기를 입에 물고 있었고, 앞니 하나가 없었다.

아이들은 남자애한테 다가가 양쪽으로 원을 그리며 쭈그리고 앉았다.

"얘가 마모야, 밀리언 대장. 아까 내가 말한 애야. 착해. 진짜 착한 친구야."

밀리언은 머리를 벽에 기대고 곁눈질로 마모를 내려다봤다. 밀리언 얼굴은 야위긴 했지만 날카롭고 차가워 보였다.

마모는 밀리언을 얼른 보고 나서 눈을 바로 내렸다. 맥박이 빠르게 뛰었다.

"고향이 어디야?"

밀리언의 목소리는 깜짝 놀랄 정도로 높고 부드러웠다.

"아디스아바바. 그런데 납치돼서 시골에 있었어. 노예로 팔려갔거든. 거기서 도망쳐 다시 여기로 왔어."

"너, 도둑이야?"

마모는 화가 나서 고개를 들고 말했다.

"아니야! 그리고 난 도둑 따윈 되지 않아."

밀리언은 입에 물고 있는 막대기를 굴렸다.

"우리 갱 안에 도둑은 없어. 도둑질을 하고 싶은 사람은 우리랑 절대 있을 수 없어."

마모는 고개를 끄덕였다.

"도둑질을 하면 우리한테 매질을 당할 거야. 우리랑 같이 있으려면 내가 시키는 일을 해야 해. 넌 갖고 있는 게 뭐야?"

"갖고 있냐고? 난 가진 게 하나도 없어."

"그럼, 그 속에 있는 건 뭔데?"

밀리언이 마모의 바지 허리띠 바로 위에 불룩 튀어나온 부분을 가리켰다.

마모는 셔츠 안에 손을 넣어 수리를 꺼냈다. 수리는 잠들어 있었다. 애들이 보려고 몸을 앞으로 굽혔고 밀리언도 똑바로 앉았다.

"내 개야. 이름은 수리."

"경비견이니?" 밀리언이 물었다.

애들 중에 제일 어린 애(그 애 이름은 가라테였다)가 웃었다. 그러더니 작은 몸집이 흔들릴 정도로 심하게 기침을 했다.

"아직은 할 수 없어. 너무 작아서."

밀리언이 손가락 하나를 내밀어 수리의 거친 털을 만졌다.

"수리가 더 크면 우리를 위해 일할 수 있겠다. 낮에 우리 담요를 지켜줄 거야."

마모는 한참 뒤에야 밀리언의 말을 이해했다. 마모는 고개를 들고 밀리언을 보며 함박웃음을 지었다.

"그 말은 날 받아주겠다는 의미야? 응?" 마모가 말했다.

수리가 마모 손에서 꼼지락대는 모습을 보자 밀리언의 표정이 미소로 한층 부드러워졌다. 하지만 곧 굳은 표정으로 말했다.

"우린 지켜볼 거야. 하루나 이틀 정도 우리랑 지낸 다음 결정할 거야. 우리 규칙에 복종해야 해. 도둑질, 싸움 모두 금지야. 그리고 네가 가진 모든 걸 나눠야 해. 네가 구걸하거나 얻어 오는 건 모두 나한테 가져와야 해. 다 우리 모두를 위한 거야. 내가 정해주면 넌 그대로 따라야 해. 오케이?"

마모는 고개를 끄덕였다. 안도감으로 가슴이 벅찼다.

"근데 경찰이 날 잡으러 올지도 몰라. 내가 도망쳐서……."

마모는 마지못해 고백했다. 이것 때문에 밀리언이 마음을 바꿀까 봐 두려웠다.

"어디서 도망쳤는데?"

"어딘지는 몰라. 아디스아바바에서 버스 타고 몇 시간 가야 돼. 근데 날 팔아넘긴 놈이 여기에 살아. 날 쫓고 있을지도 몰라."

다 털어놓으니 마모는 마음이 홀가분하고 어깨가 가벼워졌다. 무거운 짐을 어깨에 메고 다녔는데 누군가 그 짐을 덜어준 것 같았다. 이젠 나를 이끌어줄 사람이 있다. 기댈 수 있는 누군가가 있다.

마침내 밀리언이 고개를 저으며 말했다.

"그건 걱정 마. 근데 널 팔아넘긴 놈, 친척이야?"

"삼촌이라고 했는데 거짓말이었어."

"우리랑 같이 있으면 다시는 널 건들지 못할 거야."

밀리언이 손을 내밀자 수리가 이빨을 드러냈다.

"개가 있으면 아주 좋아. 밤에 누군가 우리한테 해코지를 하려고 하면 짖어댈 거야."

마모는 문득 다니가 생각났다. 어떻게 해야 할지 판단이 서질 않아 입술을 잘근잘근 깨물었다. 내가 그 부잣집 애한테 대체 무슨 신세를 진 거지? 어젯밤에 처음 만났을 뿐이잖아. 걔는 나랑 완전히 다른 세상에서 온 다른 생물체야. 자기가 원하면 언제든지 돌아갈 수 있는 집이 있어. 아빠한테 매 좀 맞긴 하겠지만.

"친구가 하나 있어."

마모는 자기 입에서 나오는 말에 깜짝 놀랐다.

가라테가 강아지랑 장난치는 모습을 보던 밀리언이 고개를 들어 마모를 보며 얼굴을 찡그렸다.

"누구? 무슨 친구?"

"부잣집 앤데, 어젯밤에 우연히 만나서 같이 무덤에서 잤어."

밀리언은 눈썹을 올렸다.

"무덤에서?"

"응. 걔는 집에서 가출했대. 아빠가 너무 무서워서."

무덤이란 말을 꺼내지 않는 게 좋을 뻔했다. 무덤이란 말에 애들 모두 기겁한 표정이었다.

밀리언은 고개를 저었다.

"부잣집 애는 안 돼. 골칫거리만 될 거야. 경찰이 걔를 찾아 나서면 우리도 위험해져."

"근데 걔한테 짐 가방이 있어. 아마 나눌 거야. 걔가 나한테 그랬거든. 자기를 도와주면 준다고. 돈도 20비르나 갖고 있어."

마모는 고자질쟁이가 된 기분이었다.

지금까지 입을 꾹 다물고 있던 남자애가 물었다.

"뭐가 들었는데?"

"옷이야. 새 옷. 진짜 좋아. 그리고 다른 것도 있었는데, 뭔지는 잘 모르겠어."

"우와, 좋다. 착해?" 가라테가 기침을 하며 물었다.

"어? 어, 착해." 마모는 말을 더듬거렸다.

"대장, 한번 보지 뭐." 버팔로가 낮은 목소리로 말했다.

좀 전에 물었던 남자애가 간절하게 고개를 끄덕거렸다. 그러자 게타추가 웃음 가득한 얼굴로 마모를 보며 말했다.

157

"우린 이 친구가 원하는 걸 알지. 이 슬픈 사내는 항상 신발을 찾아 쓰레기통을 헤매고 다녀. 그래서 우린 얘를 슈즈라고 불러. 신발 귀신이라고나 할까?"

"아니야. 난 뭐든 다 찾아." 슈즈가 씩씩대며 대꾸했다.

하지만 모두들 일제히 깔깔댔다. 이곳 아이들이 즐겨 하는 농담인 것 같았다.

마모는 밀리언을 쳐다봤다.

밀리언이 마침내 말했다.

"좋아. 걔도 데려와."

마모는 자리에서 일어섰다.

"알았어. 지금 데리러 갔다 올게. 여기 계속 있을 거야?"

밀리언은 팔을 들어 넓은 포장도로를 가리켰다. 앞에는 도로가 있고 바로 뒤에는 교차로가 있었다.

"여기가 우리 아지트야. 우린 오늘 밤에 다시 올 거야."

그러곤 다른 아이들을 향해 몸을 돌리며 말했다.

"너희들, 뭘 기다리고 있는 거야. 새들이 하늘에서 먹을 것을 떨어뜨려준다고 생각하는 거야? 슈즈랑 버팔로는 뉴플라워 식당으로 가. 식당 뒤로 가서 음식 찌꺼기라도 구해 와. 게타추랑 가라테는 신호등에 가서 구걸해. 내가 말한 거 잘 기억해둬. 새 차보단 낡은 차가 더 많이 줘. 그리고 젊은 사람보단 늙은 사람. 알았지?"

158

다니에게 지금 배고픔보다 더 끔찍한 건 하루 종일 할 일이 전혀 없다는 사실이었다. 시간이 원래 이렇게 천천히 가는지 예전에는 전혀 몰랐다.

지금 이 시간이면 친구들은 학교에서 수학 수업을 듣고 있을 거다. 수학 선생님의 듣기 싫은 목소리가 귓가에 윙윙거릴 거다. 그리고 난 즐거운 백일몽 여행을 떠나 있겠지. 그런데 지금은 웬일인지 그럴 수가 없었다. 온몸이 땀에 절어 끈적거렸다. 찝찝했다. 샤워가 하고 싶어 미칠 지경이었다.

다니는 몇 분마다 수시로 손목시계를 봤다. 시곗바늘이 어찌나 느리게 기어가는지 고장이 난 게 아닌가 싶을 정도였다. 시계를 풀어 귀에 대고 확인해봤지만, 일정한 간격으로 똑딱거리는 소리가 났다.

마음속에서는 끊임없이 집 생각이 났다. 집 생각을 하면 두려움과 그리움이 섞여 참을 수 없을 정도로 너무 끔찍했다. 엄마가 지금 내 모습을 보면 창피해하실 거야. 다니는 점점 절망의 늪으로 빠져들었다. 온몸이 갑갑하고 가슴이 답답했다. 아무 생각도 하고 싶지 않았다.

참을 수 없는 배고픔에 다니는 구부정한 허리를 펴고 앉았다. 아침에 마모랑 인제라를 조금씩 나눠 먹은 뒤로 몇 시간이 흘렀다. 배가 고파 죽을 지경이었다. 이틀 전만 해도 배고프다고 느낀 적은 한 번도 없었다. 다니는 물병을 들어 남은 물을 다 마시고 나서 자리에서 일어섰다. 도로 밖으로 나갈 수는 없어도 담벼락 틈에 가서 도로 밖을 보는 것쯤은 상관없을 거다. 마모가 언제 올지 몹시 궁금했다.

다니는 가방을 들고 무덤 사이를 지나 담벼락 근처에 있는 나무에 다가갔다. 나무 옆에 가방을 조심스럽게 내려놓은 다음 담벼락 틈으로 갔다. 도로 저쪽에 한 줄로 늘어선 작은 움막집에서 목소리들이 흘러나왔다. 여자들이 서로 고함을 치고 아기가 울고 있었다.

다니는 틈을 내다보며 도로 끝에서부터 이쪽까지 조심스럽게 살폈다. 누가 오더라도 쉽게 몸을 감출 수 있는 곳이었다.

나무 위에서 꽥꽥거리는 소리가 들렸다. 고개를 들어 올려다보니 커다란 검은 새 한 쌍이 시끄럽게 싸우고 있었다. 그중 한 놈이 갑자기 도로를 향해 쏜살같이 질주하더니 도롯가에 몸이 뻣뻣이 굳어 있는 죽은 쥐를 낚아챘다. 다른 한 놈도 나무에서 내려오더니 날개를 푸닥거리며 그 작은 쥐를 차지하려고 맞붙어 싸우기 시작했다.

그 모습을 보니 한편으로는 부러웠다. 새들은 자유롭고 독립적이다. 하고 싶은 대로 하고, 어디서나 먹이를 찾을 수 있고, 하늘을 자유롭게 날아다닐 수 있다. 서로에게 의지할 필요도 없고 우울해하거나 외로워할 필요도 없고 미래를 걱정하지 않아도 되고 다른 새가 와서 도와주기를 기다릴 필요도 없다.

160

다니는 새들의 싸움에 정신이 팔려서 다가오는 발소리를 듣지 못했다. 마모가 담벼락 틈을 조심스럽게 지날 때 발밑에 자갈 부딪히는 소리가 났다.

다니는 마음이 한결 놓이고 기분이 좋아졌다.

"먹을 건?"

자기도 모르게 입에서 불쑥 튀어나왔다. 마모가 이마를 찌푸리자 다니는 당황했다. 또 실수했다.

"밀리언이 너 좀 보재." 마모가 말했다.

"밀리언이 누군데?"

"우리 조비로."

"조비로? 그게 뭐야?"

"우리 갱의 대장. 지금 날 테스트하고 있어. 내가 맘에 들면 갱에 받아준대. 하루나 이틀 있다가 말해준대."

"갱이라고? 진짜 갱이야?"

다니는 몸이 떨렸다. 텔레비전에서 갱스터 영화를 본 적이 있었다. 피도 눈물도 없는 갱들이 다 쓰러져가는 건물에서 경찰들과 총격전을 벌인다. 그리고 대개 갱들의 삶은 죽음으로 끝난다.

마모는 뭘 어떻게 말해줘야 할지 난감했다. 이 부잣집 도련님은 아무것도 모르는 것 같았다. 어린애랑 같이 있는 기분이었다. 마모에게 지극한 평범한 것들이 다니에겐 너무도 낯설었다.

"걔들도 우리랑 똑같은 처지야. 갈 곳이 없어. 걔들은 똘똘 뭉쳐 있어. 밀리언 대장이 애들한테 할 일을 정해준대."

다니는 밀리언의 모습이 이미 머릿속에 그려졌다. 끝내주는 양복을 입고 주머니엔 돈뭉치가 있고 손엔 권총을 들고 있는 사악한 인물.

"그러니까 네 말은 밀리언이 애들한테 도둑질을 시킨다는 거야?"

"아니! 도둑질은 절대 시키지 않아. 도둑질을 한 사람은 매를 맞고 쫓겨난대."

마모는 짜증이 났다.

"그럼 뭘 시키는 거야?"

다니의 머릿속 그림에 금이 하나씩 생기더니 그림이 아예 사라졌다.

마모는 주저했다. 밀리언이 다른 애들한테 구걸을 시킨다고는 차마 말할 수 없었다.

"내가 그걸 어떻게 아냐? 아무튼 너랑 같이 있다고 했더니 좀 보자고 하더라구."

"뭐? 여기서 나가자고?"

다니는 어깨 너머로 묘지를 둘러봤다. 묘지가 갑자기 편안한 안식처처럼 보였다.

"그래."

마모는 몸을 돌려 도로를 내다봤다.

"갈 거야, 말 거야?"

"모르겠어. 경찰이 나를 발견하면 어떡해?"

마모는 더 이상 참을 수가 없었다.

"야, 너 여기서 영원히 살 거야? 여기서 늙어 죽을래? 어차피 여기서 나가야 해. 그리고 내가 너한테 계속 먹을 것을 갖다 줄 순 없어."

다니는 심장이 쿵 내려앉았다. 자기가 마모한테 전적으로 의지하고 있다는 사실을 깜빡하고 있었다. 아까 셔츠를 주겠다는 약속으로 마모를 꼬인 방법이 떠올랐다. 그래서 다니는 다시 가방을 뒤졌다.

마모는 상관하지 않고 계속 말했다.

"일단 그 갱에 들어가면 넌 다른 애들을 위해 일해야 해. 네가 가진 것도 전부 애들과 나눠야 하고, 몰래 빠져나갈 수도 없어."

마모는 어린애한테 말하듯 차근차근 설명하며 가방을 봤다.

"아."

이제야 머릿속에 갱의 모습이 분명하게 그려졌다. 다니는 차를 타고 다니면서 길모퉁이에서 거지들이 구걸하는 모습을 종종 봤다. 길 위의 아이들은 맨발에, 더럽고 뻔뻔스러웠다. 거지들은 신호 대기 중인 자동차에 모여들어 갈고리 같은 손을 창문으로 들이밀며 노래하듯 구걸했다.

난 못 해! 절대로 거지들이랑 한 패가 될 수 없어! 배가 뒤틀리는 것 같았다. 난 그 거지들과 달라. 난 절대 거지가 될 수 없어. 걔들은 내 가방을 빼앗고 물건을 전부 빼앗아 갈 거야. 그러면 난 아무것도 없게 된다구.

갑자기 마모가 다니를 밀치고 무덤으로 달려갔다. 그러더니 담요를 꺼내 쥐고 돌아왔다.

"자, 이거. 야구모자는 나한테 주고 넌 담요를 머리랑 어깨에 둘러. 그럼 도로로 나가도 괜찮을 거야. 널 알아보는 사람은 하나도 없을 거야."

"싫어. 나 안 해. 난 못 해……."

다니는 힘없이 저항하며 자기 모자를 잡아채려 했다. 하지만 모자는 이미 먼지투성이인 마모 머리에 씌워져 있었다.

마모는 다니 가방을 들고 바로 출발했다. 순식간에 공동묘지 담벼락에 난 틈을 지나 도로로 향했다.

다니는 심장이 걷잡을 수 없을 정도로 쿵쾅거렸지만 담요를 둘러쓰고 어쩔 수 없이 마모를 따라갔다.

11

티기스트는 파리다 사모님 심기를 건드릴까 봐 항상 조마조마했지만 한편으로는 안쓰러웠다. 파리다 사모님은 늘 피곤해 보였다. 하미드 사장님은 요구하는 게 많아서 시도 때도 없이 사모님을 방으로 불러댔다. 게다가 아디스아바바에서 전화가 수십 통이나 왔는데, 시동생한테 맡긴 가게에 문제가 생긴 것 같았다.

티기스트는 곤란한 경우에 빠지지 않기 위해 나름대로 전략을 세웠다. 파리다 사모님이 가까이 있을 때는 야스민을 아주 예뻐하지 않고 무조건 사모님 쪽으로 밀었다.

어느 날 아침, 마당에서 큰 빨래통에 이불을 넣고 빨면서 살마가 말했다.

"너무 걱정하지 마. 사모님은 네가 없으면 돌아버릴 거야. 봐봐. 넌 애들을 진짜 잘 보잖아. 야스민도 너랑 있으면 아무 문제가 없잖아."

야스민이 티기스트 무릎에 기어오르려고 옆에서 낑낑댔다. 티기스트는 비누가 묻은 손을 치마에 닦고 야스민을 안았다. 야스민의 목덜미에 얼굴을 묻고 뿡뿡대는 소리를 내자 야스민은 까르르웃으며 빠져나가려고 꿈틀댔다. 티기스트는 파리다 사모님이 들었을까 봐 불안해서 주위를 두리번거리다가 사모님이 시장에 갔다는 사실이 생각나자 마음이 놓였다.

"넌 사모님 눈 밖에 나서 여기서 쫓겨나는 게 겁 안 나?"

살마는 어깨를 으쓱했다.

"어차피 사모님은 날 못 쫓아낼걸. 날 고용한 사람은 하미드 사장님 어머니거든. 어쨌든 난 사모님이 나한테 뭐라고 하면 참을 수 없을 것 같아. 때려치우고 엄마한테 갈 거야."

티기스트는 아무 말도 하지 않았다. 티기스트의 쓸쓸한 표정을 보고 살마가 말했다.

"아, 미안해. 요 주둥이가 또 방정이야. 이불이나 짜자."

둘이 이불을 두 손으로 잡고 힘껏 비틀어 짜자 콘크리트 바닥에 소나기처럼 물방울이 마구 떨어졌다. 이불을 빨랫줄에 널었을때, 누군가 대문을 두드리는 소리가 났다.

"내가 가볼게."

살마가 콘크리트 마당을 가로질러 뛰어가 대문을 열었다. 티기스트는 두 번째 이불을 집으려고 몸을 숙였다가 누군가 해서 고개를 들어 봤다.

젊은 남자가 대문 앞에 서 있었다. 그 남자는 살마와 평범한 에티오피아 식 인사를 나누었다. 남자는 오른쪽 어깨를 살마의 오른쪽 어깨에 가볍게 친 다음, 왼쪽 어깨를 살마 어깨에 쳤다. 그리고 다시 오른쪽 어깨를 가볍게 쳤다. 인사가 끝나자, 남자는 주머니에서 뭔가를 꺼내 살마 손에 쥐여줬다.

살마한테 남자친구가 있었다니! 티기스트는 믿을 수 없었다. 남자친구가 있다는 말을 한 번도 한 적이 없었다!

너무 멀리 떨어져서 자세히 볼 수 없었지만 젊은 남자는 착해 보였다. 딱 잘생긴 얼굴은 아니지만 약간 몸집이 있고 눈썹이 짙은 편이었다. 멀리서 보기에도 친절하고 믿음직해 보이는 뭔가가 있었다.

살마는 좋겠다. 티기스트는 부러웠다.

살마는 큰 소리로 웃으면서 티기스트를 쳐다봤다. 당황한 티기스트는 이불로 얼굴을 가리고 이불을 빨랫줄에 보기 좋게 널기 시작했다. 하지만 잠시 후 호기심을 참지 못하고 이불 틈으로 남자가 아직도 있는지 훔쳐봤다.

그 남자가 있었다. 티기스트를 보자 남자의 얼굴에 미소가 천천히 번지기 시작했다. 티기스트는 다시 이불 뒤로 몸을 휙 숨겼다.

대문이 철컥 닫히는 소리가 들리고, 살마가 퍼덕퍼덕 샌들 소리를 내며 달려왔다.

"너 어쩜 이렇게 감쪽같을 수 있니! 남자친구 있다는 말도 안하고."

티기스트가 짓궂은 목소리로 말하자 살마가 웃음을 터뜨렸다.

"남자친구 아니야! 우리 오빠야. 나 뾰루지가 생겨서 엄마가 만든 약 주러 온 거야. 우리 오빠 어때? 괜찮은 것 같아? 오빠는 너 맘에 든대. 진짜야. 아까 계속 너에 대해서만 물어봤어."

티기스트의 얼굴이 빨개지기 시작했다.

"그럴 리가. 날 자세히 본 것도 아니잖아."

"아니야. 맘에 든다고 했어. 어쨌든 예쁘대. 너에 대해 내가 다 말해줬어."

"뭐? 뭐라고 말했는데?"

살마는 깔깔거리며 티기스트 팔을 꽉 잡았다.

"네가 대담하고 도도한 데다 남자랑 데이트하는 걸 좋아한다고, 남자친구가 수십 명이나 된다고 했지."

"살마, 웃기지 마."

"물론, 안 그랬어. 그냥 무지 착하고, 애들 좋아하고, 정도 많고, 수줍음도 많다고 했어."

티기스트는 얼굴이 빨개졌다.

"아."

티기스트는 살마한테 더 많은 것을 물어보고 싶었지만 그럴 수 없었다. 다행히 살마가 알아서 척척 말해줬다.

"오빠 이름은 야곱이야. 나랑 나이 차이가 좀 많이 나. 야곱 오빠는 다른 오빠들이랑 좀 달라. 다른 오빠들은 아디스아바바에 간 뒤로 소식이 아예 끊겼는데, 야곱 오빠는 좀 답답하긴 해도 늘 한결같아. 그래서 우리 식구들은 맨날 오빠를 놀려. 아빠가 돌아가신 뒤로 오빠는 책임감이 더 생겼나 봐. 우리 동생들 학비 대느라고 닥치는 대로 일하고 있어. 나한테 이 일도 구해줬어. 지금은 전파상에서 일해. 교회 근처에 하나 있잖아. 너도 알지? 오빠는 이것저것 자기가 배울 수 있는 건 다 배우고 있어. 전기제품 수리랑 부품 조립하는 거…… 언젠가 자기 가게 차린다고 돈 모으고 있어. 작은 전파상 차려서 사람들이 고장 난 라디오나 텔레비전을 갖고 오면 고쳐주는 일을 하고 싶대."

"아."

티기스트는 그저 감탄사만 되풀이했다. 사랑스러운 장면이 티기스트 눈앞에 펼쳐졌다. 작은 전파상 창문 안에 보기 좋게 나열되어 있는 전자제품들. 라디오, 선풍기, 다리미, 카세트 플레이어. 아디스아바바의 가게들처럼 가장자리가 밝은 불빛으로 반짝반짝 빛나는 가게.

티기스트는 살마한테 정말로 물어보고 싶은 게 있었지만 입 밖에 꺼내자니 꽤 용기가 필요했다.

"내 생각엔 여자친구가 있을 것 같아. 본 적 있어?"

살마가 콧방귀를 뀌었다.

"여자친구? 당연히 없지. 내가 말했잖아. 우리 오빠 진짜 둔하다니까. 특히 그런 쪽으로는 젬병이야. 숫기도 없고. 어쨌든 지금까지는 없었어. 그런데 너한테 좀 반한 것 같아. 내가 장담해. 이제 좋은 일만 있을 거야."

살마는 티기스트 팔을 꽉 잡으며 즐겁게 말했다.

*

    다니는 머리에 마모 담요를 뒤집어쓰고 길을 따라 걸으면서도 이상하게 그냥 멀리서 일어나는 일 같았다. 마치 영화 속에서 이상한 캐릭터를 연기하고 있는 자신을 보는 것 같았다. 공동묘지에서 보낸 하루도 안 되는 짧은 시간이 마치 몇 년처럼 느껴졌다. 이제 다시 현실 세계로 돌아가고 있다. 지금 가는 세계는 절대 평범하지 않다. 다니는 마모 담요로 변장한 자신이 다른 사람 같았다. 오래된 자아는 저 죽은 사람들에게 남겨두고, 다른 사람으로 새로 태어나 새 삶을 시작하는 것 같았다.

    마모를 따라가면서 다니는 앞으로 함께하게 될 생활을 속으로 희미하게 그려봤다. 그곳은 빈민굴, 판잣집 또는 미어터지는 술집, 아니면 길바닥일 수도 있다. 그리고 마모는 자기 또래의 남자애들이라고 했지만, 보나 마나 더럽고 거친 인상의 애들만 있을 거다. 녀석들은 텔레비전에서 본 갱들처럼 자기들과 한판 붙자고 으르렁댈 거다. 그러니 마음의 준비를 단단히 해야 한다.

    마모가 걸음을 멈췄다. 다니는 마모가 다시 걸음을 떼기를 기다렸다. 그런데 마모가 길가에 쭈그리고 앉아 있는 남자애들을 향해 손짓했다.

    "밀리언, 데리고 왔어. 얘가 아까 말했던 기르마야."

    순간 다니는 자기 뒤에 누가 있나 하고 주위를 두리번거렸다. 그러다 가짜로 이름을 둘러댔던 게 떠올라 얼른 몸을 돌려 애들을 봤다.

다음 순간 다니는 뒷걸음치다가 도롯가 갓돌에 부딪혀 넘어질 뻔했다. 누더기를 걸치고 불쌍할 정도로 삐쩍 바른 아이들. 이럴 리가 없다. 얘들이 마모가 말한 갱이라고?

다니는 가방 손잡이를 꼭 붙잡고 누군가 뭐라고 말하기를 기다렸다.

얘들이 천천히 한 명씩 자리에서 일어서더니 아무 말 없이 다니를 뚫어져라 쳐다봤다. 딱 한 명, 아까 마모가 밀리언이라고 부른 애만 움직이지 않았다. 삐쩍 마른 얼굴에 눈빛이 예리하게 빛났다.

"네가 마모 친구니?" 밀리언이 갑자기 입을 열었다.

다니는 밀리언 같은 사람과 말해본 적이 한 번도 없었다. 이런 사람들은 항상 굽실대면서 다가와 돈을 달라고 손을 내밀었다. 다니는 두려웠지만 자존심이 상해 두렵지 않은 척했다. 아빠가 항상 하던 대로 약간 거만하게 보이려고 턱을 들고 깔보듯이 눈을 내리깔았다.

"응. 마모랑 난……."

"이름은?"

"기르마."

"진짜 이름이야?"

다니는 할 말이 떠오르지 않았다.

"됐어. 그런데 넌 여기서 뭐 하는 거야? 부잣집 도련님이?"

마모가 수리를 바닥에 내려놓자 수리는 마모의 맨발 주변을 쿵쿵대며 돌아다녔다. 게타추가 샴마에서 빵 부스러기를 꺼내 수리 코에 대고는 먹어보라고 장난치며 웃어댔다.

주변의 어수선한 광경을 보면서 다니는 생각을 정리했다.

"집에서 나올 수밖에 없었어. 개인적인 이유로."

다니는 집요하게 캐물을까 봐 겁이 났지만 밀리언은 고개만 끄덕였다.

"경찰이 널 찾고 있니?"

"잘은 모르겠는데 그럴 것 같아."

그 말을 하는 순간 다니는 자기가 중요한 사람인 것처럼 느껴졌다. 사실 어느 누가 이런 거지들을 잡겠다고 경찰을 보내겠어. 그런데 두려운 존재가 떠올랐다. 경찰은 곧 아빠였고 아빠는 곧 파이살이었다.

그래. 이 애들을 설득해서 잠깐만 숨겨달라고 하자. 엄마가 집에 돌아올 때까지만.

"저기, 난 그냥 잠깐 숨어 지낼 곳만 있으면 돼. 우리 엄마가 영국에서 돌아올 때까지만."

신경이 예민해진 나머지 다니는 약간 거만한 말투로 말했다. 하지만 다니는 그걸 전혀 의식하지 못했다.

"어디서 온다고?" 게타추가 물었다.

"영국이 뭐야?" 가라테가 말했다.

"우리한테 그런 곳이 있으면 우리가 진작 차지했겠다." 버팔로가 퉁명스럽게 말했다.

마모는 다니과 밀리언을 번갈아 쳐다보며 상황이 잘못되어간다는 사실을 눈치챘다. 당황스러웠다. 손은 보드랍고 다리는 퉁퉁한 데다 어느 누구에게도 호의를 보이지 않는 이 부잣집 애를 데려온 것에 대해 다른 애들이 어떻게 생각할까? 불쑥 끼어들어 다니한테 딴 곳을 찾아보라고 말하고 싶었지만 참았다.

"버팔로 말대로 우리한테 은신처 따윈 없어. 우리가 사는 데는 여기야."

밀리언은 자기 앞에 있는 맨땅을 가리켰다. 그러곤 덧붙였다.

"그게 싫다면 다른 곳에 가면 돼."

다니는 갑자기 다리에 힘이 풀렸다. 가방을 내려놓고 가방 위에 앉았다. 담요 때문에 머리가 후끈거려서 담요를 걷어치웠다. 다른 애들도 다시 자리에 쭈그려 앉았다. 버팔로만 팔짱을 끼고 벽에 기댄 채로 다니를 내려다보고 있었다.

"그런데 너희는 잠도 여기서 자?"

다니는 여전히 이 애들이 본부 비슷한 자기들만의 은신처가 있는데 숨기고 있는 거라고 생각했다.

"밀리언 대장이 잠잘 곳을 말해줘. 대장이 결정해. 그리고 평소엔 여기서 자."

가라테가 말했다. 그러곤 발을 질질 끌며 다가와 다니 옆에 앉았다. 다니가 내려다보니 가라테는 방긋 웃었다. 가라테는 젖니두 개가 빠지고 앞니가 새로 나고 있었다.

"아, 그렇구나."

다니는 자기가 이 길바닥에 누더기 걸친 애들과 함께 누워 먼지 속을 구르며 자는 모습을 머릿속으로 그려보려고 애썼다. 그런데 도저히 받아들여지지가 않았다.

그때 아이들 뒤로 자동차가 도로를 천천히 내려오다가 짐이 한 가득인 트럭에 막혀 멈춰 섰다. 그리고 잠시 후 익숙한 목소리가 들려왔다.

"다니! 다니 맞지? 다니!"

다니는 심장이 멎는 것 같았다. 고개가 절로 돌아갈 뻔했지만 다행히 돌아가지 않았다. 아빠 사촌인 미하일이었다. 미하일은 남을 험담하는 걸 즐기고 짜증을 잘 내며 쓸데없는 오지랖을 부려 아빠가 혐오하는 친척이었다. 다니는 잠깐 눈을 감았다가 살려달라는 애원의 눈빛으로 밀리언을 쳐다봤다.

밀리언은 천천히 일어나 그 차를 향해 느긋하게 걸어갔다. 버팔로도 밀리언을 따라갔다. 게타추와 슈즈도 둘의 뒤를 따르며 손을 내밀었다. 어린 가라테도 얼른 달려가 자동차 창문으로 손을 올렸다. 창문 맨 밑에 가라테 턱이 닿았다.

미하일이 창문 밖으로 몸을 내밀었다.

"엄마도 없고, 아빠도 없어요. 너무 배고파요. 1비르만 주세요."

아이들은 애처로운 자세로 웅얼대며 말했다. 그러면서 교묘하게 미하일의 시선을 가렸다. 미하일은 이 거지들을 무시하려고 했지만 자기가 안다고 생각했던 남자애를 도무지 볼 수가 없었다.

결국 미하일은 재빨리 창문을 닫고 다시 차를 몰았다.

밀리언이 돌아와 다니 앞에 서며 말했다.

"네 진짜 이름이 다니구나, 그렇지? 다니 맞지?"

다니는 초라한 모습으로 고개를 끄덕였다.

"근데 누구야?" 밀리언이 물었다.

버팔로 빼고 다른 아이들이 흥미로운 얘기를 기대하며 주위에 몰려들었다.

"아빠 사촌."

"아빠 사촌이라고? 그런 부자가 너네 아빠랑 사촌이라고? 그럼 그 사촌한테 가. 가서 너 좀 재워달라고 하지 그래?"

밀리언은 수상쩍다는 표정으로 다니를 계속 추궁했다.

"너, 뭔가를 도둑질한 건 아니지, 그렇지? 만약 도둑이면 넌 여기서 꺼져야 돼. 우린 도둑이랑 같이 다니지 않아."

다니는 얼굴이 빨개져 고개를 들고 반박했다.

"아니야! 난 도둑 아니야! 말했잖아. 집에 갈 수 없다고, 그건 내 사적인 문제라고."

놀랍게도 밀리언은 다니 말을 믿었다. 밀리언은 자기 자리로 가서 벽에 등을 기대고 앉았다.

"음, 그럼 네가 원하는 게 뭐야?"

다니는 고개를 저었다. 아무 생각도 안 났다. 그냥 공동묘지로 마모랑 같이 돌아가고 싶었다.

"우리가 널 숨겨주고 보호해주길 원하지, 그렇지? 지금 했던 것

처럼? 그리고 우리가 음식도 구해주길 바라지? 우리도 겨우 먹고
살아."

음식이라는 말을 들으니 뱃속이 요동쳤다. 그게 바로 다니가
원하는 거였다! 먹여주고 재워주는 것! 보살펴주는 것! 이 거지들
이 먹는 음식을 나눠 먹는다고 생각하니 토할 것 같았다. 옷에 벼
룩이나 이가 득실거릴 게 분명한 거지들 틈에 누워 잘 생각을 하
니 온몸이 근질거렸다. 하지만 지금은 이것저것 가릴 처지가 아니
었다.

"원하는 게 뭐야?" 밀리언이 다시 물었다.

"여기서 너희들이랑 같이 있는 거. 네가 말한 대로 음식을 주고
날 보호해줬음 좋겠어."

다른 애들이 자세히 보려고 가까이 다가왔다.

"우린 모든 물건과 음식을 나눠. 말하자면 네 것은 내 것이고,
내 것은 네 것이지." 밀리언이 신중하게 말했다.

"알아. 마모한테 들었어."

다니는 주머니에서 지폐와 동전을 모두 꺼내 밀리언에게 건네줬
다. 밀리언은 조심스럽게 돈을 세서 자기 주머니에 넣었다. 그런
다음 게타추를 보며 말했다.

"5비르는 가라테 기침약 값이야. 내일 가라테 데리고 병원에 가
봐."

마모는 다니를 불안하게 쳐다봤다. 돈은 줬지만 가방에 있는
물건은 못 주겠다고 할까 봐 걱정되었기 때문이다. 그런데 다니

는 가방은 아예 안중에도 없는 것 같았다. 자기 돈을 다 줘서 완전히 실의에 빠진 것 같았다. 다니는 그저 땅바닥만 내려다보고 있었다.

가라테가 침묵을 깨며 말했다.

"근데 가방에 뭐 들었어? 혹시 슈즈 형이 신을 수 있는 운동화 있어?"

다른 애들이 활짝 웃었다. 다니도 어색하게 따라 웃고는 가방 옆에 어색하게 쭈그리고 앉았다. 다른 애들과 달리 다니는 쭈그리고 앉는 게 익숙하지 않은 데다 허벅지가 두꺼워서 불편했다. 다니는 가방 지퍼를 천천히 열면서 가방에 챙겨 넣은 물건을 떠올렸다. 귀중한 물건은 없기를 바랐다.

다니가 물건을 꺼내기도 전에 버팔로가 다가와 가방을 낚아채더니 밀리언 쪽으로 밀었다.

"이런 건 밀리언 대장이 여는 거야."

버팔로의 퉁명스러운 목소리에 다니는 떨떠름하게 웃으며 말했다.

"가방에 있는 노란색 셔츠는 내가 마모한테 준 거야. 그건 마모 거야."

놀랍게도 밀리언은 가방을 다시 잠그더니 일어섰다.

"여긴 안 돼. 사람들이 너무 많아. 도로 아래로 내려가자."

다니는 애들을 따라 거친 자갈길 입구에 들어섰다. 자갈길은 아스팔트와 떨어져 있는 언덕에서 방이 하나밖에 없는 작은 움막집들이 복잡하게 얽힌 미로로 이어졌다.

두 개의 길이 만나는 탁 트인 곳에 도착하자 밀리언이 걸음을 멈췄다. 나무 근처에는 사람이 하나도 없었다. 애들이 쭈그리고 앉자 밀리언은 가방을 열고 물건을 하나씩 꺼내기 시작했다.

노란색 셔츠가 맨 먼저 나왔다. 밀리언은 마모한테 직접 건넸다. 파란색 티셔츠는 게타추한테 갔고 검은색 면바지는 밀리언이 자기 것으로 결정했다.

조그만 손이 다니 손 안에 쏙 들어왔다. 가라테 손이었다. 가라테는 가방에서 물건이 하나씩 나올 때마다 갈망과 동경으로 숨을 삼켰다. 그러다 하얀 운동화가 하나씩 나오자 다니 손을 놓고 손뼉 치며 외쳤다.

"슈즈다! 슈즈!"

슈즈는 진지한 표정으로 운동화를 가져가서 굳은살이 가득한 맨발에 운동화를 신었다.

"발에 딱 맞아."

슈즈의 눈에 즐거움이 가득 찼고 얼굴 전체가 환해졌다.

다니는 자기 물건이 나눠지는 걸 보기 싫어서 밀리언이 그만하고 가방을 돌려주기를 마음속으로 기도하고 있었다. 하지만 깡마른 얼굴들에 번지는 행복은 막을 수가 없었다. 지금처럼 기쁘면서 마음이 넉넉하고 편안한 기분은 처음이었다.

다니는 턱으로 버팔로를 가리키며 말했다.

"쟤한테 꼭 맞을 것 같은 스웨터가 하나 있어. 그러니까 소매

178

짧은 셔츠는 가라테한테 주면 안 될까?"

다니는 가라테를 보고 웃으며 말했다.

"네 맘에 쏙 들 거야. 앞에 커다란 코끼리 그림이 있거든."

＊

마모는 그날 밤 오랫동안 잠들지 못하고 까만 하늘에 반짝이는 별들을 봤다. 마모의 팔꿈치 안쪽에 뻗은 수리는 가끔씩 뒤척이며 꿈나라로 빠져들었다. 수리가 조금만 움직여도 팔이 따뜻해지고 포근해졌다.

이틀이라는 짧은 시간에 어떻게 모든 것이 이처럼 변할 수 있는지 믿기지 않았다. 이틀 전만 해도 마모는 사냥꾼에게 쫓기는 동물처럼 어두운 시골길을 달리고 또 달렸다. 도망치면서 생긴 상처와 멍 때문에 발과 정강이가 여전히 쓰리고 아팠다. 요하네스 가족의 간호에도 불구하고 독초 후유증도 남아 있었다. 현기증이나 메스꺼움이 수시로 찾아왔고 멈출 때까지 참고 견뎌야 했다.

어쨌든 난 성공했다! 해냈다! 자유다! 어제 마모는 끔찍한 노예 생활에서 벗어났다는 안도감과 기쁨에 춤이라도 추고 싶었다. 하지만 앞날을 생각할 때마다 정말 이상할 정도로 기분이 푹 가라앉았다. 티기스트 누나도 없고 가족도 없고, 이 세상에 마모가 죽든 말든 마모를 돌봐줄 사람이 하나도 없었다.

마모는 한 줄로 쭉 늘어선 까만 머리들 쪽으로 고개를 돌렸다.

때가 꼬질꼬질한 낡은 담요와 샴마를 뒤집어쓴 볼품없는 모양새였다. 애들이 날 받아줬으니 이젠 혼자가 아니야. 그 생각에 당연히 힘이 솟아야 했지만 그렇지 않았다.

애들이 뭔데? 그냥 부모 없는 고아일 뿐이잖아. 길에 사는 거지들.

마모는 자신이 경멸스러웠다. 한 번도 이렇게 살 거라곤 꿈에도 상상하지 못했다. 이곳은 가장 밑바닥 인생이다. 더 이상 떨어질 곳이 없다.

그래도 난 운이 좋은 거야. 마모는 혼자 중얼거리며 스스로를 다독였다. 아디스아바바로 돌아오자마자 게타추를 만나고 밀리언이 있는 갱에도 들어왔으니까.

마모는 오후와 저녁 내내 밀리언을 자세히 관찰하면서 표정을 읽어내려고 애썼다. 밀리언은 이리저리 오가며, 자기가 대장이라는 사실을 보여주려는 듯 잠깐씩 근엄한 표정을 지었다. 하지만 대개는 그냥 다른 애들 옆에 앉아 있었다.

다니 가방에 든 물건을 꺼내서 나눌 때는 거의 축제 분위기였다. 모두 옷을 입어보며 한껏 멋을 부렸다. 멋진 포즈를 하고 서로 웃고 떠들면서 고맙다는 표정으로 다니를 쳐다봤다.

노란색 셔츠를 받고 기분이 날아갈 것 같았던 마모는 다니 야구모자를 똑바로 쓰고 멋진 포즈를 취한 다음 제일 잘 부르는 노래를 불렀다.

"위 아 더 서바이버즈! 예스! 더 블랙 서바이버즈!"

"검은 생존자들!" 다니가 암하라어로 웃으며 말했다.

"무슨 말이야?" 마모가 물었다.

"네가 부른 노래. 그 노래 가사는 영어야. 암하라어로 '검은 생존자들'이란 뜻이야. 몰랐어?"

마모는 다니를 바라봤다.

"난 생각나는 대로 따라 부른 거야. 뜻은 몰라. 넌 진짜로 영어 할 줄 알아?"

다니는 어깨를 으쓱했다.

"응, 당연하지."

"읽는 거랑 다른 것들도 다 할 수 있어?"

"응."

마모랑 다니가 하는 말을 들으면서 밀리언이 눈을 가늘게 떴다. 마모는 밀리언이 깊은 인상을 받았다는 걸 알 수 있었다. 밀리언은 다니가 어떻게 도움이 될지를 생각하고 있었다.

날이 어두워진 후, 밀리언은 버팔로한테 자리에서 담요를 지키라고 하고, 다른 애들을 데리고 도로에서 한참 떨어진 식당으로 갔다. 하지만 이미 다른 거지 패거리가 와 있어서, 어쩔 수 없이 자리를 옮겨 멀찌감치 떨어진 벽 앞에 한 줄로 앉았다. 그 꼴이 마치 먼지를 옴팡 뒤집어쓴 까마귀들 같았다.

한참 뒤에 혹시나 해서 식당 뒷문으로 갔다가 마모는 깜짝 놀랐다. 쓰레기통에 멀쩡한 음식이 버려지고 있었다! 먹을 만한 인제라, 튀긴 양고기, 소고기가 붙어 있는 뼈가 수북했다! 모두 그

181

걸 조금씩 나눠 먹었고, 밀리언은 버팔로 몫을 챙겼다.

다니는 저녁 내내 이상하게 아무 말도 하지 않았다. 벽 앞에 한 줄로 앉아 있을 때에도 다니는 따로 떨어져 있었다. 모두 음식 찌꺼기를 먹는 데 열중할 때에도 안 좋은 표정으로 혼자 등을 움츠리고 있었다. 어딘가 아픈 것 같았다. 하지만 그런 모습을 본 게 타추가 인제라 한 조각을 갖다 주자 다니는 굶주린 하이에나처럼 그걸 움켜쥐고 한입에 꿀꺽 삼켰다. 그뿐 아니라 다른 애들처럼 먹을 것을 찾으려고 쓰레기통을 마구 뒤졌다.

다니 옆에 누운 가라테가 기침하기 시작했다. 어느 누구도 동요하지 않았다. 마모 옆에서 오랫동안 계속 뒤척이던 다니도 가만히 있었다.

기침은 쉽게 그치지 않고 계속 나왔다. 가라테는 아주 심할 때는 팔꿈치에 의지해 몸을 일으키고 기침을 하다가 그치면 다시 누웠다.

마음이 한시름 놓이면서 마모가 잠에 막 빠져들려고 할 때, 다니가 가라테한테 속삭이는 소리가 들렸다.

"가라테, 괜찮아?"

"응."

"기침이 너무 심해."

"응. 자꾸 심해져. 근데 밀리언 대장이 기침약 준다고 했어."

잠시 정적이 흘렀다.

"이름이 뭐야? 진짜 이름 말이야." 다니가 속삭였다.

"몰라. 엄마가 말해줬던 것 같은데, 내가 말도 못할 때 엄마가 돌아가셨어. 그래서 잘 몰라."

"그럼 누가 널 돌봐줬어?"

"다른 엄마들. 그 엄마들도 고아였어. 큰 차가 엄마를 공동묘지로 옮길 때 그 엄마들이 날 데리러 왔어. 날 원데무라고 불렀던 것 같은데, 그게 내 진짜 이름은 아니래."

"그 엄마들은 지금 어디에 있는데?"

"죽었어. 제일 잘해준 엄마는 아파서 죽었어. 나처럼 기침을 심하게 했어. 그리고 다른 엄마들은 그냥 날 버렸어. 그때 내가 너무 아팠거든. 혼자가 됐는데 밀리언 대장이 날 발견하고 병원에 데려갔어. 그리고 자기랑 같이 있어도 된다고 했어. 난 정말 쓸모가 많다고 했어. 거지로. 사람들은 어린애를 좋아해. 그래서 다른 형들보다 나한테 더 많이 줘."

가라테 목소리에 묻어나는 자부심에 마모는 속으로 웃었다.

"밀리언을 좋아하는구나, 그렇지?" 다니가 속삭였다.

"응, 밀리언 대장이 제일 좋아. 술 마실 때만 빼고. 대장은 술 마시면 처음엔 좋은데 그 다음엔 화를 내서 무서워. 실은 나도 먹어봤어. 진짜 좋더라구. 술을 마시면 온몸이 따뜻해져. 대장이랑 버팔로 형이 마시라고 해서 한 번 마셨어. 그냥 재미로. 근데 막춤 춰보라고 하니까 내가 취해서 그냥 쓰러졌대."

가라테는 킥킥대며 웃었다. 킥킥대는 소리는 곧 콜록거리는 소리로 바뀌었다. 기침이 겨우 멈추자 가라테는 말했다.

"다니 형, 난 형이 좋아. 나한테 준 셔츠도. 지금까지 입어본 것 중에서 제일 좋아."

잠시 후, 다니가 자려는 듯 몸을 옆으로 돌렸다. 하지만 마모는 다니가 소리 없이 울고 있다는 걸 알았다.

*

마모가 깊이 잠든 후에도 다니는 한참 동안 뜬눈으로 누워 있었다. 딱딱한 길바닥에서 평화롭게 한 줄로 잠든 아이들은 이미 불편함에 익숙한 것 같았다. 왜 얘들은 자기처럼 추위에 몸을 떨지 않는지, 온몸이 배기는 울퉁불퉁하고 딱딱한 바닥에 누워 잘 수 있는지 이해할 수 없었다.

가라테 이야기가 머릿속에서 맴돌았다. 가라테 엄마는 가라테를 안은 채 길거리에서 죽었다. 누군가 그 모습을 발견하고 데려가기까지, 가라테는 얼마나 오랜 시간 동안 길바닥에 혼자 앉아 있었을까?

가라테가 다니 품에 깊이 파고들자 다니는 엄지손가락을 가라테 입술에 갖다 댔다. 가라테가 숨을 내쉴 때마다 입에서 뿜어져 나오는 무시무시한 세균이 신경 쓰였지만, 다니는 뼈만 앙상하게 남은 작은 몸에서 느껴지는 포근함에 몸을 뗄 수가 없었다. 다정한 가라테로 인해 마음이 따뜻해졌다.

다른 애들은 어떤지 감이 잡히지 않았다. 특히 밀리언은 예측

불가능이었다. 밀리언은 다니를 받아들일 수도 있고 지금 당장 내쫓을 수도 있다. 게타추는 찬성한 것 같았지만 썩 믿음이 가질 않았다. 슈즈는 정신이 약간 이상한 것 같았다. 다니 운동화를 갖자 마치 홀린 것처럼 춤추고 펄쩍 뛰더니 금세 기가 죽어서는 멀리 떨어져 있는 것처럼 숨소리도 들리지 않았다. 또 슈즈한테서는 휘발유 비슷한 냄새도 났다.

버팔로는 무서웠다. 다른 애들처럼 말랐지만 어깨가 떡 벌어진 게 마치 황소 같았다. 밀리언한테 말할 때 빼고는 항상 툴툴거렸다. 다니 가방에서 스웨터를 얻었을 때 잠깐 웃었지만 오래가지 않았다.

조심해야 해. 버팔로랑 부딪치지 않게.

다니는 눈을 감고 잠을 청했지만 가라테 이야기가 또 생각났다. 이제 다니는 가라테처럼 엄마에게 버림받고 누더기 입은 거지들의 보호를 받게 된 걸 다행으로 여기는 길 위의 아이일 뿐이었다.

아침이 오기 두 시간 전 겨우 잠든 탓에 다니는 눈을 뜨기가
힘들었다. 다른 애들은 벌써 일어나 덮고 잔 얇은 담요를 개고,
하품을 하며 몸을 풀기 시작했다. 그 순간만큼은 그냥 차가운
땅바닥에 누워 있고 싶은 생각이 간절했다. 하지만 선택의 여지
가 없었다. 다른 애들이 일어나지 않으면 밟을 태세로 다니한테
다가왔다.

가라테가 다니 어깨를 흔들었다.

"다니 형, 일어나. 경찰이 곧 올 거야."

다니는 벌떡 일어났다. 머리가 무겁고 입 안이 텁텁해 기분이 끔
찍했지만 조금씩 정신이 돌아왔다.

다른 애들은 배수로 위에 있는 갓돌에 한 줄로 쭈그리고 앉아
있었다. 가는 물줄기가 배수로 아래로 졸졸 흐르고 있었다. 물은
근처에 있는 식당에서 나왔는데, 식당 주인이 바닥을 물로 청소하
고 있었다. 애들은 그 물을 손으로 떠서 얼굴을 닦았다.

싫어. 난 못 해. 배수로 물로 세수를 어떻게 해. 나중에 깨끗한 물로 씻어야지.

다니가 뭉그적거리는 동안, 아이들은 원래 있던 자리로 천천히 돌아와 벽에 기대앉았다. 그리고 한 명씩 순서대로 일어나 모퉁이를 돌아서 자기들이 화장실로 이용하는 울퉁불퉁한 땅으로 사라졌다. 다니는 그곳에 가기 전에 마음을 단단히 먹어야 했다.

어쨌든 오늘 아침은 어젯밤보다 견디기가 수월했다. 태양이 도시의 거리 위로 떠오르면서 기분 좋게 따뜻한 햇볕이 다니의 온몸을 어루만졌다. 어젯밤 식당 쓰레기통에서 가져온 롤빵을 나눠 먹고 물을 조금 마시니 기분이 훨씬 나아졌다. 다니는 이제 자기 차례를 기다릴 줄 알고, 물도 자기가 마셔야 하는 양만 마셨다. 하지만 밀리언을 생각하자 기분이 다시 팍 나빠졌다.

밀리언이 무슨 말을 해도 구걸 따윈 하지 않을 거야. 난 못 해. 지가 뭔데? 무식하고 못 배운 거지 나부랭이 주제에, 지가 뭔데 나한테 이래라저래라 하는 거야?

가라테가 무릎에 생긴 딱지를 뜯으며 말했다.

"대장, 우리 오늘은 뭐 해?"

오늘 아침 밀리언은 왠지 피곤해 보였다. 밀리언은 손으로 턱을 괸 채 말했다.

"오늘은 공휴일이야. 시내에 구걸할 데가 하나도 없어. 시내가 텅 비었어."

밀리언은 주머니에 손을 집어넣더니 다니한테서 받은 동전 두

개를 꺼냈다.

"마모, 가서 비누 좀 사와. 저 모퉁이를 돌면 구멍가게가 나와. 우린 강에 가서 씻자. 옷도 빨고."

"강가는 춥단 말이야." 가라테가 몸을 떨며 말했다.

"넌 안 돼. 넌 버팔로가 병원에 데리고 갈 거야." 밀리언이 말했다.

다니는 구걸하지 않는다는 말에 마음이 놓이고 씻는다는 생각에 기분이 좋았다. 그리고 강이 어떻게 생겼을지 궁금했다.

애들을 따라 가파른 비탈길을 내려가 넓적한 돌 위에 섰을 때, 다니는 깜짝 놀랐다. 그동안 아디스아바바의 수많은 배수로들을 연결하는 다리를 차 타고 건너다녔지만, 이렇게 다리 밑에 물이 흐른다는 건 처음 알았기 때문이다.

강물은 얼음장처럼 차가웠다. 다니는 들어가는 순간 헉하고 큰 소리를 냈다. 다른 애들은 쭈그리고 앉아 양손을 컵 모양으로 만들어 물을 퍼서 머리와 몸을 적시고는 비누칠을 했다. 다니는 다른 애들을 따라 할 수밖에 없었다. 신기하게도 처음 들어왔을 때만큼 차갑지는 않았다. 먼지로 가득한 머리, 끈적거리는 손과 얼굴, 땀범벅으로 가려운 몸을 씻으니 기분이 상쾌했다. 이가 달달 떨렸지만 온몸에 비누칠을 두 번이나 하고 씻어냈다.

다른 애들은 다니한테서 받은 새 옷을 한쪽에 던져두고, 벌써 낡은 셔츠와 바지를 물에 흠뻑 적셔 비누로 문지르고 있었다. 다니는 옷을 빨아본 적이 한 번도 없어서 애들 하는 대로 비누를 칠

188

하고 물로 헹군 다음, 애들이 하듯이 짰다. 그리고 옷을 말리기 위해 근처에 있는 풀숲에 펼쳐놓았다.

목욕과 빨래를 마치고, 모두 물가에 있는 돌에 쭈그리고 앉았다. 내리쬐는 햇볕에 몸을 말리니 아까보다 덜 떨렸다.

다니는 둑 위에 있는 거대한 쓰레기 더미에서 풍겨 오는 음식 썩는 악취를 무시하려고 애썼다. 그런데 밀리언이 잠시 후 자리에서 일어나 둑으로 올라가기 시작했다. 옷을 반만 걸친 게타추, 마모, 슈즈도 따라갔다.

다니는 맨 뒤에서 가고 있는 게타추한테 물었다.

"어디 가는 거야?"

"쓸 만한 게 있나 찾으러. 너도 와."

다니는 생각만 해도 구역질이 날 것 같았다.

네 사람은 쓰레기 더미 앞에서 멈추더니 열심히 뭔가를 찾았다. 밀리언이 허리를 굽히고 찾다가 고개를 돌려 다니를 못마땅한 듯이 쳐다봤다.

다니는 어쩔 수 없이 씩씩대며 쓰레기 더미 쪽으로 느릿느릿 걸어갔다. 냄새가 점점 심해졌고 속이 마구 울렁거렸다. 오래된 동물 뼈들이 양배추며 과일이며 다른 쓰레기와 뒤섞여 있었다. 그런데 마른 부분에는 다 해진 천 조각과 낡은 깡통, 스프링이 녹슨 매트리스, 부서진 상자와 플라스틱이 산더미처럼 쌓여 있었다.

다른 애들은 이미 효율적으로 일하고 있었다. 슈즈는 비닐봉지를 집어서 상한 바나나를 주워 담은 뒤 천 조각을 줍고 있었다.

다니는 자기도 모르게 흥미가 생기기 시작했다. 저기 있는 파란 건 뭐지? 깨진 양동이인가? 바람 빠진 공인가? 전등갓인가? 다니는 쓰레기를 헤치고 가서 집었다. 그냥 플라스틱 주전자였는데, 옆구리에서 밑바닥까지 완전히 금이 가 있었다. 주전자 밑에는 공책이 한 권 있었다. 겉표지가 재와 먼지 때문에 더러웠지만 집어서 대충 넘겨보니 겨우 몇 장만 쓴 것이었다. 거의 새 것이나 다름없었다.

다니는 주변을 둘러봤다. 마모는 비닐봉지를 벌써 반이나 채웠고, 게타추는 낡은 양말을 줍고 있었다. 밀리언은 커다란 녹색 병을 유심히 들여다보고 있었다. 슈즈는 넣을 공간이 더 이상 없는지 멍한 표정으로 자기 비닐봉지를 내려다보고 있었다.

기분이 좋아진 다니는 비닐봉지를 주워서 공책을 넣었다. 그리고 마모처럼 걸어가면서 차근차근 땅을 훑어봤다.

가장 좋은 물건을 발견한 애는 마모였다. 뜨개질해서 만든 양털 모자였는데, 에티오피아 국기 색깔인 빨간색, 노란색, 초록색 줄무늬가 있었다. 마모는 그 모자를 집어 밀리언한테 줬고, 밀리언은 모자를 받아서 손으로 한 번 돌린 다음 머리에 썼다. 모자를 쓰니까 소탈하면서도 멋있어 보였다. 발밑에 있던 깨진 거울을 집어 거울을 보며 여러 각도로 모자를 써보고 나서 밀리언은 마모를 보며 웃었다.

"이거 굉장한데. 나한테 아주 잘 어울려. 마모, 이 일에선 네가 최고야. 진짜 짱이야. 이제 우린 널 이렇게 부를 거야. 쓰레기왕."

마모도 기분이 좋아 활짝 웃었다. 별명이 마음에 들었다. 쓰레기왕, 그 말 한 마디에 자기가 특별한 사람이 된 것 같았다. 건방지면서도 강인하게 들렸다.

"어이, 쓰레기왕! 나도 모자 갖고 싶어. 밀리언 대장 좀 봐. 진짜 미국 흑인 같아. 진짜 멋있다."

하지만 애들이 다시 강으로 이동하기 시작했다. 마모는 어쩔 수 없이 더 찾는 걸 그만두었다.

강가에 도착해서 옷을 만져보니 아직도 축축했다.

"내 옷이 다 안 말랐어." 다니가 말했다.

"입고 있으면 다 말라. 하루 종일 여기 죽치고 앉아서 옷이 마를 때까지 기다릴 거야?"

옷을 입으면서 밀리언이 한심하다는 듯 쏘아붙였다.

"애들아!"

언덕에서 누군가 불렀다. 아이들은 언덕을 올려다봤다. 버팔로가 비탈길을 뛰어내려오고 있었다.

"가라테는?" 게타추가 물었다.

"병원에서 그러는데 가라테 몸이 정말 심각하대. 시디스트 킬로에 있는 선교병원으로 옮길 거래."

*

가라테가 수녀들이 운영하는 선교병원으로 옮겨진다는 소식에 모두 심각해졌다. 도로를 걸어가면서 그에 관해 얘기를 나눴다.

191

"병원에서 뭐래?"

다니는 불안했다. 간절히 알고 싶은 맘에 버팔로한테 가졌던 두려움이 사라진 것 같았다.

"말했잖아. 왜 저 지경이 되도록 방치하다가 이제야 데려왔냐고 하더라. 근데 가라테가 그렇게 나빠 보이진 않았어. 그렇지?"

버팔로의 말에 밀리언이 고개를 끄덕였다.

"그럴 거야. 전에도 아팠지만 나았어. 가라테가 조그맣고 귀여우니깐 수녀들이 쓸데없이 과장하는 것 같아."

"내가 나가려니까 가라테가 막 울더라구. 여기 오고 싶어서."

"나중에 가라테 만나러 가자. 구걸해 사탕도 사서 갖다 주자."

밀리언은 그렇게 말하고 한쪽 눈 위로 모자를 비스듬히 당겼다.

"그 모자는 어디서 났어?" 버팔로가 물었다.

"마모가 주웠어."

밀리언은 한 팔을 마모 어깨에 얹었다. 마모는 따뜻함과 자부심으로 온몸에 전율이 흘렀다.

버팔로는 마모를 노려봤지만 아무 말도 하지 않았다.

아지트에 도착하자 밀리언은 평소 앉는 돌에 앉아 등을 벽에 기댔다. 다른 애들은 밀리언 옆에 쭈그리고 앉았다. 밀리언은 몸을 앞으로 기울이며 다니한테 물었다.

"넌 뭘 찾았어? 아까 봉지에 뭘 넣던데."

다니가 공책을 꺼내 주자 밀리언은 공책을 훑어봤다.

"아무것도 없는데?"

192

"그건 그냥 종이야. 거기다 적으면 돼."

"적는다고? 뭘?"

"아직은 모르겠어. 동화 같은 거?"

다니 목소리가 약간 움츠러들었다.

"너, 얘기 아는 거 있어? 어떤 거 알아? 우리한테 들려줄 수 있어?" 게타추가 간절한 투로 말했다.

다니는 고개를 끄덕이며 말했다.

"그래, 좋아. 그런데 먼저 생각해야 돼. 그래야 정확하게 기억나."

밀리언이 일어서더니 주머니에서 동전 몇 개를 꺼냈다.

"아직 동전이 조금 남았어. 인제라 사기엔 충분해."

모두 밀리언을 올려다봤다. 오늘 먹은 거라곤 아침에 먹은 빵과 과일 몇 조각밖에 없었다.

"그럼, 금방 갔다 올게."

밀리언이 나서자 게타추가 따라나섰다.

지루하게 기다리는 동안 마모는 다니한테 물었다.

"네가 다니는 학교 말이야, 어디 있어?"

다니는 다른 애들 위쪽에 있는 언덕을 턱으로 가리켰다.

"저기." 다니는 생각하기 싫다는 듯 짧게 말했다.

"교복도 엄청 삐까번쩍하겠네? 지퍼 달린 가방도 메고?" 버팔로가 불쑥 끼어들었다.

"아니야. 우린……." 다니는 말을 더듬거렸다.

"야, 그런 놈이 여긴 왜 있는 거냐? 뭐 거지놀이라도 하는 거야? 내일 학교 가면 되겠네. 우리가 왜 너 같은 놈 때문에 골머리 썩여야 하는데?" 버팔로가 비아냥거렸다.

다니는 마음 깊은 곳 어딘가 위축되었다. 한 마디도 못하고 가만히 있었다. 마모는 갑자기 화가 치밀어 올랐다.

"그만해! 무슨 사정이 있겠지. 아무도 재미로 이렇게 살진 않아."

버팔로가 갑자기 마모한테 머리를 박았다. 마모는 버팔로가 진짜로 노린 사람이 자기라는 걸 깨달았다.

"그래, 너도 우릴 깔보지, 그치? 근데 왜 우리한테 붙으려고 지랄이야? 너도 저 자식만큼 재수 없거든." 버팔로가 소리쳤다.

머리만 내밀고 풀숲에 숨어 있는 표범을 본 기분이었다. 버팔로한테 섣불리 덤비는 게 아니었다. 조심하지 않으면 버팔로랑 앙숙이 될 수 있다. 그럼 이 패거리에서 쫓겨날 수도 있다.

"그렇지 않아. 우린 그냥 너희랑 같이 있고 싶은 것뿐이야. 그게 다야." 마모는 힘들게 말했다.

하지만 버팔로는 치밀어 오르는 분노를 주체하지 못했다. 방방 뛰면서 허공에 주먹질을 해대더니 눈 깜짝할 사이에 마모한테 달려들었다. 마모는 어쩌지도 못하고 당할 수밖에 없었다. 버팔로는 마모 팔을 움켜잡고 다른 손으로 헤드록을 걸었다. 마모는 다리를 바둥거리면서 버팔로 등과 옆구리를 주먹으로 쳤다.

"놔! 놓으란 말이야!"

마모는 간신히 버팔로의 정강이에 킥을 날린 뒤 버팔로의 넓적다리를 무릎으로 잽싸게 내리찍었다. 버팔로가 고통으로 신음하면서 힘주고 있던 팔이 약간 느슨해졌다. 마모는 헤드록에서 벗어나려고 필사적으로 머리를 움직였다.

그런데 갑자기 등 뒤에서 차가운 냉기가 흘렀다. 버팔로가 놓아주는 순간 마모는 휘청거리며 뒤로 가다가 기절할 뻔했다. 밀리언이 보고 있었다.

"너, 뭐 하는 거야? 무슨 일이야? 싸우면 쫓겨난다고 하지 않았어?"

마모는 입술을 깨물었다. 아무 말도 하지 않았다.

"못 들었냐고?"

그때 버팔로가 입을 열었다.

"나 때문이야. 내가 먼저 시비를 걸었어."

뜻밖이었다.

밀리언은 몸을 돌려 손으로 버팔로를 밀쳤다.

"뭐라고? 왜?"

버팔로는 어깨를 으쓱했다.

"쟤가 내 신경을 건드렸어. 쟤랑 저기 있는 뚱땡이 기생충이."

"다니는 기생충이 아니거든."

마모가 으르렁대며 버팔로한테 덤벼들려고 하자 밀리언이 마모를 말렸다. 밀리언은 얼굴을 찌푸리며 버팔로한테 말했다.

"너, 왜 그러는 거야? 왜 늘 그 모양이야?"

버팔로는 고개를 돌렸다.

"내가 어떤지 알잖아."

밀리언은 버팔로 말뜻을 이해하는 것 같았다. 아무 대꾸도 하지
않았다.

버팔로는 아까 불같이 화를 냈다는 사실을 아예 잊은 것 같았
다. 평소 모습을 금방 찾았다.

마모도 화가 좀 누그러들었다.

"내 성격이 그래. 좀 욱하지." 버팔로는 순순히 인정했다.

밀리언은 버팔로 옆에 서서 마모와 다니를 잠자코 봤다. 밀리언
과 버팔로가 나란히 있는 모습을 보니 둘이 형제이거나 아니면 그
이상으로 친밀한 사이라는 걸 알 수 있었다. 버팔로가 어떤 문제
를 일으키더라도 밀리언은 결국 버팔로 편을 들 게 분명했다.

"좀 먹을래?"

아무 일도 없었다는 듯 버팔로가 마모한테 물었다.

"뭘?"

"인제라."

"응."

모두 원 모양으로 둥글게 쭈그리고 앉았다. 밀리언이 가지고 온
비닐봉지에서 인제라 하나를 꺼내 버팔로한테 주자, 버팔로가 마
모한테 줬다. 마모는 속으로 안도의 숨을 쉬었다. 싸우고 나니 버
팔로에 대한 오해가 풀린 것 같았다. 이제야 이 거지들과 한 가족
이 된 기분이었다.

마모가 인제라 부스러기까지 남김없이 먹고 있을 때, 게타추가 숨을 헐떡이며 거의 날듯이 뛰어왔다.

"경찰이야! 빨리! 뛰어! 날 뒤쫓아 오고 있어!"

*

바늘이 옆구리를 콕콕 찌르는 것처럼 다니는 숨을 쉴 때마다 아팠다. 태어나서 이렇게 빨리 뛰어본 적은 한 번도 없었다. 다른 애들은 '경찰'이라는 말에 겁에 질린 염소 떼처럼 달아났다. 좁은 골목으로 뛰어들어 언덕으로 돌진했고, 원래 있던 곳에서 몇 킬로미터나 떨어진 평지에 와서야 속도를 늦췄다.

뒤늦게 도착해 보니 아이들은 금방이라도 무너질 것 같은 골함석 울타리 뒤에 숨어 있었다. 다니는 몸을 수그리고 숨을 몰아쉬었다.

밀리언이 게타추를 추궁하고 있었다. 수리도 이 패거리 사이에 흐르는 긴장감을 눈치챈 것 같았다. 수리는 마모 팔에서 꿈틀대며 빠져나와 게타추 발 주변에서 요란하게 짖어댔다.

"그래서 가게에서 네가 나오는 걸 경찰이 보고 소리 지르면서 쫓아오기 시작했다고? 경찰이 왜 그랬는데?"

밀리언이 의심스러운 말투로 묻자, 게타추는 함박웃음을 지었다.

"경찰이 어떤지 잘 알잖아. 꼭 이유가 있어야 돼?"

"없어도 되지. 그런데 우린 경찰한테 쫓기는 짓은 하지 않잖아."

"그럼 지금 대장은 뭣 때문에 날 의심하는 거야?"

"네 주머니에 있는 건 뭐야? 왜 주머니가 불룩해?"

게타추는 마치 처음 알았다는 듯이 바지 주머니를 내려다봤다.

"무슨 말이야? 아, 이거. 아무것도 아니야. 그냥 쓰레기장에서 주운 거야."

게타추는 약간 당황한 듯했다.

"꺼내봐."

밀리언의 목소리가 딱딱해졌다.

"이게 뭐냐고? 대장, 나 못 믿어?"

밀리언은 아무 말도 하지 않았다. 손을 내밀고 기다렸다.

게타추는 반항하듯 주머니에서 담배 한 갑과 라이터를 꺼내 밀리언의 손에 떨어뜨렸다.

밀리언은 게타추를 노려봤다.

"이건 쓰레기장에서 주운 게 아니잖아. 난 가게 계산대에서 이걸 봤어. 훔쳤지?"

게타추는 겁에 질려 말을 더듬거렸다.

"아니야! 솔직히 말해서, 밀리언……."

"넌 도둑이야. 우리 갱에 도둑은 없어. 당장 꺼져."

밀리언이 냉정하게 말하자 게타추는 한 걸음 뒤로 물러났다.

"안 돼! 저기, 대장. 그건 훔친 게 아니야. 그래, 맞아. 쓰레기장에서 주운 건 아니야. 가게 계산대 위에 있었어. 그런데 우리 앞에 있는 남자가 계산대에 놓고 그냥 간 줄 알았어. 난 그냥…… 그래, 멍청한 인간이 잃어버린 물건 주운 것뿐이야. 그건 도둑질이 아니야. 그건…… 그러니깐…… 쓰레기장을 뒤져서 찾은 거랑 똑같은 거야. 그래, 똑같아."

"아무도 그걸 놔두고 가지 않았어. 그건 가게 물건이야. 여기서 당장 꺼져."

밀리언은 차갑게 등을 돌렸다.

"안 돼! 제발, 대장. 난 갈 데가 없어. 그건 그냥 실수였어. 그뿐이야. 나한테 기회를 한 번만 더 줘."

그때 버팔로가 밀리언한테 다가가 뭐라고 속삭였다. 다 듣자 밀리언은 다시 몸을 돌렸다.

"너, 정말 우리랑 같이 있고 싶어?"

"알잖아."

게타추는 불안해하며 주먹을 꼭 쥐었다.

"네가 다시 훔치면 우리 모두 경찰서에 잡혀 갈 거야. 그럼 경찰이 우릴 죽도록 패겠지. 예전에 경찰은 대수롭지 않은 이유로도 그랬어."

"다신 안 할게. 절대로. 하느님께 맹세할게."

밀리언은 다리를 벌리고 팔짱을 낀 채로 서서 게타추를 가만히 노려봤다. 그러다 입을 뗐다.

"버팔로, 게타추 옷을 벗겨."

버팔로가 다가가 게타추 무릎을 꿇렸다. 그러곤 게타추 셔츠를 머리 위로 벗겨 슈즈한테 던졌다.

밀리언은 울타리 뒤쪽에서 길고 얇은 유칼립투스 나뭇가지를 꺾어 이파리들을 훑어낸 뒤 버팔로한테 줬다.

매질은 심했다. 나뭇가지가 게타추의 맨등을 스치고 간 부분이 부풀어 올랐다. 마모와 슈즈는 차마 보지 못하고 눈을 다른 곳으로 돌렸지만 다니만은 절대로 눈을 떼지 않았다. 다니는 아빠한테 매질을 당할 때마다 몸을 웅크리고 울면서 용서해달라고 빌었다. 매질이 끝난 뒤에는 폭포 같은 눈물을 흘리며 어머니한테 달려가 위로를 받았다. 하지만 게타추는 울거나 코를 훌쩍이지 않았다. 무릎을 꿇고 등을 꼿꼿이 세운 채로 떨어지는 매질을 그대로 받아들이고 있었다.

"됐어. 그만해."

밀리언의 명령에 버팔로가 나뭇가지를 내던졌다. 슈즈는 셔츠를 게타추한테 돌려줬다. 티셔츠를 입은 뒤 게타추는 휘청거리면서 일어섰다.

"마지막 기회야. 한 번만 더 그러면 넌 완전히 끝이야. 메르카토 시장에 가서 거기 있는 놈들이랑 도둑질이나 하며 살아."

"다시는 하지 않을게, 대장. 맹세해."

게타추는 반항하지 않고 순순히 대답했다.

다니는 몸이 떨렸다. 고아들이 도둑질에 그렇게 엄격하리라곤 생각도 못했다. 아빠는 거지들을 볼 때마다 항상 도둑놈 아니면 사기꾼이라고 욕했다. 그리고 거지 중에는 진짜 부자도 있는데 일하는 게 싫어서 다 떨어진 누더기를 걸치고 구걸한다고 말했다.

밀리언은 도둑질 말고 무슨 짓을 했을 때 벌을 내리지? 조심해야겠어. 다니는 속으로 다짐했다.

밀리언은 공터를 둘러봤다.

"하루나 이틀 밤은 여기서 자야 할 거야. 문제가 좀 잠잠해질 때까지는 우리 자리로 돌아갈 수 없어. 땅이 축축해도 어쩔 수 없어. 다니랑 쓰레기왕이 우리 자리에 가서 담요 가져와."

"밀리언 대장, 제발. 난 못 가. 경찰이 날 찾고 있을 거야."

다니는 입술에 침을 바르면서 긴장된 목소리로 말했다.

밀리언은 고개를 끄덕였다.

"좋아. 마모랑 슈즈가 갔다 와. 혹시 모르니까 조심해."

*

마모와 슈즈는 아지트로 가는 데 한참 걸렸다. 경찰이 잠복하고 있을까 봐 조심스럽게 다가갔다. 과연 경찰 두 명이 길모퉁이에 서서 얘기하고 있었는데 특별히 누군가를 감시하는 것 같진 않았다. 그래도 무서운 존재였다.

마모와 슈즈는 멀찌감치 떨어진 벽에 기대앉아 곁눈질로 경찰들의 동태를 살폈다.

마모는 슈즈랑 단둘이 있는 게 처음이라서 딱히 할 말이 없었다.

"난 게타추가 진짜 도둑이라고 생각하지 않아. 너도 그렇지?"

긴 침묵을 깨며 마모가 말했다.

"난 저번에도 게타추가 훔치는 걸 봤어. 밀리언은 몰라. 게타추는 또 그럴 거야." 슈즈가 말했다.

마모는 게타추 편을 들어줘야 한다는 생각이 들었다. 무엇보다 오랫동안 게타추랑 알고 지낸 사이니까.

"다신 그러지 않을 거야."

하지만 슈즈는 그 일에 관심이 별로 없는 듯했다.

또다시 정적이 흘렀다.

"밀리언이랑 버팔로는 같이 지낸 지 오래됐어?" 마모가 물었다.

"2년쯤 됐을걸. 새엄마가 날 버린 뒤니까."

"밀리언은 좋아, 그치? 좋은 대장이야."

"맞아. 원래는 다른 애가 대장이었어. 이사야스라고. 근데 이사야스가 나가고 나서 우린 밀리언을 선택했어."

"무슨 일 있었어? 이사야스한테?"

"이사야스는 술만 마시면 우릴 아예 신경도 안 썼거든."

한 시간쯤 지나자 경찰들이 사라졌다. 마모와 슈즈는 아지트를 향해 미끄러지듯 달려갔다. 담요와 다니 가방이 아침에 벽 구석에 차곡차곡 쌓아올린 그대로 있었다. 마모는 조심스럽게 주변을 살피면서 담요와 다니 가방을 들었다.

마모와 슈즈는 아이들이 있는 공터에 무사히 돌아왔다. 그런데 버팔로가 게타추한테 화를 내고 있었다.

"무슨 일 있었어?" 마모는 작은 목소리로 다니한테 물었다.

"모두 저쪽에 있는 신호등 옆에서 구걸하고 있었어. 그런데 신호등 주변에 있던 다른 거지들이 자기들 자리라며 우릴 쫓아냈어."

"너도 구걸했어?"

마모는 다니가 발을 질질 끌면서 거지 목소리로 구걸하는 모습을 상상해보려 했지만 도저히 상상할 수 없었다.

옅은 미소가 다니 얼굴에 퍼졌다.

"아니. 밀리언이 난 너무 살이 쪄서 안 된대. 예전엔 이 살이 고마운 적이 한 번도 없었는데."

다니는 손목에 통통하게 붙어 있는 살을 꼬집으며 웃었다.

"실은 나도 구걸하기 싫어."

마모는 다니랑 얘기를 나누는 게 좋았다. 다니랑은 뭔가 통하는 게 있었다. 둘 다 거지들 틈에 끼어 생활하고 있지만 여전히 같은 편이었다.

"구걸을 못해서 어떡하지? 오늘은 뭘 먹지? 우리, 식당 뒤에 한번 가볼래?"

마모의 말에 다니는 고개를 저었다.

"아니. 밀리언이 그 근처엔 가지 말라고 했어. 당분간 눈에 띄면 안 된대. 참고 버티고 있으면 금방 괜찮아질 거야."

다니 목소리에는 밀리언에 대한 존경심이 담겨 있었다. 마모는 고개를 끄덕였다. 밀리언이 게타추한테 벌을 준 후로 마모도 밀리언한테 경외심을 갖게 되었다.

그날의 남은 시간은 더디게 갔다. 밀리언과 버팔로는 가까운 도로에 돌아가서 그 지역 거지들과 협상을 시도했다. 둘이 돌아왔을 때에는 이미 해가 저물기 시작한 뒤였다.

"밀리언 대장, 무슨 일이야? 먹을 건?"

밀리언과 버팔로가 돌아오는 걸 보고 슈즈가 달려 나가며 물었다. 밀리언은 한숨을 내쉬며 앉았다.

"우리가 여기 있어야 하는 이유를 말했더니 여기 애들이 알았대. 내일 아침에 여기서 가까운 식당을 알려준대. 일찍 일어나서 얻으러 가야 돼."

"그럼 오늘은 먹을 게 없구나."

마모는 이미 배고픈 밤을 보내는 것에 정신적으로 단련이 되어 있었다. 옆에서 다니가 '아' 하며 실망하는 소리에 왠지 자기가 다니보다는 낫다는 생각이 들었다.

13

5일이 지나서야 아이들은 길모퉁이에 있는 아지트로 돌아왔다. 집으로 돌아오니 모두들 정말 기뻐했다. 이 거리에 있는 모든 것이 아이들의 손바닥 안에 있었다. 모퉁이에 있는 과일가게가 상한 토마토나 구아바를 버리는 시기, 빵집에서 유통기한이 지난 빵을 반짝 세일 하는 날을 아이들은 줄줄이 꿰고 있었다.

언덕 아래에 있는 울퉁불퉁한 땅에서 지내는 5일 내내 마모는 마음이 불안했다. 할 일도 없고 먹을 것도 별로 없었다. 밤에는 더 추웠다. 마모는 불안한 기분을 떨쳐내려고 노력했다. 하지만 부모 없는 고아, 거지 신세인 자신을 생각할 때마다 깊은 구렁텅이로 떨어졌다. 구걸하고 있을 때 행인들이 동정과 멸시가 담긴 눈으로 쳐다보면 보잘것없는 자신이 경멸스러웠다.

시간이 흐르면서 다니는 눈에 띄게 달라졌다. 남아돌던 살들이 다니 곁을 떠났고, 끊임없이 주위를 살피고 조심하는 게 습관이 돼서 그런지 민첩해졌다. 다니도 다른 아이들처럼 여위고 푸석푸

석하고 꾀죄죄하게 변하고 있었다. 거만한 태도도 이젠 거의 찾아볼 수 없었다. 음식이 오면 자기 순서를 기다리며 다른 아이들을 배려했다.

달라진 건 마모 역시 마찬가지였다. 자기 안에 있는 뭔가가 더 단단해지고 더 예리해지고 있었다. 길 위의 생활이 길어질수록 살아남는 법을 더 많이 터득하면서, 무엇이든 할 수 있다는 자신감이 생겼다. 다시는 어느 누구도 나를 함부로 대하지 못하게 할 거야. 마모는 끊임없이 다짐했다.

다음날 밀리언과 아이들은 가라테를 보려고 선교병원으로 향했다. 한참을 걸어 시디스트 킬로로 가는 언덕을 올라가는데, 다니는 잔뜩 긴장하고 있었다. 머리뿐 아니라 얼굴을 반 이상 가리고 고개를 푹 숙인 채 땅만 보면서 걸었다. 하지만 마모가 보기에 그렇게까지 신경 쓸 필요는 없어 보였다. 다니는 더 이상 마모가 처음 제과점 창문 앞에서 봤던 부잣집 아이가 아니었다. 이제 다니를 알아보는 사람은 별로 없을 것 같았다.

병원에 도착했을 때, 마모가 셔츠 속에 숨겨둔 수리를 보고 다니가 말했다.

"수리는 못 데리고 들어가. 강아지는 병원 출입 금지야."

출입문을 밀면서 밀리언이 말했다.

"어디에다 묶어놔."

사실 수리가 너무 활달해서 데리고 들어가기엔 무리였다. 하지만 마모는 그저 다니가 야속했다. 며칠 전 방문했을 때는 수리를 셔츠 속에 숨겨서 들어갔었다. 다른 애들이 경비원을 지나 병원 안으로 들어가는 동안, 마모는 이러지도 저러지도 못하고 서 있었다. 수리를 묶을 만한 줄도 없었고 수리를 혼자 두기도 싫었다.

"그럼, 난 그냥 여기 있을게. 가라테한테 내 안부 좀 전해줘."

애들 뒤에 대고 소리친 뒤 마모는 벽에 등을 기대고 쭈그려 앉았다. 처음 와보는 시내는 매우 흥미로웠다. 대학교가 도로 바로 위쪽에 있었고 대학생들이 옆구리에 책을 끼고 넓은 대로변을 오갔다. 병원 담벼락 옆에 있는 정원에는 자카란다 나무들이 활짝 꽃을 피웠으며 때때로 보라색 꽃잎들이 마모 옆에 떨어졌다. 수리는 마치 위험한 적이라도 만난 것처럼 꽃잎을 덮치고 꽃잎과 맞서 싸웠다.

이곳은 멋지고 평화롭고 아름다웠다. 갑자기 요하네스와 하이루가 생각났다. 요하네스와 하이루는 지금 저 시골에서 소 떼를 몰고, 시냇물에 돌을 던지고, 수많은 게임을 하며 보내겠지.

마모는 나지막하게 노래를 부르기 시작했다. 노래를 부르면서 수리가 물고 놔주지 않는 막대기를 빼내는 데 집중하느라 뒤에서 다가오는 발소리를 듣지 못했다.

"노래 좋다. 진짜 잘한다." 슈즈가 말했다.

마모는 벌떡 일어나 뒤를 돌아봤다. 애들 모두 자기 노랫소리를 듣고 있었다고 생각하니 당황스러웠다.

"잘하긴. 가라테는 어때? 언제 나온대?" 마모는 쑥스러워 말을 돌렸다.

"건강해 보여. 수녀들 생각이랑 상관없이." 게타추가 대답했다.

마모는 수리를 들고 일어섰다.

"뭐라고 했는데?"

"젊은 수녀님들은 가라테가 너무 안 좋대. 너무 심각해서 병원에 더 있어야 한대." 다니가 걱정스러운 얼굴로 말했다.

"웃기는 소리 하지 말라고 해. 가라테 상태는 병원에서 더 나빠졌어. 병원에 있어서 낫지 않는 거야. 수녀들이 그냥 내보내주면 바로 나을 텐데." 게타추가 말했다.

"나이 든 수녀님이 가망 없다고 했어. 약도 이젠 써봤자 소용이 없대." 밀리언이 조용히 말했다.

다니는 충격 받은 얼굴로 밀리언을 쳐다봤다.

"뭐? 가라테는 똑바로 앉아서 우리랑 말도 했어. 대장도 봤잖아."

"알아. 하지만 수녀님은 가라테 몸속에 뭔가가 있대. 나쁜 병균이."

마모는 마음을 정했다.

"가서 가라테 좀 보고 올게. 다니, 수리 좀 봐줘. 곧 따라갈게."

병원 복도는 조용했지만 마모는 용기를 내서 혼자 걸어갔다. 저번에 왔던 기억을 더듬어 가라테 침대가 어디에 있는지 금방 찾았다. 침대에는 등을 구부린 채 졸고 있는 아픈 아이들밖에 없었다.

가라테는 단단한 공처럼 몸을 움츠린 채 담요를 덮고 있었다. 꼭 감은 두 눈에서 떨어지는 눈물이 베개를 적셨다. 가라테는 손

208

에 꼭 쥐고 있는 옷으로 눈물을 닦았다. 다니가 가라테한테 준 코끼리가 그려진 셔츠였다.

마모는 침대에 몸을 숙였다.

"가라테, 왜 그래? 왜 울어?"

가라테는 눈물을 흘리면서 똑바로 앉으려고 버둥거렸다.

"난 밀리언 대장이 날 데리러 온 줄 알았어. 그런데 간호사 선생님이 와서 나보고 여기 있어야 된다고 했어."

"여기 사람들은 너한테 잘해주잖아, 그치? 밥도 주고 필요한 걸 모두 주잖아?"

"아무도 나한테 말을 안 걸어. 항상 침대에서 혼자 자야 하고. 정해진 장소가 아닌 데서 오줌 싸면 화를 내. 마모 형, 나 너무 무서워. 무서워 죽겠어. 나도 데려가줘. 제발, 부탁이야."

마모는 주위를 둘러봤다. 가라테가 무슨 말을 하고 있는지 알 것 같았다. 이곳에서는 외롭다. 새하얀 벽과 높은 창문은 딱딱하고 분위기는 냉랭하다. 마모는 이 침대에서 혼자 하룻밤을 보내는 상상을 해봤다. 몸서리가 쳐졌다. 그런데 가라테는 이곳에서 수많은 밤을 혼자 보냈다.

"여기 있어야 간호사들이 네 병을 고칠 수 있어."

마모는 밀리언이 아까 한 말을 애써 떨쳐버리며 말했다.

"아니, 절대 못 고쳐줄 거야. 밤에 정말 끔찍한 꿈을 꿨어. 귀신이 날 잡아먹으려고 오고 있었어. 그리고 트럭이 나를 쳤어."

가라테는 조그만 가슴을 들썩이며 흐느끼기 시작했다.

마모는 가라테 어깨에 팔을 두르고 부드럽게 꼭 잡았다. 이럴 때는 어떡해야 하지? 가라테를 데리고 이곳에서 나가면 무슨 일이 일어날까? 만일 가라테가 죽는다면? 하지만 늙은 수녀는 가라테가 어차피 죽을 거라고 말했잖아? 한 가지는 확실했다. 무엇보다 마음의 불행은 사람을 빨리 죽게 만든다. 사랑하는 사람들과 같이 있는 게 최고의 치료제다. 요하네스 가족이 마모한테 알려준 거였다.

마모는 몸을 숙이고 가라테 귀에 속삭였다.

"옷은 어디 있어?"

가라테는 잠시 마모를 멍하니 보더니 이내 얼굴이 밝아졌다.

"선생님들이 이 옷만 남겨두고 모두 버렸어. 내가 이 옷은 손도 못 대게 했어."

"그래, 알았어. 서두르자."

마모는 담요로 가라테를 싼 다음 안아 올렸다. 가라테는 원숭이처럼 마모한테 매달렸다. 심장이 쿵쿵거렸지만 마모는 가라테를 안고 문으로 달려가 길고 긴 복도를 있는 힘껏 달려서 병원 밖으로 나갔다.

다른 애들은 병원 정문 옆에 무리지어 서 있었다. 마모를 보자마자 밀리언이 달려와 가라테를 받아 안았다.

"잘했어. 안 그래도 다시 들어가서 가라테를 데리고 나올 참이었거든." 밀리언이 말했다.

지난 며칠 동안 다니는 그냥 숨만 쉬는 존재였다. 자기가 처한 상황과 미래에 대한 모든 생각에 마음을 아예 닫아버리고 그냥 살았다. 다른 애들이 구걸하러 나갈 때는 나서지 않고 구석에 가만히 있었다.

가출한 이후로 며칠이 지났는지도 잊었다. 아빠와 엄마, 여동생 메세레트, 식모 제니 누나, 경비원 네구시에 아저씨, 집, 자동차, 학교. 이 모든 것들은 다른 세계에 있었다. 아주 멀리 떨어진 곳에, 아주 오래전에 있었다.

지금은 다른 애들한테 빌붙어 살고 있지만 영원히 이렇게 살 수는 없다는 걸 다니는 잘 알고 있었다. 하지만 미래와 관련된 모든 일처럼, 이런 생각도 마음속에서 밀어냈다.

병원에 가서야 다니는 다시 현실이 보였다. 엄마가 검사와 치료를 받으러 입원했을 때 엄마를 보러 병원에 간 적이 있었다. 엄마가 입원한 병원은 선교병원보다 시설이 훨씬 좋은 현대식 병원이었다. 그런데 분위기는 거기나 여기나 비슷했다. 청결한 복도, 사방이 페인트칠 된 벽, 정돈된 침대가 낯설지 않았다.

"다 왔다. 즐거운 우리 집이야."

아지트에 도착하자 밀리언은 여전히 누에고치처럼 담요로 둘둘 말려 있는 가라테를 내려놓고 자기 자리에 앉았다. 수척한 얼굴의 가라테가 고맙다는 듯 밀리언을 쳐다봤다.

211

"끝내줬어, 밀리언 대장. 여기가 훨씬 좋아. 어, 이발소 창문 옆에 있는 간판이 없어졌네. 봐봐. 저기 늙은 아저씨가 자전거 타고 간다. 저 아저씬 맨날 여길 지나가잖아."

가라테는 쉰 목소리로 힘겹게 재잘거렸다.

마모 옆으로 다니가 다가갔다.

"가라테는 밤새도록 밖에 있으면 안 돼. 병원에 다시 데려다줘야 해."

마모는 다니를 바라봤다.

"무슨 말이야? 너도 봤잖아. 가라테가 병원에서 얼마나 힘들어하는지. 우리랑 있으니깐 훨씬 밝아졌잖아."

"하지만 우린 약도 없고 주사도 없고 아무것도 없어. 가라테 몸은 금방 차가워질 거야. 그리고 만약 무슨 일이 벌어지면…… 우린 어떻게 해야 하는지 모르잖아."

마모는 다니가 하는 말을 이해할 수 없다는 듯 고개를 저었다.

"우린 가라테를 진작 데리고 왔어야 했어."

"그래. 그런데 병원은 원래 그런 곳이야. 그래도 환자를 치료하잖아."

"병원에선 가라테를 제대로 돌보지 않았어. 가라테는 항상 혼자였어. 나라도 그런 병실에서 혼자 잔다면 무서워서 울 거야."

둘 사이에 거대한 바다가 열리는 것 같았다. 마모는 그게 뭔지 알 것 같았다. 그래서 머리를 굴리면서 다니가 납득할 만한 말을 찾으려고 애썼다.

212

"그러니깐 내 말은 말이야, 네가 정말 아프거나 곧 죽을 것 같다고 생각해봐. 곁에 있어주는 가족이나 친구가 필요할 거야. 그게 병원에서 받는 치료나 약보다 훨씬 중요해. 지금은 우리랑 같이 있는 게 훨씬 나아."

다니는 더 이상 아무 말도 들리지 않았다. 순간 런던의 병원에 혼자 있는 엄마 모습이 떠오르면서 정신이 번쩍 들었다. 엄마도 가라테처럼 낯선 곳에서 외로움을 느끼고 있을까? 가족도 없이 혼자 그렇게 있다가 죽기라도 한다면?

엄마는 내가 가출한 걸 알까? 아빠가 말했을까? 내가 없어진 걸 알고 엄마가 나 때문에 속상해하면 어쩌지? 그래서 엄마 병이 낫지 않으면?

다니는 마모 팔을 잡았다.

"마모, 내 부탁 좀 들어줘, 응?"

"뭔데?"

"우리 엄마한테 무슨 일이 있나 알고 싶어. 한참 됐거든."

"너네 엄마는 지금 다른 나라에 가 있다고 했잖아."

"응, 영국에. 하지만 지금쯤이면 엄마 소식을 아빠가 알 거야."

"내가 알아봐줘?"

"응."

"근데 어떻게?"

"우리 집에 가서 네구시에 아저씨한테 물어봐. 대문을 열고 닫는 경비원이야."

"뭐? 너네 집에 가서 그 경비원한테 '다니가 엄마 소식이 궁금하대요' 하고 말하라고? 경비원이 네가 어디 있냐고 따지면 어쩌려고? 그건 좀 아니다."

다니는 고개를 저었다.

"그래, 그 방법은 안 되겠다."

"그럼 어떻게?"

"잠깐만."

다니는 집과 도로를 머릿속으로 떠올렸다.

"우리 집에서 가까운 곳에 작은 가게가 있어. 그 가게에 진짜 좋은 아줌마가 있는데, 우리 가족에 대해 잘 알아. 네구시에 아저씨랑 제니 누나가 그 아줌마랑 친하거든. 아줌마가 혼자 있을 때 가서 물어봐. 제발, 부탁이야. 가서 좀 물어봐줘. 나도 나중에 네가 해달라는 거 해줄게. 약속해."

"그래. 내일 갈게."

마모는 속으로 기분이 좋았다. 다니 집을 볼 수 있다는 사실이 좋았다.

그날 저녁은 행운의 여신이 아이들이 가라테를 구하고 정든 자리로 돌아온 걸 축하해주는 것 같았다. 신호등에서 구걸이 잘 돼서 저녁 식사가 풍성했다. 게다가 버팔로가 쓰레기장에 가서 낡은 타이어 두 개와 포장용 상자를 구해 왔다. 날이 어두워지자 밀리언은 상자에 불을 붙였고 아이들은 불 주변에 둘러앉아서 손에 묻어 있는 부스러기까지 깨끗이 핥아먹었다.

가라테만 아무것도 먹지 않았다.

"난 배가 안 고파. 병원에서 먹을 걸 계속 줬어. 그냥 물이나 마시고 싶어." 가라테가 콜록거리면서 말했다.

가라테는 밀리언과 다니 사이에 기대앉아 회색 담요를 덮고 있었다. 다니는 활활 타오르는 불 옆에서 가라테를 가만히 바라봤다. 가라테는 입을 벌리고 힘겹게 숨을 헐떡이고 있었다.

"다니, 넌 재밌는 얘기 아는 거 있다고 했지? 말해봐. 하나만 얘기해줘." 게타추가 말했다.

다른 애들도 다니를 향해 고개를 돌렸다. 다니는 가슴이 두근거렸다. 이런 순간이 올 줄은 생각지도 못했다.

"좋아, 잠깐만."

다니는 눈을 감았다. 새와 코끼리에 대한 이야기가 떠올랐다. 그런데 너무 짧고 마지막이 영 별로였다. 왕과 플루트에 대한 이야기도 생각났지만 반밖에 생각나지 않았다. 그런데 제니 누나가 메세레트한테 틈만 나면 해주던 재밌는 남매 이야기는 내용이 거의 다 생각났다.

다니는 눈을 떴다. 아이들이 숨을 죽인 채 기대하는 눈빛으로 다니를 보고 있었다.

"좋아. 이건 사이좋은 남매 이야기야."

가라테가 만족한 표정으로 숨 쉬는 소리를 들으며 다니는 이야기를 시작했다.

"옛날 옛날에, 누나랑 남동생이 살았어. 남매의 엄마 아빠는 죽어서 남매만 살고 있었어. 이 남매는 엄마 아빠가 죽은 뒤에도 계속 엄마 아빠랑 살던 집에서 살았어."

"거기가 아디스아바바야?" 마모가 끼어들었다.

"몰라. 어쨌든 하이에나가 와서 음식을 해서 남매 먹으라고 놔뒀어. 그런데 남매는 누가 음식을 하는지 몰랐어."

"하이에나? 하이에나가 진짜 착하다. 남매한테 음식도 만들어 주고." 게타추가 덧붙였다.

"아니야, 전혀. 왜냐면 하이에나는 그냥 남매를 속인 다음에 남매를 잡아먹을 작정이었거든."

"그럼 남매가 그걸 어떻게 알았어?" 슈즈가 물었다.

버팔로가 거의 넘어질 정도로 슈즈를 세게 밀었다.

"아, 좀 조용히 해. 그냥 들어."

"남매는 누가 자기들한테 먹을 걸 주는지 알고 싶었어. 그래서 어느 날 누나가 동생 대신 강에 소를 몰고 갔어. 동생은 몰래 숨어서 봤어. 얼마 후 하이에나가 들어와서 요리를 시작했어. 하이에나는 계속 마법을 썼어. '숟가락 나와라!' 하고 외치면 숟가락이 하이에나한테 날아갔어. 꼭 마녀 같았지."

다니는 둥글게 모여 있는 얼굴들을 찬찬히 봤다. 모두 이야기에 푹 빠져서 듣고 있었다.

"하이에나는 동생이 숨어 있다는 걸 알아차렸어. 동생은 무서워서 벌벌 떨었지만 하이에나는 진짜로 잘해줬어. 그러면서 누나가 오면 하이에나랑 결혼하고 싶다고 말하라고 시켰어. 바보 같은 동생은 누나가 집에 오자 하이에나의 존재에 대해 말한 다음 자기는 하이에나랑 결혼하겠다고 말했어. 하이에나가 너무 착해서 자기들을 먹여주고 돌봐줄 거라면서."

다니 옆에 있던 가라테는 흥분해서 온몸이 경직되었다.

"누나는 동생한테 미쳤냐고 했어. 마녀를 믿으면 안 된다고, 빨리 도망가자고 설득했어. 그래서 남매는 도망쳤어. 소 떼를 모두 데리고 숲속으로 들어갔어. 그런데 숲에는 남매랑 비슷한 다른 아이들이 있었어. 남매와 아이들은 친구가 됐어."

"우리처럼." 가라테가 중얼거렸다.

"남매가 도망친 걸 눈치챈 하이에나는 끓어오르는 분노를 참고 남매를 찾아 헤맸어. 그리고 결국 남매를 찾아냈어. 하이에나는 마법을 써서 절세의 미녀로 변신했어. 동생은 미녀가 하이에나라는 걸 모르고 미녀와 사랑에 빠져 결혼했어. 남매는 미녀랑 다시 집에 돌아왔어. 그런데 어느 날 밤 누나가 친구네 집에 가서 하룻밤 자고 온다고 했어. 기회는 이때였지. 동생을 잡아먹을 수 있는 절호의 기회였어. 하이에나는 동생을 죽이고 다음날 먹으려고 들판에 숨겨뒀어."

가라테가 기침을 했다. 가라테는 밀리언의 팔에서 머리를 들어 다니 어깨에 기댔다. 엄지손가락 하나는 입에 물고, 코끼리 셔츠 끝자락을 다른 손으로 잡아 아랫입술에 댔다.

"누나가 집에 와서 보니 동생이 없었어. 잠깐만…… 이다음에 어떻게 됐더라? 어쨌거나 누나는 밖으로 달려나갔는데 쥐랑 원숭이랑 마주쳤지만 쥐랑 원숭이는 누나를 도울 수가 없었어. 누나는 너무 슬퍼서 하느님께 기도하기 시작했어. 그런데 하느님이 정말로 나타난 거야. 누나가 모두 털어놓으니까, 하느님은 누나를 동생이 있는 곳에 데려갔어. 하느님이 동생 뼈를 모두 붙이자 동생이 다시 살아났어."

"어떻게?" 가라테가 의아한 표정으로 말했다.

"그리고 하이에나는 남매를 쫓다가 절벽에서 떨어져 죽었어."

"그게 끝이야?" 밀리언이 물었다.

"응. 남매는 집으로 돌아와서 영원히 행복하게 살았대. 내가 얘기를 잘 못했어. 오늘 처음 말하는 거라서. 그리고 중간에 내용도 많이 빠졌어. 그런데 다 하고 나니깐 거의 생각나네."

"재밌다. 또 해줘. 이번엔 기억난 부분도 같이."

다니는 다른 애들이 지루한 표정을 짓고 있을 거라고 생각했다. 그런데 모두들 입을 헤 벌린 채 다니가 이야기를 시작하기만을 기다리고 있었다.

다니는 처음부터 다시 이야기하기 시작했다. 그런데 이야기가 전개되면서 전에는 절대 일어난 적이 없던 무엇인가가 다니한테 일어났다. 목소리는 점점 다양해지고, 상상력이 훨훨 불타고, 말들이 다니 입에서 술술 흘러나왔다. 남동생과 누나, 마녀 하이에나, 숲속에 사는 애들이 다니의 이야기 마술로 인해 타오르는 불속에서 튀어나올 것만 같았다.

오늘 밤은 그래도 따뜻한 편이었다. 지난 며칠 밤은 냉기가 너무 심해서 다니는 이가 덜덜 떨릴 정도로 온몸을 떨었다.

모두들 하품을 하며 샴마와 담요를 털고 편안히 누워 잘 준비를 했다. 가라테는 벌써 잠이 든 것 같았다. 그런데 다니가 자려고 눕자 가라테가 고개를 돌려 말을 걸었다.

"다니 형, 나랑 같이 자자. 형한테 물어볼 게 있어."

다니는 일어나 가라테 옆에 앉았다. 딱딱한 바닥에서 자는 게 많이 익숙해졌지만 지금도 잠들기 전에는 눕지 않았다.

"아까 그 이야기 속에 나오는 동생 말이야. 좀 멍청해. 하이에나랑 왜 결혼한 거야? 누나랑 도망쳐야지. 나라면 그랬을 거야."

가라테의 목소리는 힘이 없었다.

"그래. 그런데 동생은 하이에나가 착한 줄 알고 그런 거야. 하이에나가 동생을 감쪽같이 속였거든."

다니는 웃으며 말했다. 가라테는 꼭 메세레트 같았다. 가라테한테 그 이야기는 평범한 일상처럼 진짜로 일어난 일이었다.

"동생이 죽었을 때 아팠을까?"

"아마도. 그런데 그렇게 오래는 아니었을 것 같아. 동생이 다시 하이에나랑 싸운 걸 보면 누나가 빨리 동생을 살려낸 것 같아."

"진짜로 죽으면 아플까?"

"아니야. 전혀 아프지 않아. 편안해져. 영혼이 단지 몸에서 나와서 하느님한테 가는 것뿐이야." 곁에서 마모가 말했다.

마모 말을 듣고 가라테가 말했다.

"난 하느님이 어떻게 생겼는지 알아. 교회 정문을 통해 봤어. 거기 벽에 그림이 걸려 있었는데 수염이 하얀 사람이었어."

다니는 아무 말도 하지 않았다.

"하느님은 네 아빠야. 널 돌봐주실 거야." 마모가 대꾸했다.

"밀리언 대장처럼?"

그렇게 말하고 가라테는 다시 눈을 감았다.

다니는 누워서 가라테 손을 꼭 쥐었다.

"잘 자. 푹 자. 아침이면 괜찮아질 거야."

*

막 동이 틀 무렵, 가라테가 하늘나라로 떠났다. 다른 아이들이 일어났을 때 가라테 몸은 여전히 따뜻했지만 손은 얼음장처럼 차가웠다.

밀리언은 똑바로 앉아 가라테 손을 잡고 울부짖었다. 다니는 아무 기척도 없는 조그만 얼굴을 가만히 내려다봤다. 가라테는 평온하고 행복해 보였지만 다니는 목이 따끔거리기 시작했다. 숨이 막힐 지경이었다.

"어떻게 이럴 수 있지! 아직 어린애인데! 이런 식으로 죽는 건 말도 안 돼!"

220

밀리언이 가라테가 덮고 있던 우중충한 담요를 걷어낸 다음 가라테의 환자복을 천천히 벗겼다. 다니는 놀란 눈으로 밀리언을 쳐다봤다.

"뭐 하는 거야?"

밀리언은 가라테의 굳어버린 주먹에서 코끼리 셔츠를 빼서 가라테한테 입혔다.

"가라테는 이런 환자복 차림으로 가고 싶지 않을 거야."

밀리언은 가라테를 다시 바닥에 눕혔다. 셔츠는 너무 커서 조그만 몸뚱이를 삼켜먹은 것 같았다. 그 모습에 밀리언은 밀려오는 슬픔을 주체할 수 없었다. 가라테를 들어올려 가슴에 꼭 껴안고 목구멍 깊은 곳에서 올라오는 슬픔과 서러움에 울부짖기 시작했다. 다른 아이들도 밀리언 주변에 앉아 울부짖었다.

"이렇게 떠나보낼 순 없어! 뭔가 해야 돼!" 다니는 소리쳤다.

"뭘? 우리가 뭘 해야 하는데? 가라테 영혼은 이미 떠났어. 이젠 자유라구. 아무도 그걸 막을 순 없어." 마모가 말했다.

다니의 마음속에서 분노가 점점 사그라졌다. 마모 말이 맞다. 지금 뭘 할 수 있단 말인가? 가라테의 영혼은 훨훨 날아갔다. 그게 전부다.

다른 애들처럼 다니도 울부짖기 시작했다.

아무도 경찰 두 명이 다가오는 발소리를 듣지 못했다. 밀리언이 먼저 고개를 들었다. 밀리언은 카키색 경찰복과 검은 경찰모를 보고 움찔했다.

221

다니도 움츠러들면서 심장이 요동쳤다. 하지만 경찰은 다니를 본 척도 안 했다. 밀리언 팔에 안긴 꼬마에만 관심이 있었다.

"밤에 죽었어요. 오랫동안 너무 아팠어요. 병원에 있었는데 병원이 너무 싫어서 나왔어요."

나이 든 경찰이 몸을 굽혀 들여다보며 혀를 끌끌 찼다.

"많이 봤던 앤데, 너희랑 어울려서 이 주변을 돌아다녔지?"

"우리 동생이라구요." 버팔로가 버럭 소리를 질렀다.

나이 든 경찰이 젊은 경찰을 보며 말했다.

"시당국으로 보내는 게 낫겠어."

그러곤 밀리언한테 몸을 돌려 물었다.

"이름이 뭐냐? 얘는 누구야?"

"가라테예요." 게타추가 중얼거렸다.

"얘네 엄마는 원데무라고 불렀대요. 엄마가 죽은 뒤 가족이 없어서 우리랑 같이 살았어요. 가라테는 우리 말고 아는 사람이 없어요."

"아빠 이름은?"

아이들은 서로를 쳐다봤다.

"밀리언이에요. 아빠 이름은 밀리언이에요."

다니는 고개를 들고 큰 소리로 말했다. 경찰이 얼굴을 알아볼까 봐 겁이 났지만 가만히 있을 수가 없었다.

222

마음을 온통 차지하고 있는 이런 느낌은 정말 처음이었다. 그 느낌은 살마 오빠인 야곱을 대문에서 보고 난 직후부터 티기스트 마음을 완전히 도배해버렸다. 야곱은 티기스트가 야스민한테 점심을 먹이고 있을 때 다시 왔고, 티기스트는 야곱을 제대로 보고 악수하고 이런저런 이야기도 나누었다. 따뜻한 행복감이 티기스트 속에 퍼져나갔다. 괜히 웃음이 나왔다. 그때 티기스트는 야곱의 얼굴에서 똑같은 웃음을 봤고, 갑자기 너무 부끄러워서 쥐구멍에라도 들어가고 싶었다.

다행히 살마는 파리다 사모님 심부름을 가고 없었다. 놀려대기 좋아하는 살마가 있었다면 티기스트는 꿀 먹은 벙어리처럼 한 마디도 제대로 못했을 거다. 겉모습과 다르게 티기스트는 야곱이 물어보는 말에 막힘없이 술술 대답했다. 눈을 야스민한테 고정하고 있어서 야곱을 똑바로 쳐다보진 못했지만 말이다.

야곱은 티기스트한테 마모 외에 다른 가족이 없다는 사실에 신

223

경 쓰는 것 같지 않았다. 야곱의 관심사는 오직 티기스트였다. 아와사에 있는 거 좋아? 아와사가 아디스아바바보다 좋아? 저녁에 호수에서 새들이 날아오를 때 호수를 따라 산책한 적 있어? 언덕 꼭대기에 올라가 호수 저쪽에서 해가 지는 장면을 본 적 있어?

야곱의 질문을 듣자 티기스트는 눈앞에 경치가 저절로 그려졌다. 티기스트는 아와사에서 본 게 아무것도 없었다. 그럴 만한 시간도 전혀 없었고, 파리다 사모님이 외출을 허락한다 해도 어디를 가야 하는지도 몰랐다. 그래서 그런 질문에 딱히 할 말이 없었다.

살마는 야곱이 막 가려던 때에 들어왔다. 두 사람이 함께 있는 걸 보자 살마는 큰 소리로 깔깔댔다. 그러더니 야곱과 티기스트를 번갈아 보며 말했다. "와우."

다음날부터 야곱은 매일 왔다. 티기스트는 파리다 사모님이 눈치챌까 봐 걱정됐다. 하지만 야곱은 눈치껏 티기스트를 보러 왔고, 한 번도 사모님에게 들키지 않았다.

한편 파리다 사모님이 남편을 정성껏 간호했지만 병은 이전보다 악화되었다. 결국 2주 후, 하미드 사장님이 세상을 떠났다. 그러자 한 가지 걱정이 생겼다. 사모님이 다시 아디스아바바로 돌아가면 나도 따라가야겠지? 그러면 야곱과는 영영 이별이다…….

파리다 사모님은 장례를 치르는 동안 실의에 빠져 많은 눈물을 흘렸다. 하지만 티기스트는 파리다 사모님이 해방되었다는 걸 알 수 있었다. 하미드 사장님은 너무 오랜 시간을 병으로 누워 있었고, 병들기 전에도 남편 구실을 제대로 한 적이 거의 없었다. 모든 생계를 책임지고 아디스아바바에서 가게를 꾸리며 야스민을 키운 사람은 파리다 사모님이었다.

하미드 사장님을 언덕에 있는 공동묘지에 묻고 나서 1주일이 지났을 때였다. 파리다 사모님은 머리에 수건을 두르면서 단호한 표정으로 말했다.

"티기스트, 이제 아디스아바바로 돌아가자."

"언제요?"

납덩어리가 묶여 있는 것처럼 티기스트의 심장이 곤두박질쳤다. 그런 줄도 모르고 파리다 사모님은 다정한 목소리로 말했다.

"되도록 빨리 가자. 너도 좋지? 너도 아디스아바바에 얼른 돌아가고 싶었을 거야. 이 지루한 곳에서 많이 힘들었지?"

"아뇨. 전 여기가 좋아요." 티기스트는 입술을 깨물며 말했다.

그러자 파리다 사모님이 티기스트 볼을 꼬집었다.

"아디스아바바가 다시 좋아질 거야. 야스민 옷들 좀 빨아놔. 내일 낮에 출발할 거니까."

그날, 매일같이 오던 야곱이 오지 않았다. 티기스트는 애가 타서 대문이 보이는 곳을 서성이며 발소리만 들리면 고개를 돌렸다.

살마는 곁눈질로 티기스트를 살폈다.

"기분이 안 좋구나, 그치? 저렇게 가난하고 나이 많은 야곱 오빠를 좋아하는 사람이 있다는 게 믿을 수 없어. 게다가 고리타분하고 얼굴도 못생겼잖아!"

"뭐? 못생겼다고? 어떻게 그런 말을 할 수 있어? 눈이 얼마나 예쁜데!"

티기스트는 발끈했다. 그러자 살마가 큰 소리로 깔깔댔다.

"야곱 오빠 눈이 예쁘다고? 세상에 살다 살다 이런 말을 다 듣네!"

마지못해 티기스트도 따라 웃었다.

"그래. 그런데 그게 다 무슨 소용이야! 아디스아바바로 돌아가면 다시는 못 볼 텐데 뭐."

"아니야, 그렇지 않을 거야. 사실 야곱 오빠가 굼벵이처럼 답답하긴 해도 진득한 면이 있어. 너한테 푹 빠져 있으니까, 쉽게 널 포기하진 않을 거야."

그 말이 티기스트에게 유일한 위로가 되었다.

티기스트는 아디스아바바로 돌아갈 준비를 하면서도 살마가 한 말을 계속 떠올렸다. 티기스트는 자기 앞날, 야곱이 언젠가 차리게 될 가게, 함께 살 집에 대한 장밋빛 그림을 그려봤다. 둘 사이에서 태어날 아이들의 모습과 이름도 과감히 상상해봤다.

내가 미쳤나 봐. 티기스트는 끊임없이 중얼거렸다. 내가 가고 나면 야곱은 나를 까맣게 잊을 거야. 야곱이 왜 나 같은 여자랑 결혼하겠어? 가진 것 하나 없는 여자인데.

다음날 야곱이 평소보다 일찍 왔다. 얼굴을 찡그리자 마마 자국이 약간 있는 이마에 주름이 잡혔다.

"아디스아바바로 돌아간다며? 어제 달걀장수한테 들었어. 좋겠다."

"오, 아니에요! 난 여기가 좋아요. 정말 가기 싫어요!"

야곱이 미간을 찡그리며 말을 꺼냈다.

"나, 너한테 묻고 싶은 게……."

티기스트의 심장이 쿵쾅거리기 시작했다.

"뭘요?"

"지금은 힘들어. 아직 준비가 안 됐거든. 벌이가 많지 않아. 당신도 알다시피 가게를 차리기 전까지는 힘들 것 같아."

"아, 기다릴게요. 오빠만 괜찮다면요."

티기스트는 야곱의 말뜻을 이해하려고 애썼다.

"정말? 그래줄 수 있겠어?"

야곱이 티기스트 손을 꼬옥 잡았다. 야곱의 손이 떨리는 게 느껴지자 티기스트는 기분이 좋았다. 마음이 편안해지고 자신감이 생겼다.

"그럼요."

그때 집 안에서 파리다 사모님의 목소리가 들렸다.

"티기스트, 지금 뭐 하니? 와서 야스민 좀 데리고 가. 아침 내내 달라붙어서 떨어지질 않는구나."

야곱과 티기스트는 바로 떨어졌다.

"가봐야 해요." 티기스트는 말했다.

야곱이 주머니를 뒤지더니 종이 한 장을 꺼냈다.

"우리 옆집 전화번호야. 나한테 할 말이 있으면 이 번호로 전화해서 메시지를 남겨줘. 버스비가 마련되는 대로 바로 찾아갈게."

티기스트는 종이를 받아서 100비르짜리 지폐라도 되는 것처럼 소중히 접었다.

"티기스트!" 파리다 사모님이 다시 소리쳤다.

"나, 이제 들어가볼게요."

티기스트는 집으로 뛰어들어갔다.

*

시당국에서 검은 미니밴을 보내 가라테를 흰 담요에 싸서 데려간 후, 밀리언의 기분은 종잡을 수가 없었다. 밀리언과 버팔로는 술을 구해서 취할 때까지 마셔댔다. 버팔로는 술만 취하면 몸을 제대로 가누지 못해서 조용히만 있으면 별 문제가 없었다. 하지만 밀리언은 술이 들어가면 갈수록 감정의 기복이 점점 심해졌다. 어느 순간에는 다정하고 믿음직스럽다가도 금세 분노하고 적대적으로 바뀌었다.

아무도 가라테에 대해 말하지 않았다. 사람들이 쓰레기 치우듯 가라테를 데리고 사라지는 모습이 너무 끔찍했기 때문에, 가라테의 죽음은 모두에게 뾰족하고 깊은 구멍을 남겼다. 그 구멍이 채워지려면 꽤 오랜 시간이 걸릴 게 분명했다.

3일째 되는 날 술에서 완전히 깨면서 밀리언과 버팔로는 다시 예전으로 돌아왔다. 그 소란스러웠던 며칠 동안, 마모와 다니는 직접 음식을 구하러 나섰다. 아침 일찍 해가 뜨기 전에 일어나서

최근에 문을 연 식당 뒤쪽에 있는 쓰레기통에서 음식 찌꺼기를 구해 돌아왔다.

아침은 하루 중 가장 즐거운 시간이었다. 막 떠오른 태양에 밤의 냉기를 쫓아내며 아침을 먹었다. 배가 든든해진 데다 원래 상태를 되찾은 밀리언과 버팔로를 보니 기분이 괜찮아졌다.

다니는 밀리언이 다리를 쭉 뻗고 편히 앉을 때까지 기다렸다. 그런 다음 물었다.

"밀리언 대장, 오늘 마모가 볼레 거리에 있는 우리 집에 갔다 와도 돼? 나, 우리 엄마한테…… 무슨 일이 있는지 알고 싶어."

다니는 조마조마하게 대답을 기다렸고, 밀리언이 그냥 고개를 끄덕이자 안도의 숨이 나왔다.

"집 근처까지 같이 가자."

다니는 마모한테 말하며 자리에서 일어섰다. 마모는 다른 일을 한다는 생각에 흥분이 되어 다니를 보고 활짝 웃었다.

"너 혼자 가서 대문을 두드려도 되겠다. 지금은 너네 엄마도 널 못 알아볼 것 같아."

마모의 말에 다니는 자기 몸을 내려다봤다. 마모는 다니가 불안해한다는 걸 알았다.

"바보! 내 말은 그냥 네가 살이 빠졌다는 거야. 그게 다야. 옷도 이젠 새 옷처럼 보이지 않고."

다니와 마모는 인도를 따라 걷기 시작했다. 금세 시내 중심가를 벗어났지만 교외지역에 있는 부자 동네로 가는 길은 끝이 없는 것 같았다. 그렇게 한참을 걷다 보니 주유소가 나타났다. 둘은 바쁘게 일하고 있는 주유소 직원의 눈을 피해 뒤쪽에 있는 수도꼭지에서 물을 훔쳐 마셨다.

큰길가에 차량정비소가 보이자 다니가 말했다.

"여기부턴 더 못 가. 이 주변에 나를 알아보는 사람이 있을 수도 있거든."

다니는 마모한테 가는 방법을 알려주었다. 가다가 과일 노점상이 나오면 거기서 왼쪽으로 돌아 좁은 아스팔트길을 쭉 올라가면 오른쪽 아래에 비포장도로가 나온다. 거기에 신바드 식당을 가리키는 간판이 있고, 오른쪽으로 약간 떨어진 곳에 작은 가게가 있다. 그 가게 뒤쪽의 왼편에 있는 게 다니네 집이다. 담벼락은 하얀색으로 칠해져 있고, 높아서 담벼락 안쪽은 보이지 않고, 철제 대문은 옅은 녹색으로 페인트칠 되어 있다.

마모가 발을 떼자 다니가 갑자기 주저하면서 마모를 붙잡았다.

"내 얘기 하면 안 돼. 다니의 다자도 꺼내지 마. 약속해."

"알았어. 안 할 테니까 걱정 붙들어 매."

"그리고 조그만 여자애가 식모랑 같이 돌아다니면 내 동생일 거야."

"응."

"머리에 분홍색 방울을 달고 있을 거야."

"알았어. 한번 찾아볼게."

"안 돼! 그 주변에서 사람 만나도 쳐다보지 마. 관심 있는 척하지 마. 그리고 집도 너무 자세히 보지 마. 사람들이 의심할 거야. 네구시에 아저씨는 집 주변을 돌면서 항상 낯선 사람이 있는지 없는지 살펴본단 말이야."

다니는 마음이 점점 더 불안해졌다.

마모는 곧 출발했다. 다니 잔소리로부터 벗어나니 마음이 한결 가벼워졌다. 마모는 신기한 듯 주변을 두리번거렸다. 이런 동네는 처음이었다. 과일 가판대 옆, 모퉁이에 몰려 있는 구두닦이들 말고는 개미 한 마리도 없었다.

구두닦이들이 마모를 봤다. 한 녀석이 조롱하듯 소리쳤다.

"1비르만 줍쇼. 그럼 맨발을 깨끗이 닦아드릴게요!"

마모는 구두닦이들을 쏘아보며 대꾸했다.

"1비르만 줍쇼. 얼굴을 박박 닦아드릴게요."

그러자 바나나 껍질이 쌩하고 날아왔다. 마모는 반사적으로 몸을 굽혀 간신히 피했다.

좀 더 걸어가자 다니가 설명한 식당 간판이 보이고 약간 떨어진 곳에 작은 가게가 보였다. 마모는 잠시 망설였다. 둘러댈 말이 딱히 생각나지 않았다. 그냥 무턱대고 가게에 가서, 도로 끝 집에 아픈 아줌마가 있다는데 그 아줌마 소식 좀 알려달라고 할까? 뭐라고 둘러대지?

그냥 작은 가게를 지나쳐 뒤편으로 가니 흰색 담벼락과 널찍한 녹색 대문이 나타났다. 여기야! 다니 집이 틀림없어!

대문이 약간 열려 있었다. 마모는 걷는 속도를 늦추며 대문 안을 힐끔거렸다. 입이 떡 벌어졌다. 그곳은 궁궐이었다! 널찍한 잔디밭 사이로 자갈길이 집까지 이어져 있고 창문이 많은 큰 집 앞에는 나무와 꽃들이 가득했다.

경외심과 놀라움이 한데 뒤섞였다. 도대체 다니는 왜 이런 집에서 가출한 것일까? 정신이 나간 게 분명해.

어디선가 불쑥 카키색 양복을 입은 늙은 남자가 나타났다. 마모는 놀라 뒤로 자빠질 뻔했다.

"너 뭐야? 뭘 보고 있는 거야?"

"아니에요. 전 그냥……."

마모는 말을 더듬으며 뒷걸음쳤다.

"저리 꺼져."

늙은 남자는 날카롭게 소리치고 대문을 쾅 닫았다.

마모는 다시 작은 가게로 천천히 향했다. 작은 창문 사이로 인심 좋아 보이는 여자가 사탕을 가득 진열한 계산대에 몸을 기대고 있었다. 꼬질꼬질한 마모 맨발을 보는 순간 여자의 눈이 싸늘해졌지만, 마모는 애교 있게 웃음을 지었다.

"뭘 찾는 거니?" 여자가 소리쳤다.

"저, 물 한 잔 주시면 안 될까요?"

마모는 예의를 갖춰 말하면서 거지들이 늘 하듯 "예수님 이름으로"라고 덧붙였다.

여자의 눈빛이 부드러워졌다. 마모가 창문가에서 공손한 자세로 기다리는 동안 여자는 계산대 아래에서 물을 꺼냈다. 여자가 물을 주자 마모는 단숨에 들이켰다.

"그런데 넌 여기서 뭐 하니? 처음 보는 앤데."

한 가지 계획이 마모 머릿속에 그려지기 시작했다.

"성 라파엘 교회를 찾고 있어요. 이 주변에 있죠, 그쵸?"

"성 라파엘 교회? 이 주변에 있는 건 성 가브리엘 교회인데. 이 길로 쭉 가서 맨 끝에서 돌아서, 언덕으로 걸어가면 돼."

"아…… 성 가브리엘 교회가 맞나 봐요. 그 아줌마 말을 제가 잘못 알아들었나 봐요." 마모는 고개를 끄덕였다.

"무슨 아줌마?" 여자가 고개를 내밀며 관심을 보였다.

남 얘기 하는 걸 좋아하네 보네. 하긴 이렇게 조용한 곳에선 놀랄 일도 아니지 뭐.

"이 근처에 사는 아줌마였어요. 얼마 전 차를 타고 가시다가 저희 엄마가 아프다니까 저한테 돈을 주셨어요. 정말 친절한 분이었는데, 어디 아프신 것 같았어요. 괜찮으시냐고 했더니 수술하러 먼 나라에 간다고 하시더라구요. 그래서 그 아줌마가 좋아하는 교회에 가서 기도해드리기로 약속했어요."

여자는 마모 말에 완전히 넘어왔다. 갑자기 안됐다는 듯 한숨을 쉬었다.

"아, 위제로 루스 여사인 것 같구나. 참 안됐어."

"위제로 루스! 맞아요. 그분 이름이에요."

"기도해도 소용없어. 어쨌든 이번 생에선 아니야."

여자는 고개를 저었다.

233

마모는 여기 온 중요한 임무가 떠올랐다. 그 순간까지 다니 엄마는 상상 속에만 있었는데 이제 실제 인물이 되었다.

"그럼 돌아가신 건가요?"

여자는 잠시 망설이다가 입을 열었다.

"그 집에 문제가 있는 게 분명해. 그 집에서 일하는 제니라는 식모가 나랑 친하거든. 그런데 주인 양반 얼굴이 요즘 폭풍 전야의 먹구름처럼 아주 어둡다는 거야. 나도 좀 아는데, 그 집 아들이 요 근래 안 보이거든. 게다가 안주인은 수술 받으러 영국 간 지 오래됐고. 참 안됐어. 그런데 어제 무슨 큰일이 일어난 것 같아. 하루 종일 손님들이 왔다 갔다 하더라구. 대부분 장례식에 가는 차림이었어. 뭐 때문에 그러겠어? 빤하지 뭐. 안 그러니?"

"그런 것 같네요."

금속이 철컥하는 소리가 들렸다. 마모는 주변을 둘러봤다. 옅은 녹색 대문이 열리더니 번쩍번쩍 빛나는 검은색 자동차가 문을 빠져나와 마모 쪽을 향해 내려오고 있었다.

마모는 뒤로 물러서서 차가 지나가는 걸 지켜봤다. 중년 남자가 뒷좌석에 앉아 있었다. 흰색 와이셔츠에 검은색 넥타이를 맨 검은색 양복 차림의 그 남자는 잠시 차가운 눈빛으로 마모를 내다봤다.

차는 먼지를 일으키며 마모 옆을 지나갔다.

마모가 얘기하는 동안 다니는 침착하게 가만히 서 있었다. 하지만 정신은 꿈결처럼 한없이 멍해졌다.

잠시 후 다니는 몸을 돌려 빠른 속도로 걷기 시작했다.

"그런데 너네 엄마가 아닐 수도 있어. 가게 주인이 확실하게 아는 건 아니었어. 다른 사람일 수도 있잖아."

뒤에서 따라오며 마모가 외쳤다. 하지만 다니는 대꾸하지 않았다. 마모의 말은 귀에 들어오지 않았다. 항상 두려워해왔던 일, 마음속에서 이미 알고 있었던 일이 사실이 되었다. 엄마가 세상에 없다. 이제 한 가닥의 희망도 남아 있지 않다. 집에는 나를 위해주는 사람이 없다. 절대 돌아갈 수 없다. 남은 인생을 거리에서 살아야 할 운명인 거다.

"다니, 잠깐만! 내가 다시 가볼게. 다른 사람한테 물어볼게. 단정 짓지 마."

마모가 숨을 헐떡이며 따라가는데, 갑자기 다니가 몸을 돌렸다.

"나 혼자 있고 싶어. 나중에 봐."

그렇게 쏘아붙이고 다니는 지나가는 차들을 피해 도로 저편으로 건너갔다. 마모는 그런 다니의 뒷모습을 멍하니 바라봤다.

다니는 뒤돌아보지 않았다. 혼자 있을 수 있는 장소가 필요했다. 몸을 숨기고 세상을 차단하고 생각도 막아버릴 수 있는 벽 틈이나 땅속 구덩이에 꽁꽁 숨어버리고 싶었다.

얼마 후 다니는 그런 장소를 발견했다. 나무 아래 그늘진 모퉁이로, 교회 담벼락 바깥쪽이었다. 다니는 팔로 무릎을 감싼 채 그곳 그늘에 앉아 몇 시간 동안 가만히 있었다.

늦은 오후가 되어서야 다니는 아지트로 돌아왔다. 마모는 다른 애들한테 다니에게 일어난 일을 얘기해줬다. 아이들은 마음 아파하며 혀를 차고 가게 뒤에서 얻어온 과일 조각을 다니에게 줬지만, 다니 마음을 진짜로 이해하지는 못했다. 금방 다른 이야기로 바뀌었다. 아이들 중에는 헌신적이면서 존경스러운 엄마가 있다는 게 어떤 것인지 아는 애가 하나도 없었다. 설사 그런 엄마가 있었더라도 이미 오래전에 엄마를 잃어서 기억 속에서 모두 사라진 상태였다.

그날 저녁 다니는 여전히 넋이 나간 사람처럼 앉아 있었다. 마모가 옆에 가 앉았지만 다니는 전혀 의식하지 못했다.

"저기, 그냥 너네 아빠한테 가보는 게 어때? 그냥 시도해봐. 아빠도 지금 엄청 슬퍼하고 계실 거야. 앞으론 너한테 정말로 잘해주실 거야. 넌 아들이잖아. 안 그래?"

곧 다니 눈앞에 영화의 한 장면이 펼쳐지기 시작했다. 옅은 녹색 철문이 열리고, 눈앞에 아름다운 집이 잔잔하게 펼쳐지고, 메세레트가 제니 누나 곁을 떠나 달려오고, 아빠도 현관문을 열고 걸어온다.

그래, 할 수 있어. 왜 못 해? 할 수 있어!

그런데 아빠 뒤에 또 하나의 형체가 보인다. 파이살이다. 무슨 일이 일어나건 파이살은 아빠 뒤에 서서 나를 지지가로 데려가려고 기다리고 있다. 그리고 아빠 얼굴에 드러난 표정이 가까이 보인다. 분노로 가득 차 있다. 눈은 분노로 이글거리고 입은 일그러져 있다. 아빠 분노에 맞서느니 다른 일을 하는 게 백배 천배 나을 거다. 무슨 짓이든 상관없다. 심지어 이 거지 생활도.

장면이 사라졌다.

그래, 내가 아들인 게 뭐 대수인가? 씁쓸했다. 아빠가 뭐 그런 것에 신경이나 썼나? 난 아빠한테 아무것도 아냐. 아빠는 나를 미워해.

그후 며칠 동안, 다니는 뭔가 달라지고 있다는 사실을 눈치챘다. 모두들 처음엔 다니를 배려해주고 성가시게 물어보지도 않았으며 음식도 평소보다 많이 줬다. 하지만 아이들의 인내심이 차차 바닥나기 시작했다. 이제 버팔로는 다른 애들이 나가서 구걸하는 동안 오후 내내 자리만 차지하고 앉아 있는 다니가 음식을 받을 때면 못마땅하다는 듯 투덜댔고, 게타추는 다른 애들과 속닥거리며 불평을 털어놓았다. 밀리언 역시 얼굴을 잔뜩 찌푸린 채 다니를 쳐다보곤 했다. 자기만의 세계에 살고 있는 슈즈만 신경 쓰지 않는 것 같았다.

마모는 다니를 위해 온 힘을 기울였다. 아이들의 늘어나는 짜증으로부터 다니를 보호해주고, 싸움이 일어나면 항상 다니 편을 들어줬다. 다니는 이제 자기가 짐 덩어리 신세라는 걸 알았다. 구걸을 해야 한다. 구걸을 하지 못하면 여기서 나가야 한다. 하지만 늘 걱정이 앞섰다. 구걸 나갔다가 아는 사람을 만날 수도 있어. 그럼 잡힐 게 뻔해. 그리고 난 아직 구걸하기엔 뚱뚱해. 어쨌든 구걸은 할 수 없어. 진짜로.

어느 날 아침 다니는 다들 구걸하러 나간 동안 자기 손에 맡겨진 수리를 멍하니 보고 있었다. 이제 몰라보게 몸집이 커진 수리는 울퉁불퉁한 땅바닥을 파헤치고 있었다. 수리가 격렬하게 흙을 긁어대자 땅바닥이 조금씩 파이면서 뭔가가 햇빛에 반짝였다. 막대기처럼 길고 끝부분이 파란색이었다. 다니는 벌떡 일어나 가서 그걸 집어 들었다. 볼펜이었다. 흙이 묻어 지저분했지만 잉크가 제법 남아 있었다.

잉크가 나올까?

다니는 재킷 안주머니에서 공책을 꺼냈다. 쓰레기 더미에서 주운 뒤로 다니는 늘 그걸 품고 다녔다. 딱히 다른 이유는 없었다. 이미 잔뜩 구겨져 쭈글쭈글한데도 이상하게 버리기가 싫었다.

다니는 볼펜에 묻은 흙을 닦은 다음 공책에 써봤다. 처음엔 잘 써지지 않았는데 꽉 눌러 휘갈기자 종이에 파란색 원들이 그

238

려졌다.

다니는 자세를 바로잡고 앉았다. 뭔가를 써본 지 너무 오래돼서 글자를 제대로 기억하는지 궁금했다. 다니는 공책 표지에 정성들여 자기 이름 '다니 파울로스'를 썼다. 그리고 자기가 뭘 하는지도 모르는 채로 첫 번째 빈 종이에 '마녀 하이에나'라고 썼다.

가라테가 세상을 떠나기 전 마지막으로 보낸 저녁이 생생하게 기억났다. 마녀 하이에나 이야기를 두 번째로 해줄 때 다니는 아이들을 완전히 갖고 놀았다. 아이들은 다니 말 한 마디 한 마디에 들썩들썩했다. 그날 다니의 인기는 최고였다.

다니는 잠깐 눈을 감고 주변 거리에서 들려오는 소리를 막았다. 그런 다음 쓰기 시작했다.

몇 시간 동안 큼지막하게 휘갈기며 페이지를 채워나갔다. 느낌이 좋았다! 이런 느낌은 정말 오랜만이었다.

거의 끝나갈 때 다른 애들이 돌아왔다. 모두들 피곤하고 짜증나 보였다.

"수리는?" 마모가 물었다.

다니는 멍하니 주위를 둘러봤다.

"1분 전에 여기 있었는데."

정신없이 글을 쓰다 보니 수리를 까맣게 잊고 있었다. 불안해진 마모는 바로 수리를 찾아 이리저리 돌아다니기 시작했다.

몇 분 뒤 버팔로가 조그만 빵 세 개를 가지고 왔다. 밀리언은 빵을 조금씩 잘라서 게타추, 버팔로, 슈즈 순으로 나눠줬다. 그리고 한 조각은 남겨뒀다. 다니는 공책을 덮고 애들 옆에 쭈그려 앉았지만 아무도 다니한테 눈길을 주지 않았다.

다니는 밀리언한테 손을 내밀었다. 하지만 버팔로가 팔꿈치로 세게 미는 바람에 넘어질 뻔했다.

"왜? 너도 먹으려고?"

다니는 입술을 깨물며 뒤로 물러섰다.

그때 마모가 화난 얼굴로 돌아왔다.

"수리가 저 멀리 가 있잖아. 정육점 근처에."

"미안." 다니는 웅얼댔다.

"넌 하루 종일 딱히 하는 일도 없잖아. 그럼 하다못해 수리라도 잘 봐줘야지."

"아무것도 안 한다고? 대단한 일을 하고 계시잖아, 우리 왕자님께서."

게타추가 비꼬듯 말했다. 그러곤 다니 손에 있던 공책을 낚아채 열어보고 얼굴을 찌푸렸다.

"근데 이 지렁이들은 다 뭐냐?"

게타추는 다니가 쓴 글씨를 하나씩 가리키며 천천히 읽었다.

"마녀 하이에나."

"그거 좋아. 재밌는 얘기잖아. 나, 그 얘기 좋아." 슈즈가 천진난만하게 말했다.

"이걸 어따 써먹으려고? 우리가 너 같은 도련님 먹여 살리려고 하루 종일 나가서 구걸하는 줄 알아?"

240

밀리언이 게타추 손에서 공책을 빼앗으며 차갑게 말했다. 그러곤 공책을 높이 들고 반으로 찢으려 했다.

"안 돼! 잠깐만!"

다니 머릿속에 한 가지 아이디어가 떠올랐다. 말도 안 되는 생각이지만 자기가 쓴 이야기를 살리는 방법은 그것뿐이었다. 다니는 울먹거리며 말했다.

"그 이야기를 팔 수도 있어. 그러니깐 내 말은 돈 받고 이야기를 팔아보자는 거야."

공책을 꽉 움켜쥐고 있던 밀리언이 동작을 멈췄다.

"이 따위 얘기를 누가 사?"

"아니야. 할 수 있어. 제발, 밀리언 대장. 한번 해보자."

다니는 긴장한 나머지 신발 속의 발가락들을 오므렸다.

밀리언은 피식 웃더니 다니한테 공책을 던졌다. 다니는 이야기를 쓴 종이를 조심스럽게 뜯었다.

"버팔로, 갔다 와." 밀리언이 말했다.

하지만 버팔로는 다니를 노려볼 뿐 움직일 생각을 하지 않았다. 다니는 눈을 감았다. 버팔로는 보나 마나 일을 망칠 게 뻔하다. 의도적으로 파는 데 실패하고 다니를 조롱할 게 뻔하다. 그러면 상황은 이전보다 악화될 거다.

"나한테 줘. 내가 한번 해볼게." 마모가 말했다.

아직 화가 풀리지 않았는지 마모는 다니 얼굴을 보지도 않고 종이 뭉치를 갖고 사라졌다.

다니는 온 신경이 곤두섰다. 예고도 없이 위기가 들이닥쳤다. 성공이냐, 실패냐. 남느냐, 쫓겨나느냐. 식은땀이 났다.

20분 후 마모가 돌아왔다. 마모는 밀리언한테 돈을 주고 다니를 보며 씨익 웃었다.

"2비르야. 봐봐, 밀리언 대장. 2비르라고."

*

티기스트는 아디스아바바로 돌아온 게 싫었다. 온종일 가게에서 정신없이 일하고 야스민과 놀아주면서도 아와사를 생각했다. 아와사에서는 모든 게 사랑스러웠다. 그곳 사람들은 항상 웃었다. 나무에 핀 꽃들은 더 눈부시고 거리는 더 깨끗하고 공기는 더 맑았다. 티기스트 기억 속의 아와사 시내는 해가 영원히 떠 있는 것처럼 영원히 변하지 않을 금빛으로 빛났다.

아디스아바바에 티기스트를 위해 있는 것은 가게 뒤 쪽방에 깔고 잘 수 있는 매트 한 장뿐이었다. 살마도 없고, 말동무도 없고, 같이 웃을 사람도 없고, 야곱을 아는 사람도 없었다. 아침부터 밤까지 일, 일, 일뿐이었다.

예전과는 가게 상황이 달랐다. 파리다 사모님이 이와사에 머무는 동안 가게를 맡았던 시동생이 계속 가게를 운영했다. 그 시동생은 매일 눈에 불을 켜고 종업원들을 감시하고 트집을 잡았다.

그래도 티기스트는 불행하지 않았다. 매일 밤 매트에 누워 어둠 속을 응시하며 야곱을 생각했다. 야곱과 마지막으로 나눈 대화를 끊임없이 떠올렸다.

야곱은 말했다. "당신도 알다시피 가게를 차리기 전까지는 힘들 것 같아."

결혼이란 말을 직접 꺼내진 않았지만 티기스트는 야곱이 무슨 말을 하려는지 알 수 있었다. 확실히 알 수 있었다.

야곱 옆집 전화번호가 적힌 종이는 너무 많이 만져서 숫자를 거의 알아볼 수 없을 정도였다. 하지만 상관없었다. 티기스트는 이미 수도 없이 봐서 번호를 정확히 기억하고 있었다. 기분이 조금이라도 불안해지거나 외롭다고 느낄 때마다 티기스트는 혼자서 읊조렸다. 그건 마법과도 같았다. 마법처럼 티기스트 마음을 들었다 놨다 했다.

아디스아바바로 돌아온 후 며칠 동안은 눈코 뜰 새 없이 바빠서 마모를 찾아야겠다는 생각을 하지 못했다. 한두 시간 정도 외출 허락이 떨어지자마자 티기스트는 한나 아줌마를 찾아갔다. 한나 아줌마는 티기스트를 반갑게 맞이했다.

"아니, 마모는 보지도 못했고 소식도 못 들었어. 잠깐 들어와. 그동안 어떻게 지냈는지 좀 들어보자."

티기스트는 한나 아줌마와 오후 시간을 즐겁게 보냈다. 그동안 아와사에서 있었던 일을 말하며 웃음꽃을 피웠고, 야곱에 대해 얘기하며 얼굴 붉히기도 했다. 마모는 아예 생각도 나지 않았다. 그런데 가게로 돌아오는 길에 마모가 생각났다.

마모는 대체 어디로 간 걸까? 아무리 생각해도 너무 이상했다. 그렇게 아무 흔적도 없이 사라져버리다니.

티기스트는 마모가 다른 애들과 자주 돌아다녔던 길모퉁이를 찾아갔다. 처음 보는 애들이 그 주변을 돌아다니고 있었다. 아는 얼굴은 하나뿐이었다. 숱이 많은 머리에 톱밥이 묻어 있고, 몸집이 작은 남자애였다. 남자애는 페인트 가게 밖에서 사람들이 나오면 들어가려고 기다리고 있었다.

티기스트는 남자애한테 다가갔다.

"안녕! 너 워쿠지, 맞지?"

워쿠가 갸우뚱대며 티기스트를 쳐다봤다.

"나, 마모 누나야."

"아."

티기스트가 마모를 언급하는 순간 워쿠 눈에 무시하는 빛이 살짝 비쳤다.

"내가 그동안 아와사에 있었거든. 근데 마모랑 연락이 끊겼어. 너 혹시 마모 있는 데 아니?"

"마모 형요? 글쎄요. 얼마 전에 보긴 했는데 어디 있는지는 몰라요. 전 일을 하거든요. 우리 아빠랑 가구공장에서……."

워쿠는 어깨를 으쓱하며 말을 멈췄다. 마치 일을 하게 돼 축하한다는 말을 기대하는 것 같았다.

"우리 아빠가 이제 그런 애들이랑 어울리면 안 된다고 하셨어요. 애들이 그러는데 마모 형은 지금 밀리언 갱에 있대요."

그러면서 턱으로 언덕 아래를 가리켰다.

갱? 티기스트의 눈이 휘둥그레졌다. 마모가 진짜로 깡패가 된
건 아니겠지?

더 이상 얘기하기 귀찮은지 워쿠는 연신 가게 안을 들여다봤다.

"혹시 마모 보면, 누나가 아디스아바바로 돌아왔다고 전해줄
래? 내가 파리다 사모님 댁에 있다고 말이야."

"알았어요. 보면요."

워쿠는 눈치를 보더니 붐비는 가게 안으로 뛰어들어갔다.

티기스트는 파리다 사모님 가게로 천천히 걸어서 돌아왔다. 마
모가 거리에서 거지 생활을 한다! 밑바닥 중에서도 제일 밑바닥!
죄책감이 들었지만, 왜인지는 몰랐다. 마모를 위해 할 수 있는 게
아무것도 없었다.

파리다 사모님 시동생인 모하메드는 티기스트가 돌아왔을 때
가게 문에 서 있었다.

"지금까지 어디서 노닥거리다 이제야 기어들어오는 거야?"

"예전에 알던 옆집 아줌마네 좀 갔다 왔어요. 사모님이 허락해
주셨어요."

"얼른 들어가 바닥이나 쓸어."

모하메드가 가게 문을 막고 있어서 티기스트는 간신히 가게 안
으로 들어갔다. 모하메드랑 닿지 않도록 몸을 최대한 움츠렸다.
모하메드는 말을 거칠게 하는 편이지만, 티기스트를 볼 때마다
우스꽝스러운 표정을 지으며 웃기려고 노력했다. 그리고 한시도

티기스트한테서 눈을 떼지 않았다. 티기스트는 조심해야 했다.

빗자루를 가져와 바닥을 쓸면서 티기스트는 한숨을 쉬었다. 이곳에서의 모든 것은 복잡하기만 했다. 다시 아와사로 갈 수 있다면 좋을 텐데.

*

게타추는 시내 중심가로 가는 길에 우연히 워쿠를 만났다. 그 사실을 깜빡하고 있다가 다음날 교회로 구걸하러 가면서 마모한테 말했다.

"아, 맞다! 나 어제 워쿠를 만났어. 걔가 그러는데 너네 누나를 봤대. 아와사에 있다가 얼마 전에 아디스아바바로 돌아왔대."

"티기스트 누나가?" 마모는 깜짝 놀라 물었다.

"누구네 가게에서 일한다고 했는데, 가게 이름은 말 안 해줬어."

"아마 파리다 사모님 댁일 거야."

마모는 누나를 거의 잊고 있었다. 무책임하게 동생을 버리고 자기 혼자 살겠다고 아와사로 떠났다는 생각에 마음속에서 누나를 지워버린 지 오래였다. 하지만 누나가 아디스아바바에 있다는 소식을 들으니 가슴이 두근거렸다.

"너 먼저 가. 나중에 보자."

마모는 즉시 도롯가를 따라 출발했다. 사람과 당나귀와 자전거 사이를 화살처럼 달려 어느새 가게 근처에 이르렀고, 그제야 마모는 속도를 늦추기 시작했다.

마지막 모퉁이를 돌자, 작업복을 입은 절름발이 남자애가 가게 밖 과일 진열대에 기대서 있는 게 보였다. 심장이 빠르게 요동쳤다. 마모는 천천히 길을 건넜다.

작업복을 입은 남자애는 여전히 과일 진열대에 기대서 있었다.

"뭐? 왜?" 남자애가 퉁명스럽게 말했다.

"여기 티기스트 누나 있나요? 누나가 다시 왔다는 말을 들었거든요."

지난번에 화내며 내쫓은 남자가 자기 목소리를 듣고 쫓아 나올까 봐 마모는 최대한 작은 소리로 말했다.

"안에." 남자애가 가게 안을 가리키며 말했다.

하지만 마모는 가만히 있었다. 들어갈 용기가 나지 않았다. 가게는 매우 세련되고 깨끗해 보였다.

그런 마모의 마음을 읽었는지 남자애가 가게 안에다 대고 외쳤다.

"티기스트! 누가 찾아왔어."

곧바로 티기스트가 기대감에 가득 찬 얼굴로 달려 나왔다. 누더기를 걸친 마모를 보고 잠시 실망하는 것처럼 보였지만, 자기 동생임을 알아보자 놀라움을 감추지 못했다.

"마모!"

티기스트는 재빨리 어깨 너머를 살펴본 후, 마모 팔을 잡고 가게 옆으로 끌어당겼다. 둘은 서로를 마주보며 섰다.

"어떻게 지냈어? 대체 어디 있었던 거야?"

티기스트 목소리엔 마모가 너무 잘 알고 있는 때 묻지 않은 사랑이 가득했다. 하지만 마모의 마음속엔 기쁨보다 원망이 더 컸다.

"내가 어디 있었냐고? 그래, 어디 있었는지 말해줄게."

마모는 티기스트한테 그동안 있었던 일을 생각나는 대로 말했다. 자기도 모르게 눈물이 계속 나왔다. 쏟아지는 눈물을 참고 소매로 콧물을 닦느라 말이 자주 끊겼다. 자기가 겪은 외로움, 공포, 절망이 어느 정도였는지 누나는 절반도 이해하지 못할 거란 생각이 들었다.

"난 네가 어디 갔는지 알 길이 없었어. 내가 할 수 있는 일도 없었고." 티기스트가 변명조로 말했다.

둘은 한동안 서로를 응시하며 무력함과 거리감을 느꼈다.

"워쿠가 그러던데, 너 지금 깡패들이랑 같이 있다며?"

티기스트가 힘겹게 입을 열었다.

티기스트의 탐탁지 않은 말투에 마모는 발끈했다.

"깡패 아니야. 그냥 친구들이야. 우린 서로를 보살펴줘."

"잘 곳은 있어?"

마모는 잠시 머뭇거렸다. 솔직히 말할 수가 없었다.

"응."

"그런데 일하는 건 아니잖아. 생활은 어떻게 하는 거야?"

"그럭저럭."

248

"나 돈 있어. 그동안 조금씩 모았어. 필요하면 조금 줄게."

자존심과 수치심에 마모는 발끈했다.

"말했잖아! 나 괜찮다고."

그때 야채를 담당하는 남자애가 가게 모퉁이에서 머리를 불쑥 내밀었다.

"티기스트, 찾고 있어. 파리다 사모님이."

"나, 가봐야 해."

티기스트는 몸을 앞으로 숙여 마모를 가볍게 안았다.

"마모, 널 봐서 정말 놀랐어. 너무 기뻐. 진짜 걱정했거든. 다신 말없이 사라지지 마. 내가 널 만나려면 어디로 가야 하니?"

"안 돼. 난 이 근처에서 잘 지내니까 내 걱정 하지 마. 다시 올 게. 약속해."

16

마모가 다니의 이야기를 판 이후로 아이들 사이에서 다니의 위치가 달라졌다. 밀리언은 새로운 아이디어의 가능성을 바로 알아봤다. 다음날 아침 다른 애들이 평소처럼 쓰레기를 뒤지고 구걸하러 나갔을 때 밀리언은 같이 가지 않았다. 다니 옆을 지키며 수리를 돌봐주는 한편, 다니 어깨 너머로 공책을 엿보며 얼마나 썼는지 확인하거나 이야기가 잘 되어가냐고 격려했다. 밀리언의 관심 때문에 집중이 잘 안 됐지만, 다니는 소심해서 밀리언한테 조용히 떨어져 있어달라고 말할 수가 없었다.

마모는 이야기를 판다는 아이디어의 성공이 다니만큼이나 기뻤다. 마치 발달이 더디다가 어느 날 갑자기 걸음마하기 시작한 아이의 부모가 된 기분이었다. 둘 사이에 존재하는 기묘한 우정은 예상치 못하게 새롭고 깊어졌다.

다니가 매일 바쁘게 써낸 이야기를 파는 일은 마모 삶의 유일한 활력소였다. 티기스트를 만나고 난 뒤, 마모는 끔찍한 절망의 구렁텅이에 빠진 것 같았다. 마모의 마음 한구석엔 누나를 다시 찾기만 하면 언제든지 옛날로 돌아갈 수 있다는 희망이 있었다. 누나가 새 보금자리를 만들고 돌봐줄 거라는 기대가 있었다. 하지만 둘 사이에 존재했던 모든 것이 달라졌다는 걸 마모는 그제야 깨달았다. 지금 티기스트에겐 티기스트만의 인생이 있었다. 마모가 들어갈 공간이 전혀 없었다.

다니의 이야기를 파는 일은 마모의 기운을 북돋아줬다. 다른 애들은 그걸 잘하지 못했다. 무턱대고 아무 사람에게나 가서 이야기를 사라고 재촉했고 금방 포기했다. 하지만 마모 생각에 이야기를 사고 싶어 하는 사람은 정해져 있었다. 즉 이야기를 팔려면 이야기를 살 만한 사람을 직접 찾아야 했다.

마모는 곧 이야기를 팔려면 대학교로 가야 한다는 걸 깨달았다. 대학교에 있는 사람들은 글을 많이 읽으니까. 마모의 예상은 적중했다. 시간이 꽤 걸리긴 했지만 어쨌든 매일 두 개쯤은 팔았다.

아침이면 마모는 다니가 쓴 종이 뭉치를 손에 쥐고 시디스트 킬로에 있는 대학교로 향했다. 마모가 대학교 정문 밖에서 종이를 흔들고 있으면, 교직원이나 교수들이 가끔씩 멈춰 섰다. 그들은 몇 줄 읽고 마음에 들면 돈을 지불하고 조용한 정원에 들어가 앉아 이야기를 읽으며 빙그레 웃었다.

이야기가 팔릴 때마다 마모의 자존감은 한 단계씩 높아졌다. 언젠가는 판매원이 될 수 있다는, 그러니까 깔끔하고 작은 상자에 껌, 휴지, 담배를 넣고 팔 수 있다는 꿈을 꾸게 되었다. 그렇게 돈을 조금씩 모으면 생활이 점점 나아질 거다. 그리고…….

그런데 그 꿈은 아지트로 돌아와 밀리언의 손에 돈을 놓을 때마다 사라졌다. 마모는 그냥 거지 패거리의 일원일 뿐이었다. 어떻게 해야 혼자 힘으로 새로 시작할 수 있을까?

며칠 동안 대학교 정문 앞에서 이야기를 팔다가 마모는 다른 곳에서도 팔아보기로 했다. 경비원들이 마모만 보면 소리 지르며 쫓아내려고 했기 때문이다.

마모는 대학교 정문에서 벗어나 천천히 걸어갔다. 대학교에 있는 사람들만 이야기를 좋아하는 건 아니다. 부잣집 아이들이 다니는 중·고등학교도 있다. 대학교수보다야 가난하겠지만 교사들도 충분히 고객이 될 수 있다. 그래! 가까운 곳에 있는 남자중학교가 생각났다. 좀 있으면 수업을 마친 학생들과 교사들이 학교 정문 밖으로 마구 쏟아져 나올 거다.

마모는 빠른 속도로 도로를 걸어갔다. 학교에 도착하니 마침 감청색 교복을 입은 남학생들이 줄지어 교문 밖으로 나오고 있었다. 밝게 웃으며 장난치는 학생들로 엄청나게 시끌벅적했다.

재들 좀 봐.

마모는 고개를 저었다. 다니도 재들 중 하나였는데 저 자리를 버렸다. 집에 있는 게 정말로 끔찍해서 다니는 그런 선택을 할 수밖에 없었다.

맞아, 정말 바보 같은 녀석이야. 하지만 적어도 재들처럼 약하진 않잖아. 잘 지내고 있잖아.

그때 한 무리의 교사들이 밖으로 나오는 게 보였다. 마모는 당장 달려가서 판매원들이 말하듯이 속사포로 떠들어댔다.

"이야기예요. 보세요. 정말 재미있어요. 왕이랑 여자 거지가 나와요. 끝에 가면 정말 대박 반전이에요. 보세요. 진짜 재밌어요. 성모 마리아 이름으로 도와주세요. 오늘 한 끼도 못 먹었어요. 엄마도 아빠도 모두 돌아가셨어요. 예수님 이름으로 제발……."

하지만 거지 구걸에 솔깃해하는 사람은 아무도 없었다. 교사들은 마모를 완전히 무시하고 지나갔다.

홍수처럼 넘쳐 나오던 교사들과 학생들이 이제 띄엄띄엄 나오고 있었다. 마모는 교사를 볼 때마다 달려가서 반응도 하지 않는 코앞에 종이 뭉치를 갖다 대고 떠들어댔다. 하지만 소용없었다.

학교 경비원이 육중한 교문을 덜컹대며 닫기 시작했다. 마모가 포기하고 돌아서려 하는데 교사 한 명이 마지막으로 나왔다. 작은 체구에 옷차림이 엉망이었다. 넥타이가 칼라 밖으로 삐져나왔고 셔츠 단추가 불룩 튀어나온 배에 꽉 조였다.

교사는 도로로 걸어가더니 택시를 잡으려고 손을 흔들었다.

"정말 재밌는 이야기예요. 보세요."

교사는 저리 가라고 손을 저었지만 마모는 포기하지 않았다.

"진짜 재밌어요. 왕이랑 여자 거지가 나와요. 대박 재밌다니깐요. 3비르만 주세요."

교사가 피식 웃었다.

"3비르? 미쳤냐? 날 뭘로 보는 거야?"

"알았어요. 2비르요."

마모는 왠지 느낌이 좋았다.

교사가 흔드는 손을 보고 택시가 다가왔다.

"1비르 50요." 마모는 절박하게 말했다.

교사는 주머니에 손을 넣더니 1비르짜리 지폐와 동전 몇 개를 꺼내 마모 손에 놓았다.

"문학적 노력에 기업가답게 접근하는데 격려받을 만하지."

그러곤 종이 뭉치를 들고 택시에 올라탔다.

마모는 돈을 셌다. 1비르 80센트였다. 기분이 좋아진 마모는 돈을 주머니에 넣고 언덕을 내려갔다. 아직 시간이 남았으니 근처에 있는 음반가게에 들러서 음악이나 들을 생각이었다.

그 조그만 음반가게에 다가가자 마음이 들떴다. 밥 말리! 가장 좋아하는 밥 말리(레게 음악을 대표하는 자메이카 출신 음악가:옮긴이) 노래가 흘러나오고 있었다!

마모는 크게 소리 내며 웃었다. 이 노래가 너무 좋았다. 다니가 가사 뜻을 말해줘서 더욱 좋아졌다.

마모는 익숙하지 않은 영어 단어를 따라 부르려고 애쓰며 작은 소리로 한 줄씩 읊조렸다. 그런데 가장 좋아하는 후렴구가 나오자 마모의 목소리가 절로 커졌다. 몇 달 전 탁 트인 벌판에서 하이루와 요하네스 앞에서 그랬던 것처럼 마모는 눈을 감은 채 머리를 들고 멋들어지게 열창했다.

"위 아 더 서바이버즈! 더 블랙 서바이버즈!"

후렴구가 끝났다. 눈을 떠보니 가게 주인이 웃으며 마모를 보고 있었다.

"누군가 했네. 너, 목소리 정말 좋구나. 아주 좋아."

마모는 얼굴이 상기되어 함박웃음을 지으며 걷기 시작했다.

노래도 내가 할 수 있는 것일까? 내 노래를 듣고 돈을 지불하는 사람이 있을까?

머리는 희망으로 가득 찼고, 주머니는 다니 이야기를 팔아서 번 돈으로 두둑했다. 마모는 오랜만에 너무 행복했다.

*

다니의 국어교사, 메스핀은 택시 뒷좌석에 앉아 종이 뭉치에 쓰인 글씨를 유심히 들여다봤다.

이건 내가 아는 글씨체인데. 음, 다니 파울로스 글씨야. 대체 이게 왜 그 거지 손에 있는 거지?

택시가 경적을 울리며 복잡한 교차로를 지나는 동안 메스핀은 창밖을 그저 멍하니 응시했다. 다니가 학교에 나오지 않은 지 꽤 됐다. 교장선생님 말에 따르면 다니 아빠가 다니를 자퇴시키고 지지가에 보냈다고 하는데, 사실 말도 안 되는 소리였다.

말도 안 돼. 지지가라니! 정신이 제대로 박힌 어떤 부모가 자식을 거기에 보내겠어?

다니가 몹시 보고 싶었다. 진정한 재능을 우연히 만나 그 재능이 커가는 걸 지켜볼 수 있는 행운은 쉽게 오지 않는다. 어린 다니 파울로스가 바로 그런 재능의 소유자였다.

가서 다니 아빠를 직접 만나는 게 좋겠어.

모든 상황이 뭔가 석연치 않았다. 뭔가 잘못되어가고 있었다.

한참을 고민한 끝에 메스핀은 파울로스를 찾아가기로 결정했다. 파울로스는 포악하고 불같은 성격의 소유자로, 아디스아바바에서 무자비한 방법으로 사업을 확장한 것으로 유명했다. 그러니 행색이 초라하고 늙은 교사의 방문을 반길 리 만무했다. 하지만 메스핀은 어린 제자를 위해 용기를 냈다.

볼레 거리에 도착했을 때, 날은 이미 어두워진 뒤였다. 크게 심호흡을 하고 대문을 두드리자 문이 바로 열렸다.

"무슨 일이쇼?"

차가운 밤공기 때문에 두꺼운 샴마를 머리와 어깨에 두른 경비원이 경계하는 눈빛으로 메스핀을 쳐다봤다.

"파울로스 씨를 보러 왔습니다."

메스핀은 위엄 있게 보이려고 애썼다.

"약속하고 온 거요?"

"아닙니다. 그런데……."

"그럼 안 될 거요. 이런 시간에 찾아오는 사람은 없으니까."

네구시에는 대문을 닫았다.

"잠깐만요! 가서 아드님 문제로 왔다고 전해주세요."

256

메스핀이 문에 대고 소리치자 문이 다시 조금 열렸다. 늙은 네구시에는 주위를 두리번거리더니 메스핀을 보고 말했다.

"여기서 기다려보슈."

네구시에는 발을 절뚝이며 히 빛나는 현관문으로 걸어갔다.

잠시 후 현관문이 열리고 파울로스가 뛰어서 계단을 내려왔다.

"댁은 누구시오? 어서 들어와요. 당신이 다니에 관한 소식을 갖고 왔다고 했소?"

파울로스의 얼굴은 초췌했고, 항상 날카롭고 예리하게 빛나던 눈은 거의 애원하는 듯이 보였다. 그 바람에 메스핀은 준비해 온 말을 잊었다. 예감이 맞았다. 뭔가 있다. 끔찍한 일이 일어난 게 분명하다. 파울로스는 꼭 고문당한 사람처럼 보였다.

"글쎄요, 이걸 안다고 해야 할지 모른다고 해야 할지 잘 모르겠습니다. 보시다시피 이건 종이에 쓰인 이야기일 뿐입니다. 그런데 글씨가 다니 글씨인 걸 알고 깜짝 놀랐습니다. 이것 좀 보셔야 할 것 같습니다."

"이야기라뇨? 다니 글씨라고요? 어서 안으로 들어와서 말씀 좀 해주세요."

메스핀은 파울로스를 따라 응접실로 들어가서 정교하게 도금된 의자에 앉았다. 그런 다음 파울로스에게 종이 뭉치를 건넸다.

종이 뭉치를 받아 든 파울로스의 손이 떨리기 시작했다.

"이거 어디서 났습니까?"

"학교 밖에서 서성이던 거지 애한테서 샀습니다. 아, 저는 다니의 국어 선생이었던 메스핀이라고 합니다."

"알아요. 선생님을 기억합니다."

파울로스는 손에 쥔 종이 뭉치에서 눈을 떼지 못했다.

"무슨 일입니까? 다니가 없어진 게 맞죠? 혹시 가출했나요?"

"그렇습니다. 몇 주일 전에요. 온갖 수단과 방법을 이용해 찾았지만, 그림자도 못 찾았습니다."

"그럼 지지가에 보내신 게 아니었나요?"

"네. 그건 얘기가 깁니다. 차 한 잔 하시겠습니까?"

파울로스는 오랜 시간 동안 이야기했다. 두 달 전의 파울로스라면 이런 주름투성이 교사와 퉁명스러운 인사 외엔 절대 말을 섞는 일이 없었으리라. 하지만 파울로스는 빠짐없이 털어놓았다. 다니에 대한 분노, 아내의 응석받이를 되돌려놓으려는 노력, 파이살과 지지가에 대한 계획, 자신이 아들을 가출하게 만들었다는 끔찍한 깨달음, 다니 안전에 대한 두려움까지 모조리 털어놓았다.

메스핀은 중간에 끼어들지 않고 가만히 귀 기울여 들었다. 한편으로는 안타까움에 한숨을 쉬었다.

"그럼 선생님께서는 다니가 지금 거리 생활을 하고 있다고 생각하시는 건가요?"

메스핀은 조용히 고개를 끄덕였다.

"도대체 뭘 해야 할지 모르겠습니다! 이걸 보면 다니가 아직 살아 있는 게 분명해요. 선생님께 얼마나 감사한지 모릅니다. 문제는 말입니다, 제가 뭘 해야 하는 거죠?"

메스핀은 자리에서 일어섰다.

"당연히 다니를 찾으러 가셔야죠."

"어디서요? 어떻게요?"

파울로스는 이상할 정도로 무기력해 보였다.

메스핀은 현관문을 향해 걸어가면서 말했다.

"제가 알려드리죠. 차 있으시죠?"

파울로스는 퇴근길에 차를 타고 아디스아바바의 밤거리를 지나면서 추위를 피하려고 낡은 담요로 몸을 감싼 채 텅 빈 인도를 어슬렁대는 사람들을 많이 봤다. 하지만 만나본 적은 전혀 없었다.

시내 중심가에 도착하기 전, 메스핀은 파울로스에게 식당 앞에 차를 세우라고 한 다음 내려서 인제라 몇 장과 과일을 샀다.

"자는 사람들을 깨워서 뭔가를 물어보려면 사례를 해주는 게 좋아요."

메스핀은 파울로스가 자고 있는 거지들을 보고 급히 다가가 흔들어 깨우며 아들 소식을 알려달라고 할까 봐 걱정되었다. 하지만 놀랍게도 파울로스는 이성을 잃지 않고 메스핀이 하라는 대로 했다.

두 사람은 자고 있는 거지들에게 조용히 다가갔다. 메스핀은 헛기침을 해서 거지들을 깨운 뒤 음식을 줬다. 때때로 거지들이 메스핀을 알아보고는 이름을 부르며 반갑게 인사하기도 했다.

거지 무리를 찾아 옮겨 다니는 횟수가 늘어날수록 파울로스는 점점 더 말이 없어졌다.

"선생님은 예전에 이런 일을 해보셨군요. 맞습니까? 아는 사람이 좀 있는 걸 보니."

일곱 번째 거지 무리를 만난 직후 파울로스가 물었다.

메스핀은 고개를 끄덕였다.

"집사람이 세상을 떠난 후부터였죠. 글쎄요. 어쨌든 신은 항상 내 삶을 축복해주셨어요. 신의 은총이 없었다면 아마 내가 저 사람들 편에서 생각하는 일은 없었을 겁니다."

파울로스는 아무 말이 없었다.

차로 돌아가려는데, 아까 물어봤던 남자들 중 한 명이 외쳤다.

"메스핀 씨!"

메스핀은 그 남자에게 다가갔고, 파울로스는 메스핀이 쭈그리고 앉아 그 남자와 얘기하는 걸 지켜봤다.

잠시 후 메스핀이 돌아왔다.

"뭐라고 합니까?"

메스핀은 얼굴을 찌푸렸다.

"누가 다리를 찾는지 알고 싶다네요. 그리고 원하는게 뭔지도요."

"그 사람은 뭔가를 알고 있군요!"

파울로스는 벌써 거지들을 향해 저만큼 가고 있었다. 메스핀은 급히 파울로스 소매를 잡았다.

"안 돼요! 알고 있어도 말해주지 않을 겁니다. 다니를 감출 겁니다. 다니가 가고 싶지 않다고 하면."

"감추다뇨? 허, 참!"

순간 파울로스의 예전 모습이 나오고 있었다.

"돈을 주겠다고 하면 바로 불 겁니다. 가서 전해주세요. 사례는 톡톡히 하겠다고요."

"그럴 수 있습니다. 그런데……."

메스핀은 난처한 표정을 지었다.

"그런데 뭡니까?"

파울로스가 소리를 빽 질렀다.

"그게 아버님이 다니를 찾는 방법인가요? 다니를 속여서요? 그러면 다니가 돌아오고 싶어 할까요?"

메스핀은 조심스럽게 말했다.

"그럼요. 집에 오고 싶어 하죠! 이렇게 살고 싶은 사람이 세상에 어디 있습니까? 이 애비가 널 용서하고 기회를 한 번 더 주겠다고, 지지가로 보내지 않겠다고 설명하면 되잖아요."

그렇게 말하고 파울로스는 입을 닫았다. 축 처진 어깨를 보니 자기가 한 말을 믿을 수 없는 듯했다.

"글쎄요, 그게 그렇게 간단히 해결될 일인지 잘 모르겠습니다. 갑자기 다니가 상당히 뛰어난 학생이라는 생각이 드는군요. 아버님이나 제가 예상했던 것보다 훨씬 힘들 것 같습니다."

17

티기스트는 불안해지기 시작했다. 아디스아바바에 돌아온 지 벌써 몇 주가 지났는데도 야곱에게서 아무 소식이 없었다. 편지 같은 것을 기대한 건 아니었다.(야곱은 티기스트가 글을 못 읽는다는 걸 알고 있었다.) 하지만 아와사에서 오는 사람을 통해 소식을 들을 수 있을 줄 알았다. 간단한 안부 인사라도 전해 들을 줄 알았다.

그럴 리 없어. 야곱 오빠는 나를 사랑해. 나도 알아. 야곱 오빠가 말한 대로 언젠가 우린 결혼할 거야.

하지만 티기스트는 야곱이 자기를 잊고 다른 여자를 만날까 봐, 얼굴도 더 예쁘고 똑똑한 다른 여자를 만날까 봐 불안했다.

여자들이 오빠를 가만두지 않을 거야. 오빠한테 의지하려고 하면 안 돼. 난 혼자서 살아가야 할지도 몰라.

가게 일은 점점 더 힘들어졌다. 파리다 사모님은 가게를 시동생에게 전적으로 맡기고 야스민을 돌보는 데만 신경 썼다. 티기스트는 파리다 사모님에게 기대하지 말아야 한다는 사실을 일찌감치 깨달았다. 파리다 사모님은 기분이 좋으면 아주 좋지만, 머리가 복잡해지면 신경질적으로 변했다.

일주일인가 이주일 전에 마모가 가게에 왔다 간 이후로 파리다 사모님은 다시 티기스트를 쌀쌀맞게 대하기 시작했다. 마모가 왔다 간 사실을 시동생이 사모님에게 고자질했기 때문이다.

"가게 주변에 그런 거지들이 돌아다니게 놔두지 마. 손님만 떨어져."

파리다 사모님의 잔소리에 티기스트는 순간 울컥했다.

"하지만 걔는 제 동생이에요!"

"어디서 말대꾸야? 그래, 어디 계속 해봐. 이봐요, 아가씨. 주제 파악 좀 하시지. 아가씨 아니더라도 여기서 일하고 싶은 애들이 줄을 섰네요."

"죄송해요, 사모님. 잘못했어요."

결국 티기스트는 싹싹 빌었다.

티기스트가 잘 알듯이 진짜 문제는 파리다 사모님이 아니었다. 바로 끔찍한 시동생이었다. 티기스트는 시동생이 싫었다. 가까이 하지 않으려고 했지만 시동생은 티기스트를 항상 따라다녔다. 티기스트가 아주 사소한 실수라도 하면 놀려대고 못살게 굴면서도 티기스트가 혼자 있으면 슬그머니 다가와서 키스하려고 했다.

파리다 사모님도 한두 번 자기 시동생의 그런 행동을 목격했다. 하지만 파리다 사모님은 다 티기스트 탓이라고 생각하는 게 분명했다. 자기는 시동생을 유혹한 적이 없다고 변명해도 파리다 사모님은 차갑게 내뱉을 뿐이었다.

"네가 어떻게 사느냐는 너한테 달렸어. 네 엄마처럼 살아서는 안 된다는 말이야."

그날 밤 티기스트는 잠들지 못하고 좁고 딱딱한 매트에서 몸을 뒤척였다.

정말 불공평해. 야곱 오빠는 왜 약속한 대로 오지 않는 거지? 과연 다시 볼 수나 있을까? 아니야, 그렇지 않아. 몇 밤만 자고 나면 야곱 오빠가 날 찾아올 거야.

이따금 야곱이 이미 자기를 잊어버렸을지도 모른다는 생각에 괴롭기도 했지만 그럴수록 티기스트는 용기가 났다.

그래, 까짓것 한번 해보지 뭐. 내일 아침에 전화해보자. 야곱 오빠가 그랬어. 필요하면 언제든지 전화하라고.

티기스트는 마법의 전화번호를 중얼거리면서 잠이 들었다.

다음날 티기스트는 잠에서 깨자마자 동전 몇 개를 챙겨서 가게 사람들 몰래 길모퉁이에 있는 공중전화로 달려갔다. 전화를 한두 번밖에 사용해보지 않아서 좀 헤맸지만, 마침내 떨리는 손으로 번호를 누르고 귀에 수화기를 댔다.

"여보세요?"

낯선 목소리가 받았다. 남자 목소리인지 여자 목소리인지조차 구분할 수 없었다.

"야곱 오빠 있나요?"

"여보세요?" 낯선 목소리가 다시 물었다.

"야곱요! 야곱 좀 바꿔주세요."

"야곱은 여기 없어요."

"아, 야곱은 옆집 사람이에요. 거기 옆집에 사는 사람요."

전화 받은 사람이 잘못 알아들은 것 같아서 티기스트는 천천히, 분명하게 말했다.

"말했잖아요. 야곱은 이제 여기 없어요. 멀리 갔어요."

순간 망치로 머리를 얻어맞은 듯했다.

"그럼 어디 있나요?"

"저번 주에 아디스아바바로 갔어요. 여보세요?"

머릿속 하얘졌다. 수화기 저편의 목소리가 들리지 않았다.

야곱이 나를 잊었구나. 일주일 전 아디스아바바에 왔는데도 나를 만나러 오지 않았어! 나한테 한 말이 모두 거짓말이었구나.

티기스트는 수화기를 내려놓고 가게를 향해 천천히 걷기 시작했다. 울퉁불퉁한 포석에 걸려 넘어지고 자기가 어디로 가는지도 모르는 채로 걸었다. 세상이 무너져내린 것 같았다.

이제 어떻게 하지? 가게에 계속 있다간 결국 저 끔찍한 놈 꼬임에 넘어갈 거야. 그런데 일을 그만두면 갈 데가 없잖아. 그럼 나도 마모처럼 거리에서 살겠지. 아니면 엄마가 했던 일을 하든지.

티기스트는 걸음을 멈추고 길 한가운데에 가만히 서 있었다. 서둘러 일터로 향하는 사람들이 티기스트 옆을 계속 지나갔다.

"티기스트! 찾았어! 이제야 찾았네!"

티기스트는 고개를 들었다. 순간 깜짝 놀랐다. 야곱이었다! 야곱이 바로 눈앞에서 서서 자기를 내려다보고 있었다.

꿈을 꾸고 있다고 생각했는데, 아니었다.

"아, 아."

뭐라고 말하기도 전에 눈물부터 터졌다.

야곱의 부축을 받으며 티기스트는 간신히 걸음을 옮겼다. 잠시 후 두 사람은 찻집 모퉁이에 앉았고 야곱은 차를 주문했다.

"일에 늦을 거예요."

말은 그렇게 했지만 그 순간만큼은 가게에서 잘려도 상관없었다.

"나 보고 싶었어? 내 생각 했어?" 야곱이 말했다.

"늘. 매일매일."

"나도. 기다렸는데 전화가 안 오더라구."

"했어요! 방금 전에. 오빠가 저번 주에 아디스아바바로 갔다고 했어요."

티기스트는 약간 원망스러운 투로 말했다.

야곱은 웃었다.

"일이 잘되고 있는지 먼저 알아보느라 시간이 좀 걸렸어. 그러고서 가게마다 돌아다니며 널 찾았는데, 파리다 사모님 가게를 아는 사람이 없더라구. 어쨌든 나의 귀여운 티기스트, 널 다시 만나서 너무 행복해!"

야곱이 '나의 귀여운 티기스트'라고 하니 너무 부끄러워서 티기스트는 야곱이 무슨 말을 하는지 들리지 않았다.

266

"사촌형이랑 지내고 있어. 사촌형이 데브레 자이트 거리에서 건축자재 가게를 하는데, 수도꼭지나 배관 재료처럼 현대식 집을 짓는 데 필요한 자재들을 팔아. 내가 와서 전기 부분을 맡아줬으면 하더라구. 그래서 가게가 어떤지 보고 일에 대해 의논하려고 왔어. 근데 정말 좋아. 모든 게 갖춰져 있어. 그 자리에서 바로 한다고 했지! 무슨 말인지 알겠어? 모든 일이 계획대로 잘 풀리면 일 이 년 후엔 결혼할 수 있어! 우리만의 가게도 갖고! 근데 왜 아무 말이 없어? 이젠 나랑 결혼하기 싫어?"

"아녜요. 하고 싶어요! 오빠가 정말정말 필요해요! 아, 그런데⋯⋯."

뜨거운 유리잔을 움켜잡았지만 별 감각이 없었다. 일이 년을 더 기다려야 한다니⋯⋯. 티기스트는 결국 가게 생활과 파리다 사모님의 시동생에 대해 털어놓았다.

"그리고 동생은, 다시 만나긴 했는데⋯⋯."

티기스트는 더 이상 말할 수 없었다. 남동생이 길에서 거지들과 생활하는 걸 야곱이 알면 자기한테 정떨어질 것 같아서였다.

하지만 야곱의 관심사는 마모가 아니었다.

"시동생이란 놈이 너한테 자꾸 집적댄다고?"

화가 나 이를 악물자 야곱의 턱 근육이 팽팽해졌다.

"아뇨. 대놓고 그러는 건 아닌데⋯⋯"

티기스트는 시동생이 키스하려고 했다는 말만은 도저히 할 수가 없었다.

"앞에서 알짱거리고, 치근대고, 바라보는 눈빛이……."

"그 자식 한 번만 더 그러면, 이빨을 모조리 부러뜨려주겠어."

티기스트는 한없이 자상한 야곱이 이렇게 화를 낼 거라곤 생각하지 못했다.

야곱은 어깨를 으쓱 추켜올렸다.

"너 혼자 있으면 그놈이 또 그럴 텐데……"

그러더니 꽃무늬 테이블보를 내려다보며 얼굴을 찌푸렸다.

"사촌형 일이 어떻게 되고 있나 보러 가야 해. 하지만 또 그런 일이 벌어지면……."

"오빠가 여기 와 있으니깐 괜찮을 거예요."

티기스트는 용기를 내서 야곱 팔에 손을 얹었다. 야곱의 커다란 손이 티기스트 손을 덮자 티기스트의 온몸이 포근해졌다.

"사촌형이 계획한 대로 가게가 커지면 가게에 도움이 많이 필요할 거야. 식사 준비해줄 사람도 필요하고. 아마 그렇게 오래 기다리지 않아도 될 거야."

야곱은 티기스트를 보며 웃었다. 아디스아바바에 있는 야곱은 아와사에 있었을 때보다 훨씬 자신감이 있어 보였다.

"내일이라도 너랑 결혼할 수 있어."

야곱이 티기스트 턱을 살짝 치며 말했다.

"난 지금 당장이라도 할 수 있어요."

티기스트는 너무 행복해서 심장이 터질 것 같았다.

18

아이들 사이에서 다니의 위치가 확실히 달라졌다. 다니는 갈수록 무시만 받던 아웃사이더에서 자기가 가진 능력과 지식으로 절대적인 존경을 받는 보물 같은 존재가 되었다.

저녁이 되면 아이들은 다니가 들려주는 이야기를 들으려고 습관처럼 다니 주변에 모였다. 밀리언은 다니가 걸터앉은 플라스틱 상자를 앞으로 끌어당겼고, 아이들은 다니 발밑에서 고개만 들고 구부정하게 앉았다.

마모는 다니가 흥미진진한 이야기를 하면서 여러 가지 모습으로 변신하는 게 좋았다. 목소리는 다니가 흉내 내는 등장인물에 따라 커졌다 작아졌으며, 손은 설명하는 동작에 따라 움직였다. 다니 몸은 이제 군살 없이 탄탄했다.

최고의 순간은 언제나 이야기가 끝났을 때였다. 아이들은 처음에 이해하지 못했던 부분을 서로 얘기하며 다니한테 어떤 이야기를 써서 팔면 좋을지에 관해 의견을 냈다. 가끔씩 밀리언과 게타

269

추 사이에 논쟁이 벌어질 때도 있었다.

전날 밤부터 시작된 마라톤 이야기가 끝난 어느 토요일 아침, 밀리언은 아이들을 데리고 근처에 새로 문을 연 식당에 갔다. 휴일을 즐기며 점심을 먹으러 온 손님들에게 구걸하기 위해서였다.

이야기를 쓰느라 피곤한 다니도 하루 쉬기로 하고 아이들을 따라갔다. 하지만 아직도 구걸은 도무지 할 수 없었다. 다니는 자기를 알아보는 사람이 없는 곳에서 쭈뼛대며, 다른 애들이 구걸하고 부자들이 그에 반응하는 모습을 흥미롭게 지켜봤다.

수리한테 아지트의 담요와 비닐 시트를 지키는 훈련을 시키느라 뒤늦게 출발한 마모가 식당에 이르러 아이들과 합류했을 때였다. 자동차 한 대가 식당 밖의 공터에 주차하려고 섰다. 운전자는 키가 꽤 컸는데, 차문을 잠그려고 몸을 숙이자 줄이 느슨한 손목시계가 팔목으로 흘러내렸다.

기억 하나가 마모의 마음을 흔들었다. 마모는 이 낯선 남자의 뒤통수를 뚫어지게 응시했다. 남자가 몸을 돌리는 순간 볼 아래로 희미하게 난 흉터가 보였다. 마모는 머리부터 발끝까지 공포와 두려움으로 부들부들 떨었다.

남자는 양복에 묻은 먼지를 털고 식당 안으로 들어갔다.

"그래, 그놈이야! 그놈이 맞아!"

마모는 작지만 격앙된 목소리로 중얼거리며, 무의식적으로 가장 가까이에 있는 팔을 꽉 움켜잡았다.

"야, 쓰레기왕. 이것 좀 놔."

밀리언이 짜증내며 마모 손을 뺐다.

"메르가 놈이야. 저놈이 나를 잡아서 판 놈이야."

마모는 마치 기억을 지우려는 듯이 머리를 흔들어댔다. 마모 마음의 반은 도망치고 싶었다. 하지만 나머지 반은 식당에 들어가 메르가를 죽여버리고 싶었다.

"방금 식당에 들어간 남자 말이야? 확실해? 저놈이 애들을 유괴해서 노예로 팔아넘긴단 말이야?"

"그렇다니깐! 정확히 기억해. 말했잖아. 그런데 봐봐. 차도 있어. 사람을 팔아서 번 돈으로 부자가 된 거라구! 죽여버릴 거야. 밖으로 나오면 죽여버릴 거야."

밀리언은 메르가의 차를 보며 골똘히 생각했다. 곧 밀리언의 눈에 장난기 어린 불꽃이 반짝였다.

밀리언은 빠르고 단호하게 명령했다.

"게타추, 얼른 철물점에 가서 못 한 봉지 사와."

"못?"

"응. 뛰어!"

5분 뒤에 게타추가 왔다. 게타추가 숨을 헐떡이며 못을 건네주자 밀리언은 마모한테 명령했다.

"다니한테 가서 나 좀 도와달라고 해. 그리고 놈이 나올 때 마모 넌 꼭꼭 숨어 있어. 절대로 놈한테 들키면 안 돼. 나머지는 망보고 있어. 가까이 오는 사람이 있으면 노래를 불러서 우리한테 신호를 줘."

271

"알았어. 근데 밀리언 대장, 지금 뭐 하는 거야?"

밀리언은 대답하지 않았다.

마모는 못마땅했다. 밀리언이 함께 달려들어 공격할 계획을 세우는 줄 알았는데 그게 아닌 모양이었다.

밀리언은 어느새 메르가의 차 뒤쪽에 가 있었다. 밀리언은 주위를 둘러보더니 쭈그려 앉아서 차 뒷바퀴 쪽에 못을 놓기 시작했다. 뾰족한 부분이 땅 위로 올라오게 못 머리를 땅속에 묻었다. 그런 뒤 가방에서 못을 더 꺼내서 앞바퀴 쪽에도 묻어나갔다.

밀리언의 계획이 머릿속에 그려지자 마모는 마구 웃음이 터졌다.

길고 지루한 한 시간이 흘렀다. 마모 손은 땀으로 축축했고 피부는 닭살이 돋았다. 식당 문이 흔들리며 열릴 때마다 심장이 떨렸다.

"숨어 있어. 그놈이 널 보면 안 돼." 밀리언이 속삭였다.

마침내 메르가가 식당에서 나왔다. 느긋하게 웃는 걸 보니 거하게 잘 먹고 술을 꽤 마신 듯했다.

메르가는 느릿느릿 자기 차로 걸어가 문을 열고 시동을 켰다. 드디어 차가 움직이는 순간, 기다리던 일이 벌어졌다. 타이어 네 개에서 바람 빠지는 쉿 소리가 동시에 흘러나왔고, 차는 도로에 진입하기도 전에 멈춰버렸다.

운전석 문이 열리고 메르가가 나왔다. 앞바퀴뿐만 아니라 뒷바퀴도 펑크가 난 걸 확인한 순간, 메르가는 길길이 날뛰며 타이어를 발로 걷어차고 주먹으로 자동차를 내리쳤다. 얼굴이 붉으락푸르락 변했다.

마모는 참을 수 없는 분노가 치솟아 더 이상 숨어만 있을 수 없었다. 마모는 밀리언의 팔을 뿌리치고 메르가한테 달려가 바로 코앞에 섰다. 그리고 팔짱을 낀 채 아무 말 없이 메르가 눈을 노려보며 메르가가 자기를 알아보기를 기다렸다.

하지만 메르가는 마모를 본 척도 안 했다. 마모를 밀치고는 바퀴를 하나씩 점검하며 믿을 수 없다는 표정을 지었다.

마모는 눈앞에 보이는 사이드미러를 잡아당겼다.

"야! 너 뭐 하는 거야?"

메르가가 소리 지르며 마모를 봤다.

마모는 대꾸하지 않았다. 양손으로 있는 힘껏 사이드미러를 비틀어 떼어낸 뒤, 분노로 활활 타오르는 메르가 면전에 대고 흔들어댔다.

마모한테 다가와서 팔을 들어 후려치려는 순간, 메르가가 화들짝 놀라며 뒤로 물러섰다.

"너, 여기서 뭐 하는 거야? 넌……."

마모가 대답하기 전에 누군가 메르가 어깨를 밀쳤다. 밀리언과 나머지 애들이 메르가 주변에 모여들어 마모를 메르가와 차로부터 떼어놨다.

부드러운 목소리로 밀리언이 말했다.

"오, 어르신, 무슨 일이십니까? 이 녀석이 어르신을 불편하게 했나요? 걱정 마세요. 이 녀석은 아주 골칫덩어리랍니다. 우리가 어르신을 대신해서 이 녀석을 혼내주겠습니다. 그런데 무슨 일인가요? 차가 움직이지 않나요?"

화가 단단히 난 메르가는 차바퀴를 가리켰다.

"펑크가 났나요? 괜찮으시다면 수리하는 걸 도와드리죠."

정말 안됐다는 듯 밀리언이 말했다.

다른 아이들이 차 주위에 섰다.

"여기! 이 타이어도 펑크가 났어. 그리고 반대편 타이어들도."

억지로 웃음을 참으며 게타추가 말했다.

"오, 어르신. 저게 뭐죠? 유리조각인가요? 이런, 타이어에 못이 박혀 있네요. 못된 것 같으니라구. 어르신, 여기서 모퉁이를 돌면 바로 타이어 가게가 있습니다. 저희랑 같이 가시죠. 새 타이어를 가져오는 걸 도와드리겠습니다."

그런 뒤 밀리언은 다니를 앞으로 끌어당기며 말을 이었다.

"이 친구한테 1비르만 주세요. 차를 지켜줄 겁니다."

술에 취해 정신이 약간 오락가락하는 메르가는 주머니에서 1비르를 꺼내 순순히 다니한테 줬다. 그러곤 밀리언과 아이들을 따라 도로를 내려갔다.

마모가 여전히 메르가를 본 충격으로 몸을 떨고 있는 동안, 다니는 길 건너편 가게로 가서 두껍고 뭉뚝한 펜을 사왔다.

"매직이야. 닦아도 잘 안 지워져."

다니는 잠깐 뒤로 물러서서 화가가 빈 캔버스를 보듯 차를 유심히 살펴보더니 보닛에 큼지막한 글씨를 휘갈겨 쓰기 시작했다.

저 깊은 곳에서 올라오는 순수한 즐거움이 마모 가슴을 강타했다.

"뭐라고 쓴 거야? 어떻게 읽는 거야?"

"이-사-람-은-인-신-매-매-범-입-니-다. 남-자-애-들-을-훔-쳐-서-팝-니-다."

다니는 한 글자씩 또박또박 말해줬다. 그런 뒤 한 걸음 뒤에서 만족스러운 듯 자기 작품을 감상했다.

"다른 말도 써봐. 여기, 이쪽에도 말이야. 천벌을 받을 것이다. 도망쳐봤자 정의가 너를 가만두지 않을 것이다."

마모의 요청대로 다니는 또 글씨를 썼다. 자동차 앞문과 뒷문은 물론이고 지붕, 앞유리, 뒷유리에도 온통 죄를 고발하는 말들이 가득 찼다.

"빨리! 오고 있어."

서둘러 작업을 마무리한 뒤 마모와 다니는 근처에 있는 차 뒤에 몸을 숨겼다.

각자 타이어를 하나씩 들고 아이들과 메르가 나타났다. 메르가의 이마에는 땀이 줄줄 흐르고 있었다.

차 전체를 덮고 있는 글씨들을 보자 메르가는 길길이 날뛰기 시작했다. 꼭 미친 사람 같았다. 반면에 아이들은 뭐라고 쓴 건지 몰라 어리둥절해하고 있었다.

다니는 아무 일도 없었다는 듯 빈둥거리며 차에 다가갔다. 그리고 밀리언처럼 가볍게 비꼬는 투로 말했다.

"이건 뭐야! 잠깐 딴 데 보고 있었는데 누가 몰래 와서 썼나 봐. 와, 뭐라고 쓰여 있는지 봐봐. 대박이다. 이 사람은 인신매매범입니다. 남자애들을 훔쳐서 팝니다."

아이들은 일제히 메르가를 노려봤고, 메르가의 얼굴은 사색이 되었다. 당황한 메르가는 도망치려고 했지만 아이들이 주위를 에워쌌다.

"어? 여기에도 뭐라고 적혀 있네?"

다니는 천천히 차 주변을 돌며 읊었다.

"천벌을 받을 것이다. 도망쳐봤자 정의가 너를 가만두지 않을 것이다."

끊어질 듯한 숨소리가 메르가의 목에서 새어나왔다. 메르가는 달아나려고 애썼지만 버팔로가 앞을 가로막고 육중한 가슴으로 메르가를 밀어붙였다.

"어르신, 돈은 내셔야죠. 우리가 얼마나 많이 도와드렸는데, 설마 입 싹 닦고 그냥 가시려고요?"

밀리언이 딱딱한 말투로 말했다.

메르가는 주머니를 더듬어 지폐 한 뭉치를 꺼냈다. 그러더니 세어보지도 않고 밀리언의 손에 전부 쥐여주고는 도망쳤다. 뛰어가면서도 메르가는 몇 번이고 두려움과 분노가 뒤섞인 눈빛으로 뒤를 돌아봤다.

밀리언은 자기 손에 놓인 돈을 내려다봤다. 밀리언이 돈을 세자 다른 애들이 보려고 몰려들었다.

"23비르다! 이 돈으로 뭐 할 거야?" 게타추가 소리쳤다.

밀리언은 아이들을 둘러보며 활짝 웃었다.

"오늘은 파티다."

*

돈은 모두 영광스러운 승리를 기념하는 데 써버렸다. 맛있는 인
제라와 고기, 술을 사는 데 아낌없이 썼다. 밀리언은 아이들을 공
터로 보내 나뭇가지, 잔가지, 버려진 타이어를 구해 오라고 했다.
그리고 밤이 되자 불을 피워놓고 주변을 돌면서 춤추고 노래 부
르고 기쁨의 함성을 질러댔다.

배불리 먹고 마시니 어느 정도 취기가 올라왔다. 다니는 술병이
자기를 지나갈 때 입에만 살짝 대봤는데 머리가 띵해지는 것 같아
서 마시지 않았다. 하지만 통쾌한 복수의 오후를 보낸 마모는 이
미 꽤 취한 상태였다. 마모는 다니 옆에 기대앉아서 한쪽 팔을 다
니 어깨에 다정하게 두른 채 자기가 좋아하는 노래를 불렀다.

다니는 모닥불 맞은편에 있는 애들을 봤다. 애들의 구릿빛 얼
굴에 불빛이 깜박거리며 희미하게 비추었다. 오늘 밤에는 그 얼굴
들이 이전에 알던 누구보다도 가깝게 느껴졌다.

오늘 우린 대단한 일을 해냈어. 정말 끝내줬어.

엄마가 죽었다는 말을 들은 이후로 다니를 괴롭히던 우울증이

사라졌다. 이제 무슨 일이든 해낼 수 있을 것 같은 자신감에 다니는 오늘 밤이 너무나 만족스러웠다.

다른 애들과 달리 밀리언과 버팔로는 계속 술을 마셨다. 밀리언은 점점 더 생기가 도는 반면, 버팔로는 표정이 시무룩해지면서 점점 더 말이 없어졌다.

"그놈 봤어? 그 면상 말이야?"

밀리언은 파티를 시작한 뒤로 이 말을 열 번도 더 했다. 밀리언은 숨이 넘어갈 정도로 웃으며 몸을 양옆으로 흔들다가 버팔로의 어깨를 쳤다. 그러더니 거의 다 마신 술병으로 불 맞은편에 있는 다니를 가리키며 말했다.

"다니가 매직으로 그걸 써놨어. 잠깐, 그게 뭐였더라? 뭐라고 썼다고 했지? 말해봐."

다니는 대장의 칭찬에 우쭐해하며 아까 차에 썼던 문장을 다시 읊었다.

"그런데 정의에 관한 말을 생각해낸 사람은 마모였어."

"그래, 그놈은 절대 정의로부터 도망칠 수 없을 거야."

밀리언은 머리를 흔들면서 떠들어댔다. 그러곤 바로 앉아서 입을 닦으며 말했다.

"음, 나도 다니 너처럼 글을 쓸 수 있으면 좋겠다. 역시 사람은 배워야 해. 안 그래, 버팔로? 사람 노릇 제대로 하려면 배워야 해."

밀리언은 버팔로 등을 세게 쳤다. 그런데 너무 세게 치는 바람에 버팔로가 앞으로 고꾸라졌다. 버팔로는 머리를 들고 다니를 노려봤다. 눈이 분노로 이글거리고 핏발이 섰다.

다니는 심장이 쿵쾅거렸다. 순간 다음에 일어날 일이 머릿속에 그려졌다. 다니는 자기 어깨에 걸쳐진 마모 팔을 떼어내고 긴장하며 두 발로 일어설 준비를 했다.

분위기가 달라졌다. 승리의 즐거움은 사라지고 승리 뒤에 따라왔던 뜨거운 동료애도 같이 사라졌다. 갑자기 모두가 예민해졌다.

"안 돼, 다니. 가만있어. 버팔로는 너무 취했어."

마모가 조용히 말했다.

하지만 다니는 이미 일어서서 버팔로를 보고 있었다. 다니는 온몸이 떨리도록 숨을 깊숙이 들이마셨다. 이곳에 온 바로 그날부터 언젠가는 이런 날이 오리라는 걸 알았다. 옛날 같으면 버팔로를 피해 마모 뒤에 숨거나 밀리언이 끼어들도록 교묘히 행동했을 거다.

하지만 오늘 밤은 달라. 도망치지 않을 거야. 맞서 싸울 거야.

술기운 때문인지 버팔로는 다니가 기다리고 있는 불 주변을 돌면서 약간 비틀거렸다.

마모도 벌떡 일어섰다. 하지만 다니는 단호하게 말했다.

"놔둬. 나한테 기회를 줘."

마모는 밀리언을 쳐다보며 도움을 요청하는 눈빛을 보냈다. 하지만 밀리언은 지금 일어나고 있는 일을 모르는 것 같았다. 그저 입가에 미소를 가득 띤 채 불을 보며 몽상에 잠겨 있을 뿐이었다.

"나한테 기회를 줘."

다니는 다시 말하면서 마모를 팔꿈치로 거칠게 밀쳤다.

마모는 어쩔 수 없이 게타추와 슈즈 옆으로 물러섰다. 게타추와 슈즈는 버팔로와 다니가 서로 대치한 모습을 조마조마한 표정으로 보고 있었다.

버팔로가 먼저 다니를 향해 다가와 주먹을 날렸다. 살면서 지금까지 누구와도 싸워본 적이 없는 다니는 본능적으로 몸을 피했다. 그리고 오른팔을 서투르게 휙 돌려 쳤는데 운 좋게도 버팔로 턱에 명중했다. 버팔로의 몸이 옆으로 흔들렸다. 버팔로는 으르렁대며 다시 다가와 다니 허리를 잡고 발로 공격하려 했지만, 다니는 모든 근육에 전에는 느껴보지 못한 에너지가 솟아나면서 옆으로 민첩하게 피했다. 그리고 마구 휘두르는 버팔로 팔을 양손으로 잡고 비틀었다.

다른 애들은 아무 말 없이 그 모습을 지켜봤다. 유일하게 들리는 소리는 다니와 버팔로가 엎치락뒤치락 몸싸움을 하면서 씩씩거리는 숨소리뿐이었다.

싸움이 끝난 건 순전히 운이었다. 다니가 버팔로 무릎에 발을 거는 순간 버팔로가 무리하게 반격을 가하려다가 그만 균형을 잃고 말았다. 손아귀 힘이 약해지면서 버팔로는 천천히 옆으로 고꾸라졌다. 모닥불 바로 옆이었다.

"조심해!"

다니는 소리치며 있는 힘을 다해 버팔로 어깨를 확 잡아 당겼다. 하마터면 큰일 날 뻔했다.

바닥에 쿵하고 자빠진 버팔로는 잠시 충격을 받은 듯 바닥에 누워 다니를 올려다봤다.

"그래, 잘했어. 차에 그런 글을 쓰다니, 정말 끝내주는 아이디어였어." 밀리언이 중얼거렸다.

그 말에 다니는 자기도 모르게 웃음이 나왔다. 다니는 손을 내밀어 버팔로를 일으켜 세웠다. 버팔로는 잠시 뻘쭘하게 서 있다가 다니 어깨를 두드려주고는 밀리언 옆자리로 돌아갔다. 그런 와중에도 밀리언은 여전히 무슨 일이 있었는지 전혀 눈치채지 못한 듯 미동도 하지 않았다.

다니는 한동안 모닥불에서 타오르는 불꽃을 응시하며 서 있었다. 다니는 항상 승리자, 챔피언, 영웅처럼 불가능한 역할에 자신을 내던지는 순간을 꿈꾸며 살아왔다. 그런 판타지가 지금, 드디어 이루어진 것이다! 다니는 자신이 너무도 대견스러웠다.

다니가 다시 마모 곁으로 돌아가려 할 때였다. 낯선 남자 둘이 모닥불을 향해 다가오는 게 보였다.

"조심해. 누가 오고 있어."

다니는 다른 애들한테 조심스럽게 말했다.

아이들은 정신 바짝 차리고 도망갈 준비를 했지만, 어둠 속에서 걸어오는 두 남자는 경찰복을 입고 있지 않았다. 첫 번째 남자는 작고 뚱뚱하고 빛나는 대머리 주변에 흰머리가 마구 헝클어져 있었다. 다니는 그 남자가 메스핀 선생님이라는 걸 알고 놀라서 비명을 질렀다. 하지만 그 뒤에 있는 남자는 더욱 놀라웠다.

"아빠." 다니는 작게 속삭였다.

다니와 파울로스는 한참 동안 서로를 바라봤다. 둘 다 충격으로 움직일 수 없었다.

다니는 거의 알아볼 수 없을 정도로 늙은 남자를 보고 있었다. 그 초췌한 얼굴에는 분노가 아니라 고통이 가득했다.

파울로스는 너덜너덜한 누더기를 걸친, 마르고 눈빛이 예리한 남자애를 보고 있었다. 자세히 보려고 눈을 찡그렸지만 진짜 자기 아들이 맞는지 알 수가 없었다.

"다니, 정말 너냐?"

파울로스가 먼저 침묵을 깼다.

다니는 뒤로 한 걸음 물러났다. 숨이 막혀왔다.

"전 지지가에 안 갈 거예요."

그 말밖에 생각나지 않았다. 다니는 그런 자신이 우스웠다.

하지만 파울로스는 다니 말을 듣지 못한 것 같았다.

"너, 어디에 있었던 거야? 왜 이러고 있는 거야? 내가 얼마나 걱정했는지 알아? 대체 지금껏 뭘 하고 싸돌아다닌 거야?"

다니가 조금 전 본 아빠의 약한 모습은 금세 사라졌다. 아빠 목소리에 스며 나오는 분노가 다니의 기억 속에 잠재되어 있던 공포를 깨웠다. 다니는 한 걸음 뒤로 물러섰다. 곧 다니는 늘 그랬던 것처럼 자신을 자책했다.

"죄송해요, 아빠. 몰랐어요."

그때 뒤에서 움직이는 소리가 났다. 어느새 술이 다 깼는지 밀리언과 버팔로가 멀쩡한 얼굴로 다니 옆에 와서 섰다.

"이분이 너네 아빠니?" 밀리언이 물었다.

다니는 고개를 한 번 끄덕였다.

밀리언은 미심쩍은 표정으로 턱으로 메스핀을 가리켰다.

"그럼 저 사람은 누구야?"

"예전 국어선생님."

"그럼 너한테 이야기 쓰는 법을 가르쳐준 선생님이야?"

"응."

밀리언은 환한 얼굴로 몸을 앞으로 숙이고 정중히 메스핀에게 악수를 청했다. 메스핀은 근엄한 표정으로 밀리언과 악수했다.

파울로스는 누더기를 걸친 다니 친구들을 멸시하는 눈빛으로 훑어보고 있었다. 다니는 속에서 꿈틀거리며 올라오는 수치심을 떨치려고 애썼다. 그걸 알아차렸는지 버팔로와 마모가 옆에서 다독거렸다. 다시 용기가 생긴 다니는 아빠를 보며 말했다.

"전 안 가요."

"무슨 말이냐? 그걸 대답이라고 하는 거야?"

그 순간 아빠가 화는 났지만 어쩔 줄 몰라 쩔쩔매고 있다는 사실을 다니는 깨달았다. 아빠는 단지 어떻게 해야 할지 몰라서 다니를 몰아붙이는 거였다.

"아빠, 제가 왜 가출했는지 아시잖아요. 아빠는 저를 지지가로 보내려고 했어요. 저는 안 가려고 했고요."

다니는 변명투보다는 차분한 말투로 말했다.

"말도 안 돼. 단지 그 때문에 네가 이렇게 사는 걸 선택했을 리 없어."

파울로스가 비웃자, 가만히 지켜보던 밀리언이 헛기침을 하며 끼어들었다.

"다니 말을 들으셨죠? 다니는 가지 않을 겁니다. 집에."

파울로스는 버럭 화를 냈다.

"넌 뭐야? 네가 뭔데 참견이야?"

"당신은 누군데요?" 밀리언이 응수했다.

"난 다니 아빠다. 내가 다니 아빠란 말이야."

파울로스 목에 핏줄이 섰다.

"전 다니 조비로입니다."

밀리언은 멋지게 털모자를 바로 쓰며 말했다.

"다니의 뭐라고?"

"조비로요. 다니는 제가 하라는 걸 하죠."

"아니에요. 다니는 자기가 원하는 일을 해요. 지금도 그렇고요." 마모가 불쑥 끼어들었다.

다니는 개들이 싸우면서 서로 물고 늘어지는 뼈다귀가 된 느낌이었다. 심장이 쿵쾅거리며 뛰었지만 입가에는 미소가 감돌았다. 자신감이 조금씩 살아나고 있었다.

그때 메스핀이 머리에 쓰고 있던 모자를 벗고 숱이 없는 머리를 붉적였다.

"우리, 앉아서 얘기하는 게 어때요?"

그러곤 근처에 있는 상자로 가 앉았다.

밀리언은 기분 좋게 웃으며 과장된 몸짓으로 두 번째 상자를 가리켰다.

"자, 다니 아버님도 여기 앉으시죠. 어쨌든 저희를 찾아온 손님 이니까요."

"웃기는군."

하지만 결국 파울로스도 긴 코트 자락을 올리며 상자에 덜 썩 앉았다.

메스핀은 몸을 수그려 다 꺼져가는 불에 손을 녹였다.

"음, 다니 네가 오늘 확실히 아빠와 나를 놀라게 했구나. 단도 직입적으로 난 그냥 네가 정말로 훌륭한 이야기를 썼다는 말을 하고 싶구나. 나한테 판 사람은 바로 여기 있는 네 친구란다. 정 말 인상적이었지."

그러더니 마모한테서 산 종이 뭉치를 주머니에서 꺼내 마모를 향해 흔들었다.

파울로스가 뭔가를 말하려고 했지만 메스핀이 손으로 저지했다.

"다니, 같이 공부하던 때가 그립구나. 넌 내가 지금까지 가르친 애들 중에서 작가가 될 가장 뛰어난 재능을 가진 학생이야. 널 다 시 가르치고 싶구나."

"하지만 다른 과목은 다 꽝이잖아요. 불가능해요."

다니의 말에 메스핀은 고개를 끄덕였다.

"그 점에 대해 생각해봤단다. 학교에서 할 수 있는 일은 많아. 그런데 내 생각에 지금 당장 네가 학교에 다닐 필요는 없을 것 같다. 어쨌든, 지금은 아닌 것 같구나."

그러자 파울로스가 코웃음을 쳤다.

"아니, 선생님은 지금 무슨 소리를……."

"잠깐만요."

메스핀은 파울로스 말을 자르고 다니를 보며 계속 말했다.

"그래서 같이 일하는 동료 두 명과 상의했단다. 너를 가르치던 선생님들은 아니고, 학교 외부에서 일하는 친구들이야. 그 친구들이 한동안 널 일대일로 가르쳐주기로 했어. 네가 다른 과목에서 어느 정도 끌어올릴 때까지 말이야. 아마 한두 학기 정도 걸리겠지. 네가 잘하고 준비가 되면 학교에 다시 갈 수 있어."

아이들은 불 주변에 쭈그리고 앉아서 말하는 사람을 차례대로 쳐다보며 열심히 들었다. 아이들의 눈에는 부러움과 경외심이 가득했다.

"역시 사람은 배워야 해." 밀리언이 말했다.

다니 눈앞에 길 하나가 생기는 것 같았다. 그 길은 매력적으로 반짝이며 저 높이 날아오를 방법을 제안하고 있었다. 그런데 첫 걸음을 어떻게 내디뎌야 하는 건지 상상이 안 됐다. 잘못 내디뎠다가 떨어지면 다시는 올라올 수 없을 것 같았다.

다니는 고개를 흔들었다.

"선생님, 저한테는 이런 말씀 안 하셨잖아요?"

파울로스가 화를 냈다.

"네. 저는 다니가 스스로 결정하는 게 가장 좋다고 생각했습니다."

메스핀은 긴장된 얼굴로 파울로스를 보고는 다시 다니를 바라봤다.

"네가 원하면 자립할 수 있을 때까지 나랑 지내도 좋아. 우리 집엔 남는 방이 많단다."

"말도 안 돼!"

파울로스의 비통한 목소리에 모두 놀라 일제히 파울로스를 쳐다봤다.

파울로스는 손으로 눈을 가렸다. 다른 사람들의 시선을 참기 어려운 듯했다.

"다니야, 제발 집에 가자. 이 아빠는 네가 보고 싶어 미칠 지경이었다. 넌 몰라. 당장 아빠랑 집으로 가자."

다니는 침을 삼켰다. 이상한 기분이 들었다. 아빠에 대한 미안함 때문인지, 사랑 때문인지, 아니면 무엇 때문인지 종잡을 수가 없었다.

"모르겠어요. 전 다시 아빠를 실망시킬 거예요. 아빠는 저한테 화만 내실 거고, 결국 저를 파이살한테 보내실 거예요."

그러자 밀리언이 기가 막힌다는 듯 끼어들었다.

"너, 미쳤어? 나한테 그런 기회가 생기면 당장 집에 가겠다!"

다른 애들도 고개를 끄덕이며 다니 행동을 이해할 수 없다는 듯 중얼댔다. 마모만 가만히 있었다.

"엄마가 다음 주에 올 거야. 네가 집에 없으면 엄마가 뭐라고 생각하겠니?"

파울로스는 이제 솔직하게 매달렸다.

"엄마요?"

모닥불을 내려다보던 다니가 고개를 들었다. 눈이 튀어나올 것 같았다.

"그래, 오늘 전화가 왔어. 내일 도착할······."

"엄마가 살아 있어요?"

"물론, 살아 있지. 그걸 말이라고······."

"그런데 집에서 장례식이 있었잖아요. 제 친구 마모가 조문객들을 봤대요. 그리고 가게 아줌마도······."

"무슨 장례식? 아, 먼 친척인 아셀레페치? 그건 어떻게 알았냐? 어쨌든 엄마는 아주 잘 있어. 수술 결과 대성공이야. 몰라보게 좋아졌단다."

"아, 아!"

다니는 흙먼지가 딱딱하게 들러붙은 무릎에 고개를 파묻고 몸을 들썩이며 서럽게 울기 시작했다.

파울로스는 잠시 주저하다가 다니한테 다가갔다. 그리고 다니를 일으켜 어색하게 껴안았다.

파울로스, 메스핀과 함께 멀어져가는 다니를 마모는 끝까지 지켜봤다. 그리고 다니가 사라져가는 꿈처럼 어둠 속으로 사라졌을 때 마모는 가슴이 먹먹했다. 모든 일이 너무 빠르게 일어났다. 조금 전까지 마모는 메르가한테 복수한 것과 버팔로한테 맞선 다니의 승리를 기뻐하며 즐기고 있었다. 하지만 갑자기 모든 게 변했다. 마모는 지금 이 상황을 쉽게 받아들일 수가 없었다.

마모는 다 꺼져가는 불 옆에 쭈그리고 앉아서 몸을 앞뒤로 흔들었다. 슬픔과 외로움의 끔찍한 감정이 마모를 뒤덮었다.

다른 애들도 다들 기가 죽었는지 축 처져 있었다.

"다니 아빠 말이야." 밀리언이 입을 열었다가 곧 닫았다.

마모는 밀리언을 봤다. 밀리언은 입을 옆으로 일그러뜨렸고, 얼굴엔 항상 뭔가를 생각할 때 나타나는 표정이 드러나 있었다.

"다니 아빠 어떤 것 같아? 우리한테 뭔가를 해줄지도 몰라. 우리가 살 집을 구해줄 수도 있어. 엄청 부자잖아."

게타추가 불을 휘저으며 말했다.

버팔로가 침을 뱉자 뜨거운 재들이 지글지글 소리를 냈다.

"그럴 일은 없어. 걔 아빠가 우릴 보는 눈빛 못 봤냐? 우릴 쓰레기라고 생각할 거야."

"그래, 그렇지만 다니가……." 게타추가 대꾸했다.

"다니가? 다시는 다니를 보지 못할 거야. 다니는 우리랑 다른 세상에 사니까."

"난 다니가 와서 이야기를 해줬으면 좋겠어." 슈즈가 아쉬운 듯
말했다.

"그럴 일은 이제 없어." 버팔로가 쏘아붙였다.

"그럼, 마모가 노래 좀 불러줘. 활기차고 기분 좋은 노래로."

슈즈의 요청에 마모는 자리에서 벌떡 일어나 버럭 소리쳤다.

"제발, 나 좀 혼자 놔두면 안 돼?"

더 이상 가만히 앉아 있을 수가 없었다. 마모는 희미한 불빛에
서 떨어져 콘크리트 벽에 등을 기대고 앉았다. 눈물이 코로 흘러
내렸다.

사람들은 항상 널 남겨두고 떠나가. 네가 믿을 사람은 하나도
없어. 이 넓은 세상에 단 한 사람도 없어.

차가운 것이 마모 손에 느껴졌다. 수리의 축축한 코였다.

수리는 등을 바닥에 대고 누워 마모가 자기 배를 쓰다듬어주기
를 기다리고 있었다. 마모는 수리를 들어 올려 가슴에 꼬옥 안았
다. 그러자 수리가 마모 코를 핥았다.

널 정말로 사랑하는 건 수리뿐이야.

수리의 따뜻한 체온에 마모는 티기스트 누나가 생각났다. 어렸
을 때 마모를 늘 업고 다녔던 누나의 따뜻한 체온이 생각났다.

한 번 더 누나를 만나러 가야지. 기운이 약간 솟았다. 내일 가
자. 어쨌든 하나밖에 없는 누나잖아.

다음날 아침 일찍 마모가 파리다 사모님 가게에 도착했을 때, 과일을 파는 남자애는 평소 있던 자리에 없었다. 마모는 망설이다가 길 반대편으로 건너가 남자애가 다시 나타나기를 기다렸다.

잠시 후 남자애가 가게 뒤에서 발을 절뚝이며 나타났다. 마모는 눈을 가늘게 뜨고 가게 안에 다른 사람이 있는지 살폈다. 하지만 거리가 멀어서 아무것도 볼 수가 없었다.

마모는 길을 가로질러 달려가 남자애 앞에 섰다.

"티기스트 누나 있어요?"

남자애는 마모를 보고 다정하게 웃었다.

"아니. 남자친구랑 갔어."

"네?"

심장이 쿵하고 내려앉았다. 누나를 또 잃어버린다면 모든 것을 잃는 것이다.

"티기스트가 너 오면 전해달라고 했어. 이젠 여기서 일 안 해."

남자애는 고개를 돌려 가게 쪽을 보더니 목소리를 낮췄다.

"저 안에 저 매니저가 티기스트한테 찝쩍거리고 있었는데, 그때 마침 남자친구가 와서 난리가 났었어. 굉장히 차분하게 생겼던데. 그 남자친구가 티기스트한테 당장 짐 챙기라고 해서 같이 갔어."

"그 남자친구가 누구예요? 난 한 번도 들어본 적이 없어요."

"야곱. 이름이 야곱이야. 아와사에서 만났대."

"누나가 그 남자친구랑 살려고 떠났다고요?"

마모는 그 사실을 차마 받아들이기 힘들었다.

"그래. 말했잖아. 아마 결혼했을걸? 지금은 데브레 자이트 거리
에 살고 있어. 네가 오면 꼭 전해달라고 하더라. 철길을 건너서 주
유소까지 내려가면 돼. 그 길 맞은편에 가게가 하나 있는데, 바로
거기야. 수도꼭지나 전기장치 같은 물건 파는 데."

*

데브레 자이트 거리에 있는 주유소까지 가는 데는 한참이 걸렸
다. 기다란 비탈길 아래로 낯선 거리 풍경이 눈에 들어왔을 때, 마
모는 발도 아프고 배도 고프고 목도 말랐다. 게다가 불안했다.
그 남자애가 위치를 잘못 말했거나, 그냥 나를 놀리려고 재미로
뻥을 쳤으면 어떡하지?

불안감을 참을 수 없었지만 마모는 주유소 아래로 쭉 뻗은 길
을 뛰어갔다. 철길을 건너자 바로 가게가 보였다. 새 가게처럼 보
였다. 창문에는 금속관, 전선코일, 고무관이 달려 있었다.

마모는 망설였다. 이 가게는 진짜 새롭고 좋아 보였다. 티기스
트 누나의 남자친구가 하기엔 너무 전문적인 사업체처럼 보였다.

하지만 마모는 용기를 내서 가게 안으로 들어갔다.

안은 깨끗하고 밝고 잘 정돈되어 있었다. 얼굴에 곰보 자국이
있는 남자가 계산대 뒤에 서 있었다. 남자는 수북이 쌓여 있는 전

기 배선을 풀고 있었다.

"어서 오세요." 남자가 기분 좋게 말했다.

마모는 침을 삼켰다.

"누나를 찾아왔어요. 여기 오면 우리 누나가 있다고 해서요. 이름은 티기스트예요."

남자 얼굴에 금세 웃음꽃이 활짝 피었다.

"네가 마모구나, 그렇지?"

놀라움과 안도감에 마모 심장이 쿵하고 내려앉았다.

"네. 우리 누나 여기 있나요?"

"잠깐만. 누나 불러올게."

남자는 계산대 뒤에 있는 문으로 들어갔고, 누군가와 수군대는 소리가 들렸다.

잠시 후, 환성을 지르며 티기스트가 밖으로 뛰어나왔다.

"마모야! 어딜 가야 널 찾을 수 있는지 정말 몰랐어!"

동생을 만난 기쁨에 티기스트는 계속 울먹였고, 그런 티기스트를 보며 남자는 환한 웃음을 지었다.

티기스트는 마모를 계산대 뒤에 있는 방으로 데려갔다.

"너한테 이 모든 걸 정말 보여주고 싶었어. 여기 정말 멋지지 않니? 야곱 오빠……"

티기스트는 약간 쑥스러운 듯 웃으며 고개를 저었다.

"이젠 남편이야. 야곱 오빠랑 오빠 사촌형이 이 가게를 운영하고 있어. 너에 대해선 이미 말해뒀어. 야곱 오빠가 너 오면 여기 같이 있어도 된다고 했어. 넌 물건 파는 걸 도와주면 돼. 마모야, 이것 좀 봐. 여기가 내 부엌이야. 여기나 가게에 네가 잘 곳도 마련할 거야. 조금만 해보면 물건 파는 일에 금방 익숙해질 거야. 야곱 오빠가 너한테 어떻게 하는지 알려줄 거야. 정말 좋은 사람이야, 야곱 오빠는……."

마모는 더 이상 아무 말도 들리지 않았다.

티기스트가 가스버너를 켜고 양파를 튀기는 동안, 마모는 양파 냄새를 맡으며 서 있었다. 아주 오래전에 저쪽 동네에 있는 좁은 길을 내려가면 나오는 낡은 판잣집에서 엄마가 요리할 때 나던 양파 냄새랑 똑같았다.

집에 있는 것 같아. 집에 돌아온 것 같아.

19

3개월이 지났다. 대우기(大雨期)가 왔다 간 후, 아디스아바바의 공기는 눈에 띄게 쌀쌀해지고, 도시 가장자리를 따라 자리 잡은 언덕들은 산뜻한 초록색 옷으로 새로이 갈아입었다.

"우리 아들, 준비 다 됐니?" 루스가 다니 방문을 열고 말했다.

다니는 침대 옆에 서서 가방에 뭔가를 챙기고 있었다.

"준비? 무슨 준비?"

"당연히, 수영장 갈 준비지. 오늘 일요일이야. 몰랐니?"

"엄마, 미안. 나 수영장 안 가. 수영도 못하고 거기 가봐야 나랑 친한 애도 없어."

루스 뒤에 파울로스가 서 있었다.

"그럼 오후에 뭐 하려고 그러나?"

"밖에 나갔다 올 거예요." 다니는 짧게 대답했다.

"나간다고?"

"네. 친구 만나기로 했어요."

"누구? 내가 물어봐도……."

"아빠가 모르는 친구예요."

다니는 고개를 들고 파울로스의 눈을 마주봤다.

"친구는 다른 때 만나면 되잖아. 두 팀으로 나눠서 테니스 하려면 네가 있어야 돼. 네가 잘 쳐서가 아니야. 백핸드를 하는 거 보면 정말……."

파울로스는 순간 욱했다.

"못 가요. 말했잖아요, 친구랑 만나기로 약속했다고. 진짜예요."

익숙한 긴장감이 목을 점점 조여들었지만, 다니는 파울로스를 똑바로 쳐다보며 말했다.

"그럼 전화해. 취소해."

"안 돼요."

파울로스의 입에서 큰 소리가 나려고 할 때, 파울로스의 눈에 다니가 챙기고 있는 가방이 들어왔다. 파울로스 얼굴에 불안한 기운이 스쳐 지나갔다.

"다니, 이 녀석. 도대체 무슨……."

다니는 가방을 닫았다.

"저녁 되기 전에 올게요. 그럼 다녀올게요."

다니는 차분한 목소리로 말하고, 부모님이 보는 앞에서 문을 조용히 닫았다.

마모는 몇 달 전 처음으로 두 사람이 잠깐 스치고 지나간 제과
점 앞에서 다니를 기다렸다. 마모는 깔끔한 새 스웨터를 입고 발
에는 신발도 신고 있었다.

다니가 다가오자 마모는 쑥스러운 듯 웃었다.

"가방은 왜? 설마 다시 가출한 건 아니지, 그치?"

다니가 어깨에 메고 온 가방을 보며 마모가 묻자, 다니는 빙긋
웃었다.

"당연히 아니지. 들어가자. 들어가서 말해줄게."

마모와 다니는 제과점 안으로 들어갔다.

진열대를 장식하고 있는 밝은 빛깔의 생과자들을 마음 놓고 구
경하느라 케이크를 고르는 데 오랜 시간이 걸렸다. 다니가 돈을
지불하고 나서, 둘은 각자 케이크 한 접시와 콜라 한 병을 들고
구석에 있는 테이블에 앉았다.

시끌벅적한 일요일 오후에 가게를 방문한 사람들을 마모는 신
기한 듯이 둘러봤다.

"나, 이런 데 처음 와봐."

마모가 어색해하는 모습이 확연히 보였다. 제과점은 둘에게 썩
좋은 장소가 아닌 것 같았다.

케이크를 다 먹고 밖으로 나와 따사로운 햇볕을 받으니 다시
마음이 편안해졌다.

"잘 지내고 있는 거 맞지? 학교도 그렇고?"

마모의 말에 다니는 얼굴을 찡그렸다.

"잘 지내. 처음부터 다시 하고 있어. 그럭저럭 괜찮아."

"아빠는 지금도 잔소리하셔?"

"우리 아빠가 잔소리하잖아? 그럼 난 '저, 다시 나갈 거예요'라고만 해. 그럼 나를 그냥 놔둬. 효과 100프로지."

다니는 웃으며 대꾸했다.

"하지만 안 할 거잖아. 그러니깐 내 말은, 가출은 이제 안 할 거지?"

"당연하지. 하지만 우리 아빠는 불안한가 봐."

둘은 아무 말 없이 계속 걸었고, 걷다 보니 자연스럽게 예전에 같이 살았던 곳으로 향하게 되었다.

"마모 넌 어때? 우리, 몇 주 동안 못 봤잖아. 저번에 가게에 들렀을 때 티기스트 누나가 좀 힘들어 보이던데."

"맞아. 좀 있으면 아기 낳거든. 아직 임신 중이야. 그런데 매형은 벌써부터 직접 애를 받을 생각에 아주 그냥 들떠 있어."

"이야, 그럼 너 삼촌 되는 거네."

"조만간. 부활절이 되기 전에 낳을 것 같아. 아마 그때쯤이면 나도 읽고 쓰는 걸 제법 하게 될 거야. 매형이 야간 학교 수업료를 내주고 있거든."

마모는 곁눈질하며 다니가 자기를 대견스럽게 생각해주기를 바랐다.

"그거 좋아? 야간 학교 말이야."

"좋긴. 진짜 힘들어."

"나도 잘 알지."

다니는 제법 감동한 눈치였다.

*

두 사람 눈앞에 그곳이 나타났다. 오래된 길모퉁이, 인도 뒤편 공간, 종종 기대앉아 자던 콘크리트 벽. 그곳은 두 사람에게 뼛속 깊숙이 익숙하면서도 낯설었다. 마치 다른 세상 같았다.

"아무도 없네."

다니는 그렇게 말하면서도 자기가 안심해서 하는 말인지, 실망스러워 하는 말인지 알 수 없었다.

"이제 여기선 안 자나 봐. 밀리언이 더 괜찮은 곳을 찾으려고 애쓰고 있었거든. 역 가까운 곳에 말이야. 근데 나중에 올지도 모르니깐, 여기에 걔들 물건이 있는지 찾아보자."

둘은 애들이 낮에 담요를 숨겨두던 벽의 갈라진 틈으로 걸어갔다. 이젠 알아보기 힘들 정도로 아주 오래된 담요들과 다니의 낡은 가방이 정돈되어 있었는데, 꼭대기에 코를 씰룩거리며 자고 있는 조그만 개 한 마리가 있었다.

"수리!" 마모가 소리쳤다.

수리가 벌떡 일어나 반가워서 컹컹 짖어댔다.

마모는 쭈그리고 앉아서 수리를 쓰다듬었다.

"수리를 정말 보고 싶었어."

"난 네가 티기스트 누나네 집에 수리를 데리고 간 줄 알았는데."

"우리 누나는 개를 무서워해. 그래서 다시 밀리언한테 맡겼지. 수리가 잘 지내고 있는지 정말 궁금했는데, 밀리언이 수리를 잘 돌봐줬네."

다니는 가방을 내려놓고 마모 옆에 쭈그리고 앉아서 수리 귀 한 쪽을 당겼다. 수리는 다니 손가락을 잠깐 핥더니 이내 마모한테 돌아갔다.

"근데 가방에 뭘 갖고 온 거야?"

마모는 궁금해 죽겠다는 표정이었다.

다니는 가방 지퍼를 열었다.

"그냥 애들한테 필요한 것 좀 챙겼어. 옷 몇 개랑 슈즈가 신을 신발. 돈도 조금 넣었어. 많진 않아. 아빠가 이젠 용돈을 안 주시거든. 하지만 아무도 없어서 도로 집에 갖고 가야 할 것 같다."

"그냥 담요 밑에 숨겨놔. 수리가 지켜줄 거야. 날이 어두워지고 있으니깐 좀 있으면 올 것 같기도 한데……."

마모 말대로 다니는 담요 속 깊숙한 곳에 가방을 밀어 넣었다.

마모는 마지막으로 수리를 한 번 더 쓰다듬어주고 자리에서 일어섰다.

"수리! 잘 지켜야 돼!"

수리는 낑낑대며 담요 더미 위로 간신히 올라가서 마모의 움직임을 살폈다.

마모와 다니 뒤로 차들이 신호등 불빛에 따라 천천히 움직이고
있었다. 누더기를 걸친 아이 두 명이 어디선가 불쑥 튀어나왔다.
둘은 차들 사이를 요리조리 피하면서 작은 두 손으로 창문을 두
드렸다. 그러곤 이구동성으로 외쳤다.

"아빠도 없고, 엄마도 없고, 배고파요. 아무것도 못 먹었어요."

그런데 그러던 아이들이 갑자기 다니한테 한걸음에 달려왔다.
다니가 입은 값비싼 옷과 손목에 번쩍이는 시계를 본 모양이었다.

"아빠도 없고……." 둘 중 큰 애가 다니 소매를 잡아당기며 말
하기 시작했다.

"너희 조비로는 누구야?" 마모가 끼어들었다.

남자애의 눈이 커졌다.

"너네 대장 말이야."

"밀리언요. 우린 밀리언 대장이랑 살아요." 작은 아이가 자랑스
럽게 말했다.

"밀리언 올 때까지 너네 물건 잘 지키고 있어. 밀리언한테 주는
선물을 몇 개 넣어뒀거든."

"근데 누구세요?"

큰 애가 얼굴을 찌푸리며 의심의 눈초리를 보냈다.

"밀리언이 알 거야. 안부 인사도 좀 전해줘."

마모는 다니를 보며 어색하게 웃었다.

"이제 집에 들어가봐야 해."

"나도."

둘은 형식적인 악수를 나누었다. 다니는 마모 어깨를 가볍게 쳤고 마모도 맞받아쳤다.

"또 봐." 다니가 말했다.

"응."

마모는 몸을 돌려 빠르게 걸어갔다. 휘파람이 절로 나왔다.

저는 아디스아바바의 길 위에 살고 있는 아이들을 많이 알고 있습니다. 이 글을 쓰는 데 특별히 많은 도움을 주신 분이 있습니다. 그분이 독자 여러분에게 하고 싶은 말이 있다고 합니다.

"저는 가출을 동경하는 아이들에게 이 말을 하고 싶습니다. 아이들이 가출하려는 이유는 길에서 생활하는 게 편하고 재미있을 거라고 생각하기 때문입니다. 그런데 절대로 그렇지 않습니다. 절대로. 가출하기 전에 자기 인생에 대해 충분히 생각하고 행복하게 누리세요.

이미 길에서 생활하고 있다면, 도시의 길 위에서 살고 있다면, 용감해져야 합니다. 저는 여러분이 춥고 배고프다는 걸 누구보다도 잘 압니다. 하지만 언젠가 하느님께서 여러분에게 반드시 기회를 주실 겁니다. 그때까지 참고 기다려야 합니다. 길 위의 생활은 정말로 어렵고 힘이 듭니다. 하지만 여러분도 가끔은 행복

할 겁니다.

　그리고 제가 정말로 여러분에게 말하고 싶은 건 절대로 자살을 생각하지 말라는 겁니다. 죽지 마세요. 하느님의 은총이 언젠가 여러분을 찾아갈 겁니다.

　제 이야기를 끝까지 읽어주셔서 감사합니다."